TRÊS COISAS SOBRE VOCÊ

Julie Buxbaum

TRÊS COISAS SOBRE VOCÊ

E se a pessoa de quem você mais precisa for alguém que você nem conhece?

ARQUEIRO

Título original: *Tell me three things*

tradução: Alves Calado
preparo de originais: Juliana Souza
revisão: Raïtsa Leal e Rebeca Bolite
diagramação: Valéria Teixeira
capa: Rafael Nobre e
Paula Cruz/ Babilonia Cultura Editorial
impressão e acabamento: Lis Gráfica e Editora Ltda.

CIP-BRASIL. CATALOGAÇÃO NA PUBLICAÇÃO
SINDICATO NACIONAL DOS EDITORES DE LIVROS, RJ

B95t Buxbaum, Julie
Três coisas sobre você/ Julie Buxbaum; tradução de Alves Calado. São Paulo: Arqueiro, 2016.
288 p.: 16 x 23 cm.

Tradução de: Tell me three things
ISBN 978-85-8041-548-3

1. Ficção americana. I. Calado, Alves. II. Título.

16-31149 CDD: 813
CDU: 821.111(73)-3

Rua Funchal, 538 – conjuntos 52 e 54 – Vila Olímpia
04551-060 – São Paulo – SP
Tel.: (11) 3868-4492 – Fax: (11) 3862-5818
E-mail: atendimento@editoraarqueiro.com.br
www.editoraarqueiro.com.br

Para meus E e L:

o amor que sinto por vocês

vai até a lua e volta

e vai e volta.

Infinitamente.

Capítulo 1

Setecentos e trinta e três dias depois da morte da minha mãe, 45 dias após o meu pai fugir para se encontrar com uma estranha que ele conheceu pela internet, 30 dias depois de a gente se mudar para a Califórnia e apenas sete dias após começar o primeiro ano do ensino médio numa escola nova onde conheço aproximadamente ninguém, chega um e-mail. Deveria ser no mínimo esquisito uma mensagem anônima aparecer do nada na minha caixa de entrada, assinada com o bizarro nome Alguém Ninguém. Só que nos últimos tempos a minha vida tem estado tão irreconhecível que nada mais parece chocante. Foi necessário esperar até agora – 733 dias inteiros me sentindo o oposto de uma pessoa normal – para que eu aprendesse esta importante lição de vida: é possível ficar imune à esquisitice.

Para: Jessie A. Holmes (jesster567@gmail.com)
De: Alguém Ninguém (alguemning@gmail.com)
Assunto: seu guia espiritual no colégio Wood Valley

ei, Srta. Holmes. nós nunca nos encontramos e não sei se um dia vamos nos encontrar. quero dizer, provavelmente vamos, em algum momento – talvez eu pergunte a você que horas são ou outra coisa igualmente banal e abaixo do nosso nível intelectual –, mas nunca vamos nos conhecer de verdade, pelo menos não de forma significativa... e por isso pensei em mandar este e-mail sob o manto do anonimato.

sim, eu sei que sou um cara de 16 anos que acabou de usar a expressão "manto do anonimato", e sobre isso digo uma coisa: esse é o motivo nº 1 para que você jamais saiba o meu nome de verdade. eu não sobreviveria à vergonha dessa pose pretensiosa.

"manto do anonimato"? fala sério!

e sim, também sei que a maioria das pessoas simplesmente teria mandado uma mensagem pelo celular, mas não consegui pensar em nenhum jeito de fazer isso sem revelar quem eu sou.

tenho observado você no colégio. não de modo doentio, mas agora me pergunto: será que o simples fato de eu ter usado a palavra "doentio", por definição, me torna doentio? de qualquer forma, acontece que... você me intriga. já deve ter notado que a nossa escola é um mundo vasto de Barbies e Kens, quase todos louros e de olhos vazios, e alguma coisa em você – não só o fator novidade, já que, claro, o resto de nós frequenta a mesma escola desde os 5 anos, mas algo no seu jeito de andar, falar e na verdade não falar, apenas observar a todos nós como se fizéssemos parte de um documentário bizarro do National Geographic – me faz pensar que você pode ser diferente de todos os idiotas da escola.

eu fico com vontade de saber o que se passa nessa sua cabeça. vou ser sincero: não costumo me interessar pelo que há na cabeça dos outros. a minha já dá trabalho suficiente.

o objetivo deste e-mail é oferecer meus conhecimentos. desculpe ser o portador de más notícias: não é fácil se orientar nos territórios ermos do colégio Wood Valley. o lugar pode parecer caloroso e receptivo, com a ioga, a meditação, os cantinhos de leitura e o carrinho de café (desculpe: o Karrinho de Kafé), mas, como todos os outros colégios do ensino médio (ou de um jeito até pior), é uma droga de uma zona de guerra.

por isso me ofereço como o seu guia espiritual virtual. sinta-se livre para fazer qualquer pergunta (a não ser, claro, sobre a minha identidade), e vou me esforçar ao máximo para responder a você: com quem fazer amizade (lista curta), de quem manter distância (lista maior), por que você não deve comer o hambúrguer vegetariano do refeitório (longa história, você nem vai querer saber, envolvendo esperma de atleta), como tirar 10 na prova da Sra. Stewart e por que você nunca deve se sentar perto do Ken Abernathy (problema de flatulência). ah, e tenha cuidado na aula de educação física. o Sr. Shackleman faz todas as garotas bonitas darem voltas extras pela quadra para poder olhar a bunda delas.

parece informação suficiente por enquanto.

e, só para constar, bem-vinda à selva.

atenciosamente, Alguém Ninguém

Para: Alguém Ninguém (alguemning@gmail.com)
De: Jessie A. Holmes (jesster567@gmail.com)
Assunto: Fraude elaborada?

AN, isso é sério mesmo? Ou é algum tipo de trote para calouros, no estilo "comédia romântica"? Você vai me convencer a compartilhar os meus sentimentos/temores mais profundos e sombrios e depois, PÁ, quando eu menos esperar, vai postar tudo o que eu disser no Tumblr e vou virar motivo de chacota no colégio WV? Se for esse o caso, está mexendo com a garota errada. Sou faixa-preta em caratê. Sei cuidar de mim mesma.

Se não for zoação, obrigada pela oferta, mas não, obrigada. Um dia quero ser jornalista correspondente de guerra, então é melhor me acostumar logo com os campos de batalha. E, de qualquer modo, sou de Chicago. Acho que consigo enfrentar o Valley.

Para: Jessie A. Holmes (jesster567@gmail.com)
De: Alguém Ninguém (alguemning@gmail.com)
Assunto: não é uma fraude, muito menos elaborada

garanto que não é trote e acho que nunca assisti a uma comédia romântica. é chocante, eu sei. espero que isso não revele uma grande deficiência no meu caráter.

você sabe que o jornalismo é um campo profissional em extinção, né? talvez devesse aspirar a ser uma blogueira de guerra.

Para: Alguém Ninguém (alguemning@gmail.com)
De: Jessie A. Holmes (jesster567@gmail.com)
Assunto: Spam com alvo específico?

Muito engraçado. Espera aí, é verdade que tem esperma nos hambúrgueres vegetarianos?

Para: Jessie A. Holmes (jesster567@gmail.com)
De: Alguém Ninguém (alguemning@gmail.com)
Assunto: você, Jessie Holmes, ganhou 100 milhões de dólares de um príncipe nigeriano

não somente esperma, mas esperma misturado com suor, por causa dos jogos.

eu também evitaria as almôndegas, só por garantia. na verdade, fique longe do refeitório. você ainda vai ingerir salmonela naquela merda.

Para: Alguém Ninguém (alguemning@gmail.com)
De: Jessie A. Holmes (jesster567@gmail.com)
Assunto: Vou mandar o número da minha conta bancária o mais rápido possível

quem é você?

Para: Jessie A. Holmes (jesster567@gmail.com)
De: Alguém Ninguém (alguemning@gmail.com)
Assunto: e cópias da certidão de nascimento e da carteira de motorista, por favor

não, isso não vai acontecer.

Para: Alguém Ninguém (alguemning@gmail.com)
De: Jessie A. Holmes (jesster567@gmail.com)
Assunto: E, claro, você também precisa do número do meu CPF, certo?

Então tá. Mas me diga pelo menos o seguinte: por que você quase não usa letras maiúsculas? A sua tecla shift não funciona direito?

Para: Jessie A. Holmes (jesster567@gmail.com)
De: Alguém Ninguém (alguemning@gmail.com)
Assunto: e altura e peso, por favor

preguiça terminal.

Para: Alguém Ninguém (alguemning@gmail.com)
De: Jessie A. Holmes (jesster567@gmail.com)
Assunto: AGORA você está ficando peculiar

Preguiçoso e verborrágico. Combinação interessante. E mesmo assim você perde tempo colocando maiúsculas nos nomes próprios?

Para: Jessie A. Holmes (jesster567@gmail.com)
De: Alguém Ninguém (alguemning@gmail.com)
Assunto: e o nome de solteira da sua mãe

não sou um completo mentecapto.

Para: Alguém Ninguém (alguemning@gmail.com)
De: Jessie A. Holmes (jesster567@gmail.com)
Assunto: Preguiçoso, verborrágico E intrometido

"Mentecapto" é uma palavra bem grande e inusitada para um adolescente.

Para: Jessie A. Holmes (jesster567@gmail.com)
De: Alguém Ninguém (alguemning@gmail.com)
Assunto: preguiçoso, verborrágico, intrometido e... bonito

essa não é a única coisa... opa! me contive bem a tempo para não fazer a piada óbvia. você me pegou totalmente desprevenido e eu quase caí de quatro.

Para: Alguém Ninguém (alguemning@gmail.com)
De: Jessie A. Holmes (jesster567@gmail.com)
Assunto: Preguiçoso, verborrágico, intrometido, bonito e... modesto

Posição perfeita.

Está vendo o que os e-mails fazem? Eu nunca diria algo assim pessoalmente. Grosseiro. Sugestivo. Como se eu fosse o tipo de garota capaz de fazer comentários assim. Quem, cara a cara com um membro da espécie masculina, saberia flertar, balançar o cabelo e, se a coisa chegasse a esse ponto, fazer muito mais do que beijar? (Que fique registrado: eu sei beijar. Não estou dizendo que tiraria 10 numa prova sobre esse assunto ou então que ganharia a medalha de ouro nas olimpíadas, mas tenho quase certeza de que não sou péssima. Sei disso simplesmente por comparação. Adam Kravitz. Nono ano. Ele: todo babão e raivoso, língua rítmica, que nem um zumbi tentando engolir a minha cabeça. Eu: participante superdisposta, três dias com o rosto esfolado.)

E-mail é um negócio bem parecido com ser diagnosticado com déficit de atenção: garantia de tempo extra nas provas. Na vida real, depois do fato consumado, eu quase sempre repasso as conversas na cabeça, corrijo as falas até aperfeiçoar o meu deboche espirituoso, despreocupado, sem esforço – tudo o que parece ser natural para as outras garotas. É perda de tempo, claro, porque a essa altura já é tarde demais. Na organização de conjuntos da minha vida, a minha personalidade imaginada e a minha personalidade real jamais convergiram. Mas nos e-mails e mensagens tenho aqueles instantes a mais de que preciso para ser a versão melhor, corrigida, de mim mesma. Para ser aquela garota que está na gloriosa interseção.

Eu deveria ter mais cuidado. Agora percebo isso. *Posição perfeita.* Sério? Não consigo decidir se parece mais coisa de homem cafajeste ou de uma vagabunda; de qualquer modo não parece coisa minha. E o pior é que não faço ideia de quem seja o destinatário. Duvido que AN seja mesmo algum benfeitor que sente pena da garota nova. Ou, melhor ainda, um admirador secreto. Porque, claro, foi para aí que o meu cérebro me levou imediatamente, como resultado de uma vida inteira devorando comédias românticas e lendo muitos livros inverossímeis. Por que você acha que eu beijei o Adam Kravitz? Ele era meu vizinho em Chicago. Existe história melhor do que a da garota que descobre que o seu verdadeiro amor morava o tempo todo na casa ao lado? Claro, o meu vizinho viria a ser mais como um zumbi com saliva misturada com refrigerante, mas tudo bem. Vivendo e aprendendo.

Sem dúvida AN é uma piada cruel. Provavelmente nem é "ele". Deve ser só uma garota má dando uma de predadora dos fracos. Porque vamos admitir: eu sou fraca. Talvez até patética. Eu menti. Não sou faixa-preta em caratê. Não sou forte. Até o mês passado eu achava que era. De verdade. A vida me deu socos, cagou na minha cabeça, e eu caí de boca, para misturar as metáforas. Ou não. Às vezes a sensação era de que a vida tinha cagado na minha boca. O meu único motivo de orgulho: ninguém me viu chorar. E aí eu virei a garota nova do colégio WV, nessa região esquisita chamada de Valley, que fica em Los Angeles mas não é Los Angeles, ou algo assim, porque meu pai se casou com uma moça rica que cheira a amêndoas chiques, e aqui o suco custa 12 dólares, e... sei lá. Não sei mais nada.

Estou mais perdida, confusa e sozinha do que nunca. Não, o ensino médio não vai ser uma época que vou recordar com carinho. Uma vez a minha mãe me disse que o mundo é dividido em dois tipos de pessoa: as que adoram os anos do ensino médio e as que passam a década seguinte se recuperando deles. O que não mata fortalece.

Mas alguma coisa matou a minha mãe, e eu não estou mais forte. Então veja bem, talvez exista um terceiro tipo de pessoa: as que nunca se recuperam completamente do ensino médio.

Capítulo 2

De algum modo deparei com a Única Coisa Que Não Pode Ser Achada no Google: *Quem é AN?* Uma semana depois de receber os e-mails misteriosos ainda não tenho a menor ideia. O problema é que eu gosto de saber das coisas. De preferência antes, com tempo suficiente para me preparar.

Sem dúvida a única opção viável para resolver essa droga de mistério é bancar o Sherlock.

Vamos começar com o Dia 1, aquele terrível primeiro dia no colégio, que foi uma bosta, mas, para ser justa, provavelmente não foi mais bosta do que todos os dias desde a morte da minha mãe. Porque a verdade é que ela continuou morta todos os dias depois que morreu. Ponto. E todos foram uma bosta. O tempo não cura todas as feridas, não importa quantos cartões de pêsames rabiscados às pressas por parentes distantes jurem que isso seja verdade. Mas imagino que naquele primeiro dia tenha havido algum momento em que eu emiti vibrações de *socorro* suficientes para AN me notar. Algum momento em que todo o negócio de *minha vida é uma bosta* ficou visível.

Só que descobrir isso não é tão simples, porque aquele dia teve uma infinidade de momentos constrangedores. Para começo de conversa, cheguei atrasada por culpa do Theo. Theo é o meu novo meio-irmão. Ele é filho da nova mulher do meu pai e, *oba!*, também está no primeiro ano do ensino médio, mas resolveu lidar com toda essa dinâmica de família misturada fingindo que eu não existo. Por algum motivo, fui idiota a ponto de presumir que, como morávamos na mesma casa e frequentaríamos o mesmo colégio, iríamos de carro juntos. Nada disso. Acontece que a camiseta de SALVE O PLANETA do Theo é só para ser exibida, e, claro, ele não precisa preocupar aquela linda cabecinha com coisas insignificantes como, você sabe, dividir o dinheiro da gasolina. A mãe dele dirige uma grande empresa de marketing cinematográfico, e a casa deles (sei que moro lá agora, mas de jeito nenhum aquela é *minha casa*) tem até biblioteca. Só que, claro, ela é cheia de filmes, não livros, porque... Los Angeles. E assim acabei indo no meu carro para a escola e ficando engarrafada num trânsito terrível.

Quando finalmente cheguei ao colégio Wood Valley – passei pelo portão intimidador, encontrei uma vaga no enorme estacionamento cheio de carros de luxo e fui andando pelo longo caminho até a entrada –, a secretária na entrada pediu que eu me juntasse a um grupo de garotos sentados de pernas cruzadas na grama. Como se aquilo fosse um retiro espiritual ou algo assim, pois além de tudo havia alguns estojos de violão espalhados. Pelo visto isso pode acontecer em Los Angeles: aula ao ar livre num gramado impossivelmente verde em setembro, com as costas apoiadas em árvores floridas. Eu já estava desconfortável e suando na minha calça jeans escura, tentando afastar o nervosismo e a minha fúria no caminho até ali. Todas as outras garotas aparentemente tinham recebido um memorando para o primeiro dia de aula: vestidos fresquinhos em cores suaves e tecidos delicados que pendiam dos ombros minúsculos em alças mais minúsculas ainda.

Até agora essa é a diferença número um entre Los Angeles e Chicago: todas as garotas aqui são magras e vivem seminuas.

A aula já estava a pleno vapor e eu fiquei sem graça ali, parada, tentando arrumar um jeito de entrar no círculo. Aparentemente eles estavam contando em sentido horário o que tinham feito nas férias de verão. Enfim me acomodei atrás de dois caras altos, com esperança de que eles já tivessem falado e que eu pudesse passar despercebida.

Mas, claro, escolhi errado.

– Ei, pessoal. Sou o Caleb – disse o cara bem à minha frente, de um jeito autoritário que fez parecer que ele presumia que todos já o conheciam. Gostei da voz dele: confiante. Caleb estava tão seguro do seu lugar quanto eu estava insegura do meu. – Fui à Tanzânia nesse verão, e achei muito legal. Primeiro a minha família e eu escalamos o Kilimanjaro, e as minhas pernas ficaram doloridos durante semanas. Depois eu me ofereci como voluntário para construir uma escola numa aldeia rural. Então, sabe, eu fiz a minha parte. No geral, foi um verão fantástico, mas estou feliz em voltar pra casa. Senti muita falta de comida mexicana.

Comecei a bater palmas quando ele terminou – o cara escalou o *Kilimanjaro* e *construiu uma escola*, pelo amor de Deus, claro que deveríamos aplaudir –, mas parei assim que percebi que fui a única. Caleb estava usando uma camiseta cinza simples e calça jeans de grife, e era bonito de um jeito que não intimidava, as feições suaves a ponto de ser o tipo de cara com quem eu poderia, quem sabe, *talvez*... certo, provavelmente não, namorar. Não era nada alcançável, não, nem um pouco, era gato demais para mim, mas a fantasia não era tão ultrajante a ponto de eu não poder curti-la só por um mísero segundo.

O cara descabelado, sentado bem à minha frente, foi o próximo, e ele também era bonito, quase tanto quanto o amigo.

Humm. Talvez eu me surpreendesse e acabasse gostando daqui, afinal. Teria uma ótima vida de fantasia, ainda que não uma vida real.

– Como vocês sabem, sou o Liam. Passei o primeiro mês de férias como estagiário no Google, lá na Bay Area, e foi incrível. Só o refeitório deles já valeu a viagem. Depois viajei de mochileiro pela Índia durante a maior parte de agosto.

Ele tinha uma voz boa, também. Melódica.

– De mochileiro? É ruim, hein?! – disse Caleb, o cara do Kilimanjaro e da camiseta cinza, e o resto da turma gargalhou, inclusive o professor.

Eu, não, porque, como sempre, perdi o timing. Estava ocupada demais imaginando como um cara do ensino médio consegue estagiar no Google e chegando à conclusão de que, se são esses os meus concorrentes, nunca vou entrar numa faculdade. E, certo, eu também estava tentando sacar os dois caras, imaginando qual seria a deles. Caleb, apesar da escalada no Kilimanjaro, tinha uma vibe tipo playboyzinho, ao passo que Liam era mais do gênero hipster descolado. Um interessante yin e yang.

– Tudo bem, não viajei de mochileiro. Meus pais não me deixariam ir a não ser que eu prometesse ficar em bons hotéis, porque, vocês sabem... intoxicação alimentar e coisa e tal. Mas mesmo assim acho que consegui ter uma boa percepção da cultura local e elaborar uma redação fantástica para me inscrever na faculdade, que era o objetivo – continuou Liam, e nessa altura eu já tinha captado o que se passava por ali e sabia que não precisava aplaudir.

– E você? Qual é o seu nome? – perguntou o professor, que mais tarde descobri que era o Sr. Shackleman, o professor de educação física que, segundo alertou AN, gosta de olhar a bunda das garotas. – Não me lembro de você.

Não sei por que ele precisou observar isso, fazendo a turma inteira me olhar, *mas tudo bem*, pensei. Essa era uma tarefa do primeiro ano: o que eu fiz nas férias de verão? Não havia motivos para as minhas mãos estarem tremendo e a minha pulsação disparando; não existia razão para eu ter os sintomas dos primeiros estágios de um ataque cardíaco. Eu conhecia os sinais. Tinha visto nos anúncios de TV. Todos os olhares estavam fixos em mim, inclusive os de Caleb e Liam, ambos me observando com diversão e suspeita. Ou talvez fosse curiosidade. Não sei.

– Ah, oi, eu me chamo Jessie. Sou nova aqui. Não fiz nada empolgante nesse verão. Quero dizer, eu... me mudei de Chicago pra cá, mas antes disso eu trabalhava... é... tipo, no Rei das Vitaminas do shopping.

Ninguém foi grosseiro a ponto de gargalhar, mas dessa vez eu percebi as expressões facilmente. Pena explícita. Eles haviam construído escolas e viajado, estagiado em empresas de bilhões de dólares.

Eu tinha passado dois meses misturando xarope de milho com elevado teor de frutose.

Em retrospecto percebo que deveria ter mentido e dito que tinha ajudado órfãos paraplégicos em Madagascar. Ninguém estranharia nem um pouco.

Nem aplaudiria, a propósito.

– Espera. Você não está na minha lista de chamada – disse o Sr. Shackleman. – Você é do terceiro ano?

– Ah, não – respondi, sentindo uma gota de suor brotar e escorrer pela lateral do meu rosto.

Cálculo rápido: será que enxugá-la chamaria mais ou menos atenção ao fato de que eu estava expelindo uma enorme quantidade de água pelos poros? Enxuguei.

– Turma errada – falou. – Eu não me pareço com a Sra. Murray, ou estou enganado? – Agora todos gargalham abertamente por causa de uma piada que, na melhor das hipóteses, era um pouco engraçada. E 25 rostos se viraram outra vez para mim, me avaliando. Mesmo: algumas pessoas pareciam estar avaliando meu tamanho. – Sua turma está lá dentro.

O Sr. Shackleman apontou para o prédio principal, então precisei me levantar e ir embora enquanto toda a turma, inclusive o professor e os objetos de fantasia Caleb e Liam, observava eu e o meu traseiro se afastando. E só mais tarde, quando cheguei à minha sala de verdade e precisei me levantar e repetir todo o papo das férias de verão na frente de outros 25 adolescentes – e pronunciar as palavras "Rei das Vitaminas" pela segunda vez diante de uma plateia igualmente penalizada –, percebi que tinha um grande tufo de grama grudado na minha bunda.

Pensando bem, quantas pessoas podem ter percebido o meu desespero? Pelo menos 50, e estou calculando por baixo só para me sentir melhor.

A verdade é que AN poderia ser qualquer um.

Agora, 14 dias depois, estou aqui no refeitório segurando um saco de papel pardo idiota com um sanduíche dentro e olhando esse novo território – onde tudo é brilhante e *caro* (os alunos aqui andam de BMWs de verdade, e não de Ford Focus com um símbolo da BMW comprado no eBay e colado na frente do carro) – sem saber aonde ir. Estou diante do problema enfrentado por todos os alunos novos de todos os tempos: não tenho com quem me sentar.

Não existe a menor chance de eu me juntar ao Theo, o meu novo meio-irmão que, na única vez em que eu lhe disse "oi" no corredor, me deixou no vácuo tão intensamente que eu desisti até de olhar na direção dele. Ele sempre está perto de uma garota chamada Ashby (sim, é o nome de verdade), que parece uma supermodelo desfilando numa passarela - com maquiagem gótica dramática, roupas de grife que parecem desconfortáveis, feições amplas e vazias, cabelo rosa espetado. Estou com a sensação de que o Theo é um dos caras mais populares dessa escola - ele anda pelo corredor cumprimentando os outros com uma batidinha de punhos -, o que é esquisito, porque ele é o tipo de cara que as pessoas zoariam em Chicago. Não por ser gay - meus colegas de turma no antigo colégio, o FDR, não eram homofóbicos, pelo menos não explicitamente -, mas porque é espalhafatoso. Um pouco exagerado *demais*. Tudo que o Theo faz é teatral, menos quando tem a ver comigo, claro.

Ontem à noite nos esbarramos antes de ir dormir e ele estava usando um roupão de seda, tipo modelo num anúncio de perfume. Certo, minhas bochechas estavam lambuzadas de creme para espinhas e eu fedia a óleo de melaleuca, que eram parte da minha paródia ridícula de adolescente espinhenta. Mesmo assim tive a decência de fingir que não era estranho as nossas vidas terem se misturado subitamente sem o nosso consentimento. Dei meu boa-noite mais amistoso, já que não vejo sentido em ser grossa. Isso não faria os nossos pais se separarem. Mas o Theo só me lançou um grunhido elaborado e elegante, com uma mensagem subliminar nítida: *Você e o seu pai golpista deveriam dar o fora da minha casa.*

Ele não está errado. Quero dizer, o meu pai não está interessado no dinheiro da mãe dele. Mas nós *deveríamos* ir embora, pegar um avião esta tarde e voltar para Chicago, ainda que isso seja uma impossibilidade. A nossa casa foi vendida. O quarto onde eu dormi a minha vida inteira agora abriga uma menina de 7 anos e a sua enorme coleção de bonecas. Está perdido, com todas as outras coisas que eram familiares para mim.

Quanto ao almoço de hoje, pensei em levar o meu triste sanduíche de creme de amendoim com geleia para a biblioteca, plano frustrado pela séria placa dizendo PROIBIDO COMER. Uma pena, porque a biblioteca daqui é incrível, até agora a única coisa que eu admitiria ser melhor em relação à FDR. (Na FDR não tínhamos uma biblioteca de verdade, e sim um armário de livros, usado principalmente para dar uns amassos. Mas a FDR era uma escola pública. Para estudar aqui cobram trocentos milhões de dólares por ano, quantia paga pela nova mulher do meu pai.) Num folheto sobre a escola está escrito que o acervo da biblioteca foi doado por algum figurão de um estúdio renomado – e todas as cadeiras são chiques, do tipo que se vê nas revistas de decoração sofisticadas que a nova mulher do meu pai espalha estrategicamente pela casa. "Pornô decoração", diz ela, com aquele sorriso nervoso que deixa claro que só fala comigo porque não tem opção.

Eu me recuso a comer no banheiro, porque é o que as pessoas patéticas fazem nos livros e nos filmes, e também porque é nojento. Os maconheiros colonizaram o gramado dos fundos, e de qualquer modo não quero sacrificar os meus pulmões no altar da amizade falsa.

Tem aquele negócio esquisito de Karrinho de Kafé, que normalmente teria a ver comigo, apesar do nome idiota: Por que os "K"? Por quê? Mas mesmo que eu voe para lá depois da aula de cálculo, as duas poltronas confortáveis estão sempre ocupadas. Numa está o cara esquisito que todo dia usa a mesma camiseta antiga do Batman e calça jeans preta justa. Ele lê livros ainda mais grossos do que os que costumam me agradar. (Ele está lendo mesmo? Ou os livros são para enfeitar? Qual é, quem lê Sartre por diversão?) A outra poltrona está sendo revezada por um grupo de garotas que riem alto demais e flertam com o Batman, cujo verdadeiro nome é Ethan – o que só sei porque temos aula de inglês juntos.

Naquele primeiro dia fiquei sabendo que o Ethan passou o verão como voluntário numa colônia de férias para crianças autistas. Não pilotou um liquidificador como eu, de jeito nenhum. Lado positivo: ele não me lançou um daqueles olhares penalizados que recebi do resto da turma quando falei sobre o meu trabalho incrível preparando vitaminas e sucos, mas se bem que isso aconteceu porque ele nem se deu o trabalho de olhar para mim.

Apesar do máximo empenho das garotas, o Batman não parece interessado nelas. Faz apenas o mínimo; dá um meio abraço, sem contato visual, e se encolhe depois de cada um, com o esforço custando caro, de algum modo invisível. (Acho que há muitos abraços e dois beijinhos nessa escola, um em cada bochecha, como se fôssemos parisienses e tivéssemos 22 anos, não americanos de 16 ainda desajeitados em todos os sentidos.)

Não consigo imaginar por que elas continuam indo até ele, todas as vezes naquela bolha de felicidade, como se o ensino médio *fosse divertidíssimo*! Fala sério, preciso repetir? Para a vasta maioria de nós, *o ensino médio não é divertido; o ensino médio é o oposto de diversão.*

Fico imaginando como deve ser falar usando superlativos como aquelas garotas: *Ethan, você é superengraçado! Na moral. Tipo, o mais engraçado do mundo!*

– Você precisa de um pouco de ar puro. Venha passear com a gente, Eth – diz uma garota loura, e desgrenha o cabelo dele, como se ele fosse uma criança desobediente.

Dar mole aos 16 anos é igual em Los Angeles e Chicago, mas eu diria que as garotas daqui são ainda mais barulhentas, como se achassem que existe uma correlação direta entre voz alta e atenção masculina.

– Não, hoje, não – responde o Batman, educado mas frio.

Ele tem cabelo escuro e olhos azuis. Bonitinho, se você curte aquele ar de *estou cagando e andando.* Entendo o motivo para a garota desgrenhar o cabelo dele. É denso e tentador.

Mas ele parece mau. Ou triste. Ou as duas coisas. Como se também estivesse contando os dias para se formar e nesse meio-tempo não fizesse questão de esconder isso.

Pois é: 639 dias, incluindo os fins de semana. Até eu tento esconder isso. Na maior parte do tempo.

Não houve chance de olhar de verdade sem ser percebida, mas tenho quase certeza de que o Batman tem covinha no queixo, e há uma grande possibilidade de que use delineador, o que... *Eca!* Ou talvez as olheiras realcem os seus olhos, porque o menino parece cronicamente exausto, como se o sono não fosse um luxo concedido a ele.

– Tudo bem – diz a garota, que finge não ter ficado chateada com a rejeição, mas é óbvio que ficou.

Em resposta, ela se senta no colo de uma garota na poltrona oposta, outra loura, tão parecida com ela que podem até ser gêmeas, e finge fazer carinho nela. Sei qual é a desse showzinho.

Continuo andando, ansiosa para chegar ao banco perto da porta. Pode ser um lugar solitário para almoçar, mas também é uma área livre de ansiedades. Lá não tem como eu fazer nenhuma besteira.

– O que você está olhando? – rosna a primeira loura para mim.

E ali estão elas: as primeiras palavras que outro estudante me dirige voluntariamente desde que entrei para o colégio Wood Valley, há duas semanas: *O que você está olhando?*

Bem-vinda à selva, penso. *Bem-vinda. À. Selva.*

Capítulo 3

Aqui não é tão ruim, digo a mim mesma agora que estou sentada num banco de costas para o Batman e para aquelas vacas, com o refeitório e o resto da minha turma seguros atrás dele. Então as pessoas daqui são maldosas. E daí? As pessoas são sacanas em todo lugar.

Eu me lembro do clima bom. Estava ensolarado, porque parece que está sempre fazendo sol em Los Angeles. Notei que todos os alunos têm óculos escuros de grife, e eu faria comentários sarcásticos com relação a pessoas que tentam parecer descoladas, mas de fato elas precisam disso. Passo os dias franzindo a testa, com uma das mãos protegendo os olhos, como um soldado batendo continência.

O meu maior problema é que sinto falta da minha melhor amiga, Scarlett. Ela é a minha leoa de chácara, meio judia e meio coreana que tem mais de 1,80 metro de altura. Ela teria a resposta perfeita para aquela garota, alguma coisa bem incisiva. Em vez disso só tenho a mim mesma: eu, o meu atrasado tempo de reação e as minhas retinas em chamas. Venho tentando me convencer de que posso ficar sozinha nos próximos dois anos. De que, se precisar de um ânimo, posso mandar uma mensagem para Scarlett e vai parecer que ela está perto, e não quase do outro lado do país. Ela é rápida no gatilho. Eu só gostaria de me sentir um pouco menos idiota com relação ao funcionamento deste lugar. Na verdade AN está certo: tenho um monte de perguntas práticas. Seria ótimo baixar um aplicativo do Wood Valley que me dissesse como usar os cartões de crédito para o almoço, me explicasse que diabo é o Dia da Doação do Wood Valley e por que devo usar sapatos fechados nesse dia. E talvez, mais importante, alertasse sobre com quem é proibido fazer contato visual. *O que você está olhando?*

Agora as louras que flertavam com o Batman passam pelo meu banco – acho que a tentativa de levar o menino para passear foi infrutífera – e dão risinhos.

– Ela é de verdade? – comenta alto a mais loura à amiga apenas ligeiramente menos loura, e depois se vira e olha para mim.

As duas são bonitas daquele jeito convencional, de tão sortudas que foram. Cabelos dourados brilhantes, recém-escovados, olhos azuis, pele clara, magricelas. Peitos estranhamente grandes. Saias curtas que, tenho quase certeza, violam o código de vestimenta da escola e quatro camadas de maquiagem provavelmente aplicadas com a ajuda de um tutorial do YouTube. Vou ser honesta: eu não me importaria em ser sortuda exatamente desse jeito, em ser aquela adolescente rara que nunca olhou para qualquer resquício de espinha. O meu rosto, mesmo nos dias mais límpidos, tem o que minha avó sempre chamou, pouco carinhosamente, de caráter. Demora um segundo, talvez um terceiro olhar, para alguém ver o meu potencial. Isto é, se eu tiver algum.

– Viu aquele prendedor no cabelo? – continuam as duas.

Ah, merda. Eu estava certa. Elas estão falando de mim. Eu não só vou passar os próximos dois anos sem um único amigo, como todos aqueles documentários de TV sobre bullying nas escolas vão finalmente fazer sentido. Alguém Ninguém pode ser uma pegadinha, mas ele/ela está certo/certa: este lugar é uma zona de guerra. Vou precisar de um vídeo de autoajuda tipo "Vai Melhorar".

Sinto o meu rosto queimar. Encosto o dedo na cabeça; um sinal de fraqueza, sim, mas também um reflexo. Não há nada de errado com o meu prendedor. Li numa revista que eles voltaram à moda. Scarlett também usa, às vezes, e ela ganhou o prêmio de Mais Bem-Vestida no ano passado. Luto contra as lágrimas que marejam os meus olhos. Não, essas meninas não vão me ver chorar. Risca isso. Elas não vão me *fazer* chorar.

Que se danem.

– Chiiiu, ela pode ouvir – diz a outra, e depois me olha, como se pedisse desculpas, só que toda alegrinha.

Estão curtindo a maior onda de vacas malignas. Então se afastam – desfilam, na verdade, como se achassem que há uma plateia assistindo e assobiando. Olho para trás, só para garantir, mas sim, sou a única por aqui. Elas estão rebolando as bundas perfeitas por minha causa.

Pego o telefone. Mando uma mensagem para a Scarlett. Para mim é hora do almoço, mas ela está saindo da escola. Estamos longe tanto no espaço quanto no tempo, e eu odeio isso.

Eu: Não me encaixo aqui. Todo mundo veste tamanho P. Ou PP.

Scarlett: Ah, não, não me diga que precisamos ter o papo VC NÃO É GORDA. Nossa amizade se baseia no fato de que não somos do tipo de garota que precisa fazer isso uma pela outra.

Nunca fizemos o gênero "Odeio o meu dedo mindinho esquerdo! É tão... curvo!". Scarlett está certa. Tenho coisas melhores a fazer do que me comparar com os ideais inalcançáveis estabelecidos pelos diretores de arte de revistas que diminuem coxas com um mouse. Mas estaria mentindo se não admitisse ter notado que, aqui, sou do grupo das pessoas grandes. Como é possível? Será que eles colocam laxante na água?

Eu: E louras. Todo mundo é. Simplesmente. Louro. Tipo. Califórnia.

Scarlett: NÃO DEIXE TRANSFORMAREM VOCÊ NUMA DESSAS. Você me prometeu não entrar numa de Los Angeles.

Eu: Não se preocupe. Para entrar numa de Los Angeles eu precisaria falar com as pessoas.

Scarlett: Que merda. Sério? É tão ruim assim?

Eu: Pior.

Rapidamente tiro uma selfie sozinha num banco com o meu sanduíche de creme de amendoim e geleia comido pela metade. Mas sorrio em vez de fazer biquinho, e como legenda coloco a hashtag #Dia14. Aquelas louras fariam biquinho, transformariam a foto em algo do tipo *Sou tão sensual!* e depois a postariam no Instagram. *Vejam como fico gata quando não como meu sanduíche!*

Scarlett: Jogue o prendedor fora. E você fica meio cafona com essa blusa.

Solto o cabelo. É por isso que preciso de Scarlett aqui. Talvez ela seja o motivo por eu nunca ter sido sacaneada antes. Se não tivéssemos nos conhecido aos 4 anos, eu provavelmente seria mais otária ainda.

Eu: Obrigada. Prendedor oficialmente perdido. Considere-o queimado.

Scarlett: Quem é o gato que aparece na foto?

Eu: O quê?

Franzo a testa para o telefone. O Batman estava olhando pela janela na hora exata em que tirei a foto. Não exatamente posando, mas foi capturado para a posteridade. Então, por acaso, Loura e Louríssima tinham plateia, afinal de contas. Claro que tinham. Garotas assim *sempre* têm plateia.

O meu rosto fica vermelho de novo. Não só sou uma fracassada gorda que lancha sozinha com um prendedor duvidoso no cabelo, como sou idiota a ponto de ser flagrada tirando uma selfie nesse momento maravilhoso da vida. E por nada menos que um cara bonito.

Deleto a foto. Desejo que fosse igualmente fácil apagar todo o resto.

Capítulo 4

– A *terra devastada*, de T. S. Eliot. Alguém leu? – pergunta a Sra. Pollack, a minha nova professora de inglês.

Ninguém levanta a mão, nem eu, apesar de ter lido há uns dois anos, no que agora parece outra vida. A minha mãe costumava deixar livros de poesia espalhados pela casa, como se fossem um rastro em direção a algum tesouro, uma variedade de pistas sinuosas levando a não sei o quê. Quando eu ficava entediada, pegava os livros na mesinha de cabeceira dela ou na pilha perto da banheira e os abria ao acaso. Queria ler as partes que ela havia sublinhado ou aquelas com anotações ilegíveis nas margens. Eu costumava me perguntar por que um determinado verso estava grifado com amarelo desbotado.

Nunca perguntei a ela. Por quê? Uma das piores coisas com relação à morte é lembrar de todas as perguntas que a gente não fez, de todas as vezes em que, idiotamente, a gente presumiu que teria todo o tempo do mundo. E isso também: como todo aquele tempo não parece tempo nenhum. O que resta parece algo fabricado. Os superexpostos fantasmas de lembranças.

Em *A terra devastada,* a minha mãe sublinhou a primeira frase e marcou-a com dois asteriscos exuberantes: "Abril é o mais cruel dos meses."

Por que abril é o mais cruel dos meses? Não sei bem. Ultimamente o ano inteiro parece cruel. Agora é setembro: lápis apontados. Um novo ano letivo e um ano nem um pouco novo. Ao mesmo tempo cedo e tarde demais para resoluções e recomeços.

Os livros da minha mãe estão guardados em caixas de papelão e mofando num depósito em Chicago, o cheiro de papel ficando úmido e empoeirado. Não me permito pensar nisso ou em como toda a matéria se desintegra. Em como todos aqueles sublinhados foram inúteis.

– É um poema de 434 versos. Portanto são o quê... uns... 434 tuítes? – pergunta a professora, e alguém na sala ri.

Ela é jovem, deve ter menos de 30 anos, e é bonita: usa legging com estampa de oncinha, sandálias *peep-toe*, regata de seda que deixa os ombros sardentos à mostra. Está mais bem-vestida do que eu. É uma daquelas professoras que os alunos concordaram implicitamente em apoiar, talvez até admirar, já que a vida dela não parece tão fora do alcance. Conseguimos nos identificar com ela.

No meu primeiro dia ela me apresentou à turma, mas não me fez ficar de pé nem dizer alguma coisa sobre mim, como os outros professores. A Sra. Pollack teve consideração por mim ao me poupar dessa humilhação.

– Bom, pessoal, *A terra devastada* é difícil. Muito, muito difícil. Tem nível universitário, mas acho que vocês dão conta. Estão preparados?

Alguns alunos dizem uns sins meio desanimados. Eu não digo nada. Não preciso levantar a minha bandeira de nerd por enquanto.

– Nã-nã-não. Vocês podem fazer melhor do que isso. Estão preparados?

Agora ela consegue exaltar a classe, o que me impressiona. Achei que o pessoal daqui só se empolgava com roupas, revistas de celebridades e viagens caras para melhorar as chances de estudar em uma boa universidade. Talvez eu tenha me precipitado. Ela continua:

– Certo, vamos fazer o seguinte: vocês vão se dividir em duplas, e nos próximos dois meses, semanalmente, vão destrinchar esse poema juntos.

Ah, não. Não. Não. Não. Sabe a única coisa pior do que ser o aluno novo numa escola? Ser o aluno novo que precisa encontrar alguém para fazer trabalho em dupla. Porcaria.

Dou uma olhada na sala. Theo e Ashby estão na frente, e é óbvio que

Theo não vai ajudar a meia-irmã. As duas louras que zombaram de mim, Crystal e Gem, estão sentadas à minha direita. Olho à esquerda. A garota ao meu lado usa óculos escuros grandes e sofisticados, calça jeans rasgada e parece o tipo de pessoa que seria minha amiga lá em Chicago. Mas, antes que eu possa pensar num modo de perguntar se ela topa fazer dupla comigo, a garota já se virou para a pessoa ao lado e fez o gestual de *vamos formar uma dupla* sem trocar uma única palavra.

De repente a sala inteira está dividida em duplas. Olho em volta e tento não parecer desesperada demais, embora o meu olhar denuncie a minha súplica. Será que terei de levantar a mão e dizer à Sra. Pollack que sobrei? *Por favor, Deus, não.* Justo quando aceito a derrota e começo a erguer o braço, alguém bate no meu ombro por trás, com uma caneta. Solto um suspiro de alívio e me viro. Não importa quem seja.

Não. De jeito nenhum.

O Batman.

Sinto o meu estômago se revirar. O menino acena com a cabeça, como o Theo faz quando banca o machão, mas desta vez não há erro: ele está evidentemente me pedindo para ser a sua dupla. Os olhos azuis são penetrantes, quase violadores, como se ele não estivesse apenas olhando para mim, mas para dentro de mim. Avaliando alguma coisa. Vendo se valho o tempo dele. Pisco, olho para baixo, assinto de volta, dou um sorriso minúsculo como agradecimento. Viro-me para a frente de novo e uso toda a minha força de vontade para não encostar a mão no rosto com o objetivo de esfriá-lo.

Passo o resto da aula me perguntando por que o Batman me escolheu. Será que pareço inteligente? E, se não for por isso, será que significa que pareço burra? Examino mentalmente a minha roupa: camisa xadrez de botões, calça jeans Gap com a bainha dobrada, os velhos tênis Vans. O mesmo uniforme de Chicago, só que sem o casacão de frio. Nada muito revelador, especialmente agora que estou livre do prendedor. O meu primeiro instinto é de que, por algum motivo, ele só está fazendo uma boa ação. Devo ter parecido patética, examinando a sala feito uma louca em busca de alguém disposto, especialmente depois de ele ter visto eu ser sacaneada pela Gem e passar vergonha no primeiro dia de aula. Até o

Ken Abernathy, que segundo AN tem problema de gases, encontrou um parceiro imediatamente.

Quando o sinal toca e todos estamos guardando os laptops – claro que sou a única sem um computador sofisticado e fininho – o Batman para junto à minha mesa e me encara de novo com aqueles olhos matadores. Será que é só impressão minha ou eles têm um leve ar psicopata? Não é possível que ele seja tão mau assim. E me escolher foi mesmo uma coisa legal. Não me lembro de ter me dado o trabalho de ser amigável com um aluno novo na minha cidade. Gato e legal. Isso. Não. É. Nem. Um. Pouco. Bom.

Percebo bem a tempo que preciso parar de encará-lo e falar alguma coisa.

– Então você quer trocar números de telefone ou algo assim? – pergunto, e odeio o tom de nervosismo na minha voz, que me faz parecer muito com as garotas que ficam em volta dele na hora do intervalo.

É que na verdade não falo muito há semanas. Scarlett e eu nos falamos mais por mensagens. O meu pai anda tão ocupado procurando um emprego novo e passando tempo com a mulher nova que mal nos vemos. De qualquer modo, neste momento ele não é a minha pessoa predileta. Não gosto dessa nova versão dele, distraído e casado com uma estranha, me obrigando a levar uma vida irreconhecível sem direito a opinar sobre o assunto.

E é isso. O total de pessoas que restam no meu mundo.

– Não, pô. Vou só fazer o trabalho e colocar os nossos nomes.

O cara nem espera que eu concorde. Simplesmente assente de novo, como se eu tivesse dito sim. Como se ele tivesse me feito uma pergunta e eu tivesse respondido.

Certo. Talvez no final das contas ele não seja tão legal.

– Mas...

Mas o quê? *Eu estava ansiosa para fazer dupla com você? Gosto dos seus olhos de serial killer.* Ou, pior ainda: *Por favor?* Não termino de falar. Só olho de novo para baixo, para a minha bolsa de couro com os livros, que eu achava ótima até chegar aqui e perceber que todos têm uma de uma marca francesa chique da qual a gente ouve falar em músicas de rap.

– Não se preocupe. Você vai tirar 10.

Então o Batman se afasta tão depressa que é quase como se eu o tivesse imaginado ali. Alguma versão perversa de um super-herói. E sou deixada sozinha, pegando as minhas coisas, pensando em quanto tempo vai se passar até que alguém fale comigo de novo.

Eu: A situação vai melhorar, né? Com o tempo vai melhorar.

Scarlett: Me desculpe por não ser do tipo que reduz o nosso discurso ao uso de emojis, já que neste momento você merece totalmente uma carinha sorrindo. Sim, vai melhorar.

Eu: Rá. É só que... Deixa pra lá. Desculpe por ficar me lamentando.

Scarlett: É pra isso que estou aqui. ALIÁS, sabe aquele e-mail que você me repassou? Minha hipótese: TOTALMENTE ADMIRADOR SECRETO.

Eu: Você leu livros demais. Estão armando pra cima de mim. E pare de GRITAR COMIGO.

Scarlett: De jeito nenhum. Eu não disse que ele era um vampiro. Disse que era um admirador secreto. Sem dúvida.

Eu: Quer apostar?

Scarlett: A essa altura você já deveria saber que sempre estou certa. É o meu único poder mágico.

Eu: E qual é o meu?

Scarlett: Está para ser determinado.

Eu: Muito obrigada.

Scarlett: Brincadeirinha. Você é forte. Esse é o seu poder, garota.

Eu: Meus braços estão muito tonificados de tanto fazer levantamento de TODOS os biscoitos por causa do estresse. Da mão pra boca. Repetição 323 vezes. Malhação pesada.

Scarlett: Vamos falar sério, só por um segundo, J? Só porque você é forte não quer dizer que não possa pedir ajuda às vezes. Lembre-se: estou aqui, SEMPRE, mas talvez você devesse aceitar aquela oferta de alguém daí.

Eu: Deixa pra lá. Argh. Obrigada, assistente social. Tô com saudade!

Scarlett: Eu também! Anda, escreve de volta para o AN. AGORA. AGORA. AGORA. E me fale a verdade: tem alguém especialmente pálido na sua escola?

Para: Alguém Ninguém (alguemning@gmail.com)
De: Jessie A. Holmes (jesster567@gmail.com)
Assunto: Invocando o meu guia espiritual

> Tudo bem, admito. Você está certo. Este lugar é uma zona de guerra e seria bom ter alguma ajuda. Por isso estou indo contra minha intuição e esperando que possa confiar em você. Ainda está disposto a responder a algumas perguntas? (E, se é a Deena, você venceu. Me pegou.)

Para: Jessie A. Holmes (jesster567@gmail.com)
De: Alguém Ninguém (alguemning@gmail.com)
Assunto: ao seu dispor, milady.

> agora você me deixou curioso com relação a essa tal de Deena. por que ela pregaria uma peça em você? a oferta continua de pé.

Para: Alguém Ninguém (alguemning@gmail.com)
De: Jessie A. Holmes (jesster567@gmail.com)
Assunto: Estou praticamente fazendo uma reverência

A história da Deena não é exatamente interessante. Coisa de garota idiota do ensino médio. Falando nisso: você disse que havia uma lista curta de pessoas com quem eu deveria fazer amizade, não foi? Não quero parecer desesperada, mas agradeceria alguma ajuda nesse sentido.

Qual é a do Dia da Doação do WV e o que vai acontecer com os dedos dos meus pés se eu deixá-los à mostra?

Aqueles cartões de almoço esquisitos vêm pré-carregados com dólares ou o quê?

Para: Jessie A. Holmes (jesster567@gmail.com)
De: Alguém Ninguém (alguemning@gmail.com)
Assunto: picadinho de dedos dos pés

comece com Adrianna Sanchez. ela é tímida, por isso não vai tomar a iniciativa de se aproximar de você. mas é gente boa, inteligente e secretamente engraçada depois que você a conhece. não sei por quê, mas acho que vocês duas seriam boas amigas.

o dia de serviço comunitário começa com o Hábitat Para a Humanidade. envolve martelos, daí os sapatos protegendo os dedos. os seus tênis Vans devem servir. a propósito, eles são muito legais.

não, não são pré-carregados. a máquina do lado de fora do refeitório só aceita notas de 10 e de 20 e cartões de crédito.

Humm. Talvez esse tal de AN me conheça melhor do que eu pensava. Adrianna Sanchez é a garota com os óculos escuros enormes que se senta perto de mim na aula de inglês. A que me lembra as minhas amigas de Chicago. Fico meio corada por causa do elogio que ele fez aos meus Vans. Sou muito idiota.

Para: Alguém Ninguém (alguemning@gmail.com)
De: Jessie A. Holmes (jesster567@gmail.com)
Assunto: O Topo da Pirâmide

Cartões de crédito? Sério? Todo mundo aqui é rico?

Para: Jessie A. Holmes (jesster567@gmail.com)
De: Alguém Ninguém (alguemning@gmail.com)
Assunto: venha dar uma volta no meu carro importado

honestamente? temos alguns alunos bolsistas, mas esse lugar custa uma grana preta, como tenho certeza de que você sabe. ele é o que é.

Em outras palavras: motivo nº 4.657 para eu não me encaixar aqui. O meu pai não é um magnata do cinema, o que quer que isso signifique; é farmacêutico. Na nossa cidade não éramos nem um pouco pobres, na verdade eu considerava normais. Só que nenhum adolescente tinha os próprios cartões de crédito. Eu fazia as minhas comprinhas com dinheiro economizado, e não costumávamos tomar um café de cinco dólares sem primeiro fazer a conta infeliz e perceber que aquela bebida custava quase uma hora de trabalho.

Os meus pais nunca foram muito interessados em dinheiro, em roupas ou nas merdas chiques que são onipresentes aqui. Eu não era o tipo de criança que pedia coisas de marca – na verdade isso nunca foi do meu feitio, e, se fosse, tenho quase certeza de que a minha mãe faria um sermão. Não apenas porque só podíamos cometer excessos de vez em quando, mas porque a minha mãe considerava as grifes e as coisas decorativas uma perda de tempo. Coisas idiotas para pessoas idiotas. Preferia usar o dinheiro que ela e o meu pai economizavam para viajar a lugares interessantes ou doar a boas causas.

A experiência é mais importante do que as coisas materiais, dizia, e depois falava sobre algum estudo de ciências sociais que tinha lido e provava definitivamente que o dinheiro não compra felicidade. Eu nem sempre concordava com ela – me lembro de uma briga que tivemos por causa de um vestido de 200 dólares para o baile da oitava série –, mas agora sinto orgulho da minha criação, mesmo que isso signifique que nesta escola eu seja ainda mais estranha numa terra estranha.

De repente a gratidão que o Batman inspira em mim se transforma em fúria. Como ele ousa sequestrar a minha nota? Diferentemente do pessoal endinheirado daqui, espero conseguir uma bolsa para a universidade. Não posso apenas confiar na promessa de nota máxima que ele fez. E se a Sra. Pollack descobrir que não trabalhamos juntos? Quando me matriculei, tive de assinar um compromisso de honra. Tecnicamente isso poderia ser considerado fraude e ficar registrado no meu histórico.

Amanhã precisarei criar coragem para dizer ao Batman que devemos trabalhar juntos, ou terei que pedir à Sra. Pollack para me arranjar um novo parceiro. Odeio ter um monte de dever de casa para fazer e ainda precisar arranjar tempo para algum trabalho de meio expediente. Odeio o fato de Scarlett não estar aqui. Odeio o Theo, que simplesmente chegou em casa e, apesar de eu estar sentada ali na sala, não se deu o menor trabalho de ser gentil e dizer: "E aí, como foi o seu dia?" Odeio até o meu pai – que, como concluí depois da morte da minha mãe, é mais fácil de amar do que de sentir pena – por ter me trazido aqui, por me deixar sozinha para resolver as minhas coisas. Não consigo nem mesmo encontrá-lo em lugar nenhum.

A minha mãe ficava furiosa quando eu usava a palavra "odeio". Ela achava que era uma palavra ingrata, superestimada, e sem dúvida ficaria furiosa comigo por usá-la para me referir ao meu pai. Mas, afinal de contas, ela se foi e ele está casado com outra pessoa. Com certeza, nenhuma regra antiga continua valendo.

Para: Alguém Ninguém (alguemning@gmail.com)
De: Jessie A. Holmes (jesster567@gmail.com)
Assunto: E agora um eufemismo

Ei, Guia Espiritual. Não quero parecer ingrata nem nada, mas preciso dizer: A SUA ESCOLA É UMA DROGA.

Para: Jessie A. Holmes (jesster567@gmail.com)
De: Alguém Ninguém (alguemning@gmail.com)
Assunto: conta uma novidade

você está chovendo no molhado. agora, por favor, pare de gritar. estou ficando com dor de cabeça.

Capítulo 5

— Lar, doce lar – disse papai na primeira vez em que entramos na casa da sua nova mulher.

Ele abriu os braços, como quem diz: *Não é muito simplezinha, né?* Se a nossa casa em Chicago tinha o pé-direito baixo, a estrutura resistente e era pequena, o que eu considerava, com carinho, uma casa guerreira, esta era a rainha do baile de debutante: alta, resplandecente e vencedora de tudo sem fazer esforço. Sofás brancos. Paredes brancas. Estantes brancas. Já é bastante ruim que a Rachel banque o meu colégio, agora estou aterrorizada com a possibilidade de acrescentar à minha ficha a acusação de causadora de manchas.

Não, não é exatamente um lar, doce lar. Parece estranho reclamar por estar morando em algo que parece saído de uma revista de decoração de luxo, mas é que sinto falta da nossa casa, que papai vendeu aos Patel no primeiro dia em que a colocamos à venda. Agora a Aisha dorme no meu antigo quarto, de onde foram arrancados os meus cartazes de filmes antigos e a montagem com capas de livros e fotos de Scar e eu fazendo caras idiotas. Aqui ocupo um dos muitos quartos de hóspedes, todos decorados de modo a impedir que a pessoa fique por muito tempo. Agora durmo num sofá-cama de estilo antigo – o tipo de coisa adequada para uma pin-up dos anos 1950 mostrar a cinta-liga, e não tanto para, tipo, dormir. O banheiro da suíte parece caro demais para ser tocado, quanto mais para ser usado. E as paredes são decoradas com umas obras de arte abstrata que mais parecem pinturas de crianças. O meu único acréscimo ao quarto, além de Bessie, minha vaquinha de pelúcia de infância, é uma foto minúscula de minha mãe e eu, de quando eu tinha uns 8 ou 9 anos. Estou toda agarrada na coxa dela, como se fosse uma macaquinha, apesar de já ser velha demais para esse tipo de coisa. Ela está me olhando. Há amor e diversão nos olhos dela, adoração e medo nos meus. Ainda me lembro do momento em que a foto foi tirada. Eu estava com medo de uma babá nova, convencida por algum motivo de que, se a minha mãe saísse pela porta, nunca mais voltaria.

– Você não adora isso aqui? – perguntou o meu pai sobre a casa, depois de ter carregado a minha vida em duas bolsas de lona pela escadaria ampla até o "meu quarto".

Ele estava tão feliz e empolgado, como uma criança que faz algo bom e busca uma recompensa, que não consegui cortar o seu barato. Ele ficou completamente desamparado quando a minha mãe adoeceu. Num dia ela era saudável, capitã da nossa vida, a organizadora de tudo, e de repente não era mais. Diagnóstico: estágio quatro de câncer no ovário. Ficou fraca demais para conseguir sair do quarto, imagine para administrar as complexidades do dia a dia: refeições, sair de casa, manter o estoque de papel higiênico.

Enfraquecido e exausto, o meu pai perdeu peso e cabelo, como se ele, não ela, que estivesse fazendo quimio e radiação. Como se ele fosse a imagem dela num espelho. Ou um gêmeo siamês. Um incapaz de funcionar sem o outro. Faz apenas dois anos (747 dias; eu conto), e eu notei que apenas recentemente ele começou a ganhar peso outra vez, a parecer mais sólido. De novo, finalmente, um homem, o *pai*, não o filho. Durante meses depois do acontecido, o meu pai ficou me fazendo perguntas que deixavam claro que ele não tinha ideia de como a nossa vida cotidiana funcionava: onde a gente guarda a pá de lixo? Qual é o nome do diretor da sua escola? Com que frequência você vai ao médico?

Ele trabalhava em tempo integral, e quando não estava no serviço ficava ocupado negociando com as seguradoras, lidando com as montanhas de contas de médicos que continuavam chegando, tão cruéis, a posteriori. Em vez de incomodá-lo, eu pegava emprestado o estourado cartão de crédito. Agendava entregas regulares de papel-toalha e papel higiênico, mantinha uma lista de compras, comprava barrinhas de cereais e aveia instantânea por atacado. Como ainda não tinha carteira de motorista naquele primeiro ano, encomendava sutiãs pela internet. Absorventes internos também. Fazia à internet todas as perguntas que teria feito à minha mãe. Uma triste substituta virtual.

Dávamos um jeito. Nós dois. E durante um tempo ficamos tão ocupados segurando as pontas que quase me esqueci de como as coisas eram antes. De como nós três combinávamos. Quando eu era pequena, subia na cama entre eles para fazermos "sanduíche de Jessie". Éramos uma unidade feliz; três parecia um número bom, equilibrado. Cada um de nós tinha o seu papel definido. O meu pai trabalhava e fazia a gente rir. A minha mãe também trabalhava, mas em meio expediente, por isso era uma pessoa central, a pacificadora da família e aquela que nos mantinha unidos. A minha única tarefa era ser a filha deles, a sua menina boazinha, e aproveitar o fluxo constante de atenção.

Faz 747 dias e ainda não aprendi a falar sobre nada disso. Ou melhor: consigo contar como eu comprava papel higiênico, como ficamos abalados, como *eu* fiquei abalada. Mas ainda não encontrei as palavras para falar sobre a minha mãe. A *mãe de verdade*. Para lembrar como ela era de um modo que não me faça ir ao fundo do poço de vez.

Ainda não sei como.

Às vezes parece que me esqueci totalmente de como se fala.

– Gosto, pai, aqui é realmente incrível – respondi, porque a casa nova era maravilhosa.

Se eu seria mantida presa por uma madrasta má, sem dúvida existiam lugares piores para morar do que as páginas de uma revista de decoração. Eu não reclamaria da absoluta falta de conforto – e nem estou falando de conforto com relação a mim, mas de forma geral – ou do fato de que eu me sentia como se tivesse me mudado para um museu cheio de estranhos. Pareceria mesquinho. E, de qualquer jeito, eu e o meu pai sabíamos que a questão não era essa. O problema era que mamãe não estava aqui. Nunca mais estaria em lugar nenhum. Quando eu pensava nisso por muito tempo, coisa que não fazia com frequência, percebia que não importava muito onde eu dormisse.

Certos fatos costumam tornar todo o resto irrelevante.

Antigamente tínhamos a força de três, e agora éramos algo totalmente diferente. Uma formação nova, impossível de ser definida. Um paralelogramo vesgo.

– Pode me chamar de Rachel – disse a nova mulher de papai quando a conheci, o que me deu vontade de rir.

De que mais eu iria chamá-la? Mamãe? Sra. Scott? (O nome de solteira dela. Na verdade não era o nome de solteira, mas o sobrenome do marido anterior.) Ou mesmo, mais ridículo ainda, pelo novo sobrenome, o da *minha* mãe: Sra. Holmes? Na minha cabeça ela continua sendo a nova mulher do meu pai; é inútil me esforçar para me acostumar à ideia. *A nova mulher do papai. A nova mulher do papai. A nova mulher do papai.* Essas palavras simplesmente não combinam.

– Pode me chamar de Jessie – falei, porque não sabia o que dizer.

Só o fato de ela existir já era uma surpresa. Eu nem sequer havia percebido que o meu pai tinha começado a namorar. Ele viajava bastante – dizia que eram convenções farmacêuticas – e eu nem pensava em questioná-lo, apesar de ele nunca ter viajado a trabalho antes. Achei que estava se ocupando pelo mesmo motivo que eu ia à escola: para esquecer. Ficava empolgada em ter a casa só para mim naqueles fins de semana. (Quer saber se eu aproveitava e dava festas incríveis, onde todos tomavam cerveja em copos vermelhos descartáveis e deixavam montes de vômito no gramado? Não. Scarlett vinha dormir comigo. Fazíamos pipoca de micro-ondas e assistíamos a um monte de temporadas antigas dos nossos seriados prediletos.)

Até que um dia o meu pai chegou em casa e veio com um papo de que tinha se apaixonado, e notei que ele estava com uma aliança nova no dedo. Fria e brilhante. De prata: uma medalha implacável. Parece que, de algum modo, em vez de ir para Orlando aprender mais sobre o medicamento Cialis, ele tinha ido para o Havaí com uma mulher que conheceu pela internet num grupo de apoio para pessoas que sofreram perdas. A princípio achei que ele estava brincando, mas as suas mãos tremiam e ele estava sorrindo um pouco, como faz quando fica nervoso. E aí ele fez um longo e terrível discurso sobre como sabia que seria difícil, uma nova cidade, mudar de colégio e coisa e tal – essa foi a parte que ele falou depressa, tão rápido que o obriguei a repetir para garantir que tinha escutado direito. Essa foi a parte em que ouvi pela primeira vez as palavras "Los Angeles".

Era um degrau acima, disse ele. Uma *oportunidade*. Um modo de sairmos do "nosso buraco". Essas foram outras palavras que ele ousou empregar: "nosso buraco". Eu nem tinha percebido que estávamos num buraco.

Ele estava bronzeado, as bochechas rosadas depois de três dias na praia. Eu continuava pálida do inverno em Chicago. Os meus dedos provavelmente cheiravam a manteiga. Não chorei. Depois que o choque passou, percebi que tinha me importado muito menos do que achava que me importaria. Às vezes, quando Scarlett diz que sou forte, acho que ela quer mesmo é dizer que sou indiferente.

Rachel é uma daquelas mulheres pequenas que de algum modo usam a voz para se fazerem presentes. Ela não fala, exatamente. Ela anuncia as coisas. *Pode me chamar de Rachel! Se você quiser acrescentar alguma coisa à lista de compras, peça à Glória! Não seja tímida! Ela tem mãos de fada na cozinha! Eu não sei sequer fazer um ovo cozido! Hoje o pilates foi puxado!*

Acho exaustivo ficar perto dela.

O anúncio de hoje:

– Jantar em família!

Até agora quase sempre consegui não me sentar com todo mundo à mesa para comer. Rachel anda ocupada trabalhando até tarde num filme novo – um filme de ação e ficção científica chamado *Terroristas do espaço* – que ela promete que vai "ser um fenômeno de bilheteria!". Nas noites em que o meu pai não vai aos jantares profissionais com a Rachel – ela gosta de declarar que "conhecer pessoas é fundamental!" –, ele fica grudado no computador procurando emprego. O Theo também sai bastante, principalmente para a casa da Ashby, onde eles roubam as refeições prontas que a mãe dela compra.

Costumo comer no meu quarto. Em geral um sanduíche de creme de amendoim com geleia que eu mesma preparo, ou macarrão instantâneo com ovo. Não me sinto confortável para acrescentar itens à lista de compras de Glória, que é a "administradora doméstica", seja lá o que isso queira dizer. "É como se fosse da família!", declarou Rachel quando nos apresentou, mas até onde sei as pessoas da família não usam uniforme. Também parece que há uma equipe de faxina e vários latinos que são pagos para fazer coisas, tipo trocar lâmpadas ou consertar encanamentos.

– Desçam aqui! Vamos todos jantar juntos, gostem ou não!

Essa última parte é dita meio de brincadeira, tipo: *Rá, rá, não é engraçado vocês dois não quererem fazer isso? Dividir uma casa. Comer juntos. A vida é hi-lá-ria.*

Talvez eu a odeie. Ainda não decidi.

Ponho a cabeça para fora do quarto e vejo que o Theo está descendo usando um par de fones de ouvido enormes. Não é má ideia. Pego o meu telefone, assim posso mandar mensagens para a Scarlett enquanto comemos.

– Fala sério, mãe – diz Theo, com os ouvidos ainda totalmente cobertos, de modo que fala ainda mais alto do que o usual. Esse pessoal não tem noção do volume da própria voz. – A gente precisa mesmo bancar a família feliz? Já é ruim o bastante eles *morarem* aqui.

Eu me viro para o meu pai e reviro os olhos para mostrar que não estou incomodada em viver ali. Ele me dá um sorriso minúsculo quando Rachel não está olhando. Se Theo vai ser o rebelde, vou fazer o contrário. Bancar a filha perfeita e deixar Rachel mais sem graça ainda com relação ao seu moleque mimado. Fingir que não estou com raiva pelo meu pai ter me trazido para cá, por ele nem ter tido o cuidado de me perguntar como estou me virando. Dominei o jogo do fingimento.

– Parece delicioso. O que é? – pergunto, porque realmente parece bom.

Estou ficando cansada de macarrão e sanduíche de creme de amendoim com geleia. Preciso de legumes.

– Quinoa e refogado de frutos do mar com couve-chinesa – responde Rachel. – Theo, por favor, tire esses fones e pare de ser mal-educado. Temos uma notícia empolgante.

– Vocês vão ter um filho – diz Theo na maior cara de pau, depois ri da própria piada, que não é nem um pouco engraçada.

Ah, não. Será que essa possibilidade existe biologicamente? Quantos anos a Rachel tem? Obrigada, Theo, por acrescentar mais uma coisa à minha lista de piores temores da vida.

– Muito engraçado. Não. Bill arranjou um emprego hoje! – anuncia Rachel com um grande sorriso, como se o meu pai tivesse acabado de realizar um feito espantoso: dado um triplo mortal para trás na nossa frente e pousado no patamar da escada.

Ela ainda está usando a roupa de trabalho – blusa branca com uma elegante gravata-borboleta e calça preta com uma faixa de cetim descendo de cada lado. Não sei bem por quê, mas acho que ela sempre usa coisas penduradas: gravatas, borlas, colares com medalhinhas, echarpes. Seu cabelo castanho cortado reto é escovado para ficar liso, e a perfeição dele a faz parecer mais velha, apesar do botox bem-feito. Uma quantidade enorme de linhas retas. Mesmo não estando muito no clima de admitir nada com relação a ela, uma coisa é certa: o entusiasmo de Rachel é contagiante. Provavelmente o salário do meu pai é só um pouquinho maior do que o de Glória, mas mesmo assim fico aliviada. Agora posso pedir mesada para segurar as pontas até conseguir um trabalho de meio expediente.

– Vamos brindar! – diz ela, e, para minha surpresa, serve uma pequena taça de vinho para o Theo e outra para mim. O meu pai não diz nada, eu também não; bancamos os sofisticados e europeus. – Aos recomeços!

A minha taça tilinta, tomo um gole de vinho e depois me entrego aos frutos do mar. Tento não fazer contato visual com o Theo; em vez disso mando uma mensagem para a Scarlett.

– Estou tão empolgada! Não demorou muito, querido! – Rachel sorri para o papai e aperta a mão dele.

Ele sorri de volta. Olho para o meu telefone. Não me acostumei a ver os dois juntos, bancando os recém-casadinhos. Tocante. Duvido que algum dia me acostume.

– Onde você vai trabalhar? – pergunto, principalmente porque espero que o meu questionamento faça os dois soltarem as mãos.

Não funciona.

– Na verdade é pertinho da sua escola. Vou ser atendente da farmácia no mercado Ralph's – responde o meu pai.

Fico me perguntando o que ele acha de Rachel ganhar muitíssimo mais do que ele, se o faz se sentir menos homem ou se considera atraente. Quando contestei o fato de ela pagar a mensalidade do meu colégio, ele simplesmente disse: "Não seja ridícula. Isso não é para ser questionado!" Ele estava falando sério. Nada podia ser questionado: o casamento, a nossa mudança, o colégio Wood Valley. Antes de a minha mãe morrer eu vivia numa democracia. Agora é uma ditadura.

– Espera aí, o quê? – pergunta Theo, e finalmente tira os fones. – Você NÃO vai trabalhar no Ralph's.

O meu pai levanta os olhos, confuso com o tom agressivo do Theo.

– Vou, sim, no da avenida Ventura – responde ele, mantendo a voz afável, leve.

Ele não está acostumado a discutir com os outros, só comigo, e faço o estilo passivo-agressiva. Na verdade sou muito mais passiva, com uma tempestade ocasional de rispidez. Só fico irritada quando estou sozinha, no meu quarto, às vezes no ritmo da música.

– Os benefícios são bons, tem até plano odontológico. Vou ser estagiário de farmácia por um tempo, já que preciso fazer uma prova para poder exercer a profissão na Califórnia. Mas, sabem, é pago, não é como um estágio propriamente dito. Vou fazer a mesma coisa que eu fazia em Chicago, enquanto espero o registro profissional – completou ele.

Então solta uma gargalhada nervosa e fica com aquele meio sorriso. Está falando por falar.

– Você arranjou um trabalho no supermercado perto do MEU colégio? – grita Theo.

– Na farmácia. Sou farmacêutico. Você sabe disso, não sabe? Ele sabe? – pergunta o meu pai, agora completamente pasmo, a Rachel. – Não vou empacotar compras.

– Você só pode estar brincando. Mãe: ele tá falando sério?

– Theo, pegue leve – diz Rachel, e estende a mão.

Quem são essas pessoas?, penso, não pela primeira vez. *Pegue leve?*

– Como se eu já não estivesse humilhado o bastante. Agora os meus amigos vão vê-lo trabalhando no supermercado com um daqueles crachás ridículos? – Theo joga o garfo do outro lado da sala e se levanta.

Não deixo de notar a mancha de molho shoyu na cadeira branca da sala de jantar e resisto à ânsia de procurar um produto de limpeza. Ou será que isso é uma tarefa para a Glória?

– Me dá um tempo. Já é difícil demais sem essa merda – completa Theo, que vai embora intempestivamente, batendo os pés e bufando ridiculamente, como uma criança de 4 anos.

O negócio é tão exagerado que sinto vontade de rir. Ele aprendeu a dar chiliques assim na aula de teatro? Depois vejo a cara do meu pai. Seu olhar está triste. Humilhado.

– Olha esse linguajar! – diz Rachel, apesar de o Theo já ter saído há um tempo e de ele ter 16 anos.

Quando era pequena eu adorava brincar de farmacêutica. Vestia um avental da minha mãe e usava os tubos vazios de vidro que o meu pai trazia para dar cereal aos meus bichinhos de pelúcia. Até a minha mãe morrer, nunca me ocorreu ter algo além de orgulho do meu pai, e mesmo depois as minhas dúvidas eram somente com relação à sua capacidade de sobreviver, e não à capacidade profissional. Na verdade gosto da ideia de ele estar trabalhar no Ralph's, pertinho do colégio. Sinto falta dele. Há cômodos demais entre nós.

Danem-se o Theo e os seus amigos ricos; nós não tínhamos plano odontológico em Chicago.

O meu pai é um otimista. Duvido que ele tenha previsto que seria tão difícil assim, ou talvez, quando éramos só nós dois achatados na nossa casa guerreira, ele tenha pensado: *De jeito nenhum pode ser mais difícil viver na Califórnia do que aqui.*

– Vou ter que recusar o emprego só porque ele fica com vergonha? – diz o meu pai, como se estivesse consultando a Rachel, e de novo descubro que preciso desviar o olhar. Mas desta vez não é para me poupar, e sim para poupá-lo. – Eu preciso trabalhar.

• • •

Mais tarde me sento do lado de fora, num dos muitos deques da Rachel. Olho as montanhas que ficam em volta da casa com as suas luzinhas minúsculas. Imagino as outras famílias por lá, terminando o jantar ou lavando a louça. Se estiverem brigando, provavelmente é por algum motivo recorrente, por hábitos antigos que já deixaram marcas. Nesta casa somos estranhos. Nem um pouco como uma família.

É estranho pensar em como as coisas eram aqui, antes de o meu pai e eu chegarmos, antes da morte do pai do Theo. Será que todos se sentavam e jantavam juntos, como a minha família?

Estou com o telefone, mas muito cansada para mandar mensagens para a Scarlett. Estou sem disposição até para ver se recebi mais um e-mail do AN. Quem se importa? Ele provavelmente não passa de outro merdinha rico, como todo mundo no Wood Valley. Até ele já admitiu isso.

A porta de tela se abre e se fecha atrás de mim, mas não me viro para olhar. Theo se aboleta na espreguiçadeira ao meu lado e pega uma embalagem de cigarro e um saquinho de maconha.

– Não sou um escroto, tá? – diz Theo, e começa a enrolar o seu baseado com uma precisão carinhosa.

Grosso e reto. Um trabalho elegante.

– Posso ser sincera? Você não me deu nenhuma prova do contrário – digo e me arrependo no mesmo instante.

Eu não poderia ter simplesmente dito *é sim* ou *Me deixa em paz*? Por que eu falo às vezes como uma pessoa de 60 anos?

– A sua mãe não vai ver isso?

– É cem por cento legalizado e medicinal. O meu psiquiatra que prescreveu.

– Sério? – pergunto.

– Juro pra você. É pra minha ansiedade.

Posso ouvir o sorriso na voz dele e me pego sorrindo de volta. *Essas coisas só acontecem na Califórnia*, penso.

Ele estende o baseado para mim, mas faço que não com a cabeça. O meu pai já teve trauma suficiente por um dia. Não precisa ver a filha boazinha fumando com o novo enteado. Para um farmacêutico, ele é surpreendentemente conservador com relação a substâncias medicinais. Theo continua:

– De qualquer modo acho que ela ficaria aliviada porque é só um baseado. No ano passado um garoto da escola morreu. Overdose de heroína.

– Que horror – retruco. Na minha antiga escola usavam toneladas de drogas. Duvido que as substâncias que eles usam aqui sejam mais pesadas, provavelmente só são mais caras. – Eu me pergunto pra quê seria a receita *dele*.

Theo me lança um olhar e demora um momento para perceber que estou brincando. Costumo fazer piada em horas inadequadas e pego pesado no sarcasmo. É melhor ele descobrir isso sobre mim agora.

– Sabe, em qualquer outra situação eu poderia nos ver como amigos. Você não é tão ruim. Quero dizer, a Ashby ia amar dar um trato total no seu visual, mas você já tem a matéria bruta. E dá pra ver que você é meio legal, a seu modo. Engraçada. – Theo não olha para mim, mandando os seus elogios duvidosos para as montanhas. – Mas o seu pai é um babaca.

– E você *é* meio escroto. De verdade.

Theo gargalha e estremece em reação a algum vento invisível. Aqui faz frio à noite, mas ainda está quente demais para o cachecol que ele enrolou no pescoço. Ele dá um trago no baseado, longo e com força. Nunca fumei maconha, mas consigo entender o apelo. Posso senti-lo relaxando perto de mim, afundando mais na espreguiçadeira. A taça de vinho também me acalmou. Eu queria que a Rachel tivesse me oferecido mais uma – seria um presente que eu não teria recusado.

– É, eu sei. Mas você tem ideia de quanta merda vou ter que aguentar no colégio por causa dele? Meu Deus.

– Não sinto pena de você.

– É, provavelmente você não sentiria.

– Isso é uma droga pra mim também, Theo. Tudo. Cada minuto de cada dia – digo, e assim que desabafo, percebo como estou sendo verdadeira.

Papai, você estava errado: a coisa poderia ficar pior. Ficou muitíssimo *pior.*

– Em Chicago eu tinha uma vida. Amigos. Pessoas que *diziam olá pra mim* nos corredores.

– O meu pai morreu de câncer no pulmão – diz Theo, do nada, e dá outro trago no baseado. – É por isso que eu fumo. Acho que, se você consegue correr 30 quilômetros por dia e ainda assim desenvolver câncer no pulmão, eu posso aguentar.

– Essa é a coisa mais idiota que eu já ouvi.

– Eu sei, tá? – Theo apaga o baseado e guarda cuidadosamente o que sobra. Em seguida se levanta e olha direto nos meus olhos. Não resta nenhum traço do seu chilique. – Ei, se é que conta alguma coisa, sinto muito pela sua mãe.

– Obrigada. Sinto muito pelo seu pai.

– Obrigado, acho. Aliás, por favor, dá pra você começar a comer na cozinha? Glória fica pegando no meu pé por sua causa. Disse que todo aquele macarrão vai deixar você *guapa*.

– Vai me deixar bonita?

– *Gordito. Gordita*. Sei lá. Vai transformar você numa gorda enorme. Certo, minha boa ação de hoje está feita.

– Uau, continua sendo um escroto – digo, mas desta vez deixo o sorriso penetrar na voz.

Na verdade Theo não é tão mau assim. Não é ótimo, mas também não é uma pessoa ruim.

– Então provavelmente ainda não vou falar com você na escola – diz ele, e por uma fração de segundo imagino se ele pode ser o AN.

– Foi o que pensei – digo, e ele confirma fazendo movimentos rápidos com a cabeça antes de me dar as costas e entrar.

Capítulo 6

Para: Alguém Ninguém (alguemning@gmail.com)
De: Jessie A. Holmes (jesster567@gmail.com)
Assunto: Estou sem ideia para assuntos engraçadinhos

Já sentiu como se a sua vida fosse um longo pesadelo e você só ficasse esperando acordar, mas não acordasse nunca?

Para: Jessie A. Holmes (jesster567@gmail.com)
De: Alguém Ninguém (alguemning@gmail.com)
Assunto: Bela Adormecida

hummmm, já. as coisas estão tão ruins assim?

Para: Alguém Ninguém (alguemning@gmail.com)
De: Jessie A. Holmes (jesster567@gmail.com)
Assunto: Estou mais para uma mocinha de novela

Não. Na verdade, não. Desculpe. É que esta noite estou sentindo um pouco de pena de mim mesma. Não deveria ter escrito.

Para: Jessie A. Holmes (jesster567@gmail.com)
De: Alguém Ninguém (alguemning@gmail.com)
Assunto: o meu conselho tipo biscoito chinês da sorte

não, não precisa se desculpar.

sabe, dizem que a felicidade no ensino médio é indiretamente proporcional ao sucesso que você terá na vida.

Para: Alguém Ninguém (alguemning@gmail.com)
De: Jessie A. Holmes (jesster567@gmail.com)
Assunto: Na cama

É? Bom, então parabéns pra mim, porque isso significa que vou ser presidente da porcaria do mundo inteiro.

Para: Jessie A. Holmes (jesster567@gmail.com)
De: Alguém Ninguém (alguemning@gmail.com)
Assunto: Re: Na cama

não. eu é que vou.

Agora é meia-noite. Fico deitada na cama escutando os barulhos pouco familiares lá de fora. A Califórnia tem até *sons* diferentes. Parece que existem coiotes nesses morros, além de incêndios florestais e deslizamentos de terra com que se preocupar. Esse lugar vive à beira de um apocalipse.

Não posso simplesmente ficar aqui deitada esperando que o sono ou o amanhã chegue, o que vier primeiro. O meu cérebro está me levando para longe. Uma xícara de chá. É disso que preciso. Algo quente e reconfortante. A camomila tem o mesmo gosto em Chicago ou em Los Angeles. Por isso afasto as cobertas, calço os chinelos de coelhinho – que a minha mãe me deu quando fiz 13 anos –, ainda que os coelhinhos sejam meio assustadores agora que falta um olho em cada um deles, e desço, dando cada passo com cuidado para não acordar ninguém.

No escuro a cozinha parece muito distante. Preciso atravessar a comprida sala de estar para chegar lá, e morro de medo de derrubar alguma coisa no caminho. Ando devagar, os braços estendidos, e quando os vejo pela primeira vez estou como uma sonâmbula de desenho animado.

O meu pai e a Rachel estão sentados no sofá da sala íntima, com uma única luminária de leitura acesa acima deles. Não tem como me verem, graças a Deus, porque agora fico escondida atrás de uma coluna. Estou sem graça porque deparei com eles assim, e também meio atônita, já que fica claro que não são meramente estranhos que decidiram fugir juntos por impulso. Parecem um casal de verdade.

Esse momento é íntimo, e não como foi no jantar, quando a Rachel segurou a mão do meu pai, um gesto que, pensando bem, pareceu mais destinado a mim e ao Theo. Agora estão curvados, suas testas se encostando, e há um álbum de fotografias que nunca vi antes, aberto no colo deles. Deve ser da Rachel. Será que ela está mostrando fotos de *antes*? Do ex-marido falecido? Provas ilustradas de que esta casa já foi ocupada por uma família funcional? Não ouço o que Rachel está dizendo, mas há algo na curvatura dos seus ombros e no modo como o meu pai leva as mãos ao rosto dela – segura-o como se fosse algo precioso que poderia se quebrar com facilidade – que me diz que ela está chorando. É capaz de ele também estar.

Sinto o meu coração bater com força e um embrulho no estômago. Fico imaginando quais devem ser as fotos no colo dela. Talvez tenha uma do Theo aos 5 anos, balançando-se entre os pais. Temos essa foto no nosso álbum de *antes*. A minha mãe à direita, o meu pai à esquerda, eu no meio, capturada entre o chão e o alto, pois estavam me pegando no colo. Estou dando um sorriso tão grande que dá para ver que falta um dente. Será que papai mostrou as nossas fotos à Rachel? Será que entregou tudo – toda a nossa história – assim?

Os meus olhos se enchem de lágrimas, mas luto contra elas. Não sei por que sinto vontade de chorar. De repente tudo parece irrevogavelmente acabado, como pode acontecer no meio da noite quando a gente está sozinha, quando você está olhando o seu pai reconfortar a nova mulher ou quando você também está sofrendo, mas não há ninguém para reconfortá-la.

Recuo, fazendo um *moonwalk* silencioso, um trajeto que parece muito mais comprido na volta do que na ida. Rezo para que não me vejam e para escapar antes de eles começarem a se beijar. *Não posso* vê-los trocando beijos. Quando finalmente chego à escada me obrigo a subir devagar e sem fazer barulho, um degrau de cada vez. Faço um grande esforço para não fugir o mais rápido que os meus chinelos de coelhinhos assustadores permitem.

Capítulo 7

Dia 15: melhor, pior e talvez melhor. O sol ainda brilha com objetividade e claridade implacáveis. Os meus colegas de turma ainda são arrumadinhos e de algum modo as garotas ainda parecem mais maduras do que eu, mais confiantes. Como se 16 anos fossem mais aqui do que no lugar de onde eu venho.

A humilhação começa cedo, na aula. *Meu Deus*, penso. *Vamos acabar logo com isso.* Talvez eu seja mesmo filha do meu pai, afinal de contas. Uma otimista.

– A marca Gap é tão pleb, né? – comenta Gem com a sua gêmea prodígio, claro que em referência aos meus jeans, mesmo eu não tendo ideia do que ela quer dizer.

Será que é abreviação de "plebeia" e isso significa que a minha calça é de gente pobre? Bom, é, é sim. Assim como as calcinhas de supermercado, que estou tentada a baixar para essa vaca entender que estou cagando e andando para ela.

A raiva aguça a minha vontade, me faz querer avançar, em vez de recuar. Não vou enfrentar essas garotas. Não sou forte o suficiente para isso. Mas vou procurar Adrianna, que está sentada ao meu lado, porque, dane-se, não há momento melhor do que este para conseguir uma aliada. Ignoro o rubor no meu rosto, me recuso a me virar para ver se o Batman escutou alguma coisa e finjo que não noto que alguém estava falando de mim.

– Gosto dos seus óculos – digo, em um volume um pouco mais alto do que o de um sussurro.

Adrianna pisca algumas vezes, como se estivesse se decidindo a meu respeito, e depois sorri.

– Obrigada. Comprei pela internet, por isso fiquei meio nervosa enquanto não chegavam.

Há alguma coisa na voz dela, discreta como a minha, que é convidativa. Não é explicitamente volumosa nem aquela voz de adolescente que todas as outras parecem usar para chamar atenção. Ela tem cabelo castanho, preso num coque que parece propositalmente desgrenhado, olhos grandes e castanhos delineados com lápis preto e lábios pintados com batom vermelho-vivo. Bonita no geral, com o resultado sendo, de algum modo, bem maior do que a soma das partes.

– Gosta mesmo deles?

– Gosto. São da Warby Parker, né? Eles fazem uns negócios bem legais.

Ouço a Gem e a Crystal darem risinhos à minha frente, talvez porque eu tinha usado a palavra "legais". Dane-se.

– É. – Ela sorri e me dá um olhar tipo *ignore as duas.* – *Vacas* – diz sem emitir som.

Sorrio e digo de volta, igualmente sem som:

– *Também acho.*

Depois da aula crio coragem para dizer ao Batman que teremos que desfazer a dupla, já que não estou disposta a correr o risco de violar o código de honra do Wood Valley só porque ele não sabe lidar com outras pessoas. Estou me sentindo uma guerreira, poderosa por ter me apresentado a Adrianna e não ter me encolhido diante do esquadrão de vagabas louras. Ou talvez porque, pela primeira vez desde que me mudei para Los Angeles, comi algo diferente de creme de amendoim com torrada no café da manhã. De qualquer modo, estarei imune ao vodu de garoto bonitinho do Batman.

Não faz o meu tipo, repito para mim mesma logo antes de ir até o lugar em que ele fica sempre, perto do Karrinho de Kafé.

Não faz o meu tipo, repito para mim mesma quando o vejo em toda a sua glória preta e azul, sereno feito um hematoma.

Não faz o meu tipo mesmo, digo mais uma vez quando por acaso tenho que esperar na fila atrás de um grupo de cinco garotas que andam como leoas; uma é a líder óbvia, as outras são as suas lacaias vestidas de modo semelhante. Todas do tipo capaz de esfolar você viva e chupar os seus ossos.

– Ethan, você vai no sábado, né? – diz a líder, uma garota chamada Heather, nem um pouco consternada com o abraço superficial do Batman ou o fato de ele continuar olhando para o livro que está lendo.

Hoje não é Sartre. É *Drácula*, na verdade, o que é uma leitura ao mesmo tempo assustadora e adequada, considerando que estamos na época do Halloween.

Não faz o meu tipo, não faz o meu tipo, não faz o meu tipo.

– Talvez – diz ele. – Sabe como é.

Palavras genéricas que não dizem absolutamente nada. Impressionantes em seu vazio. Não sei se eu conseguiria falar menos com tantas palavras, mesmo se tentasse.

– Claro, Ethan – diz outra garota. O nome dela é Rain ou Storm. Talvez Sky. Definitivamente algo relacionado à meteorologia em inglês. – Então, tipo, é, a gente se vê.

– Sim – diz ele, que desta vez simplesmente abandona por completo o fingimento e começa a ler na frente delas. Totalmente sem energia.

– Certo, bem, tchau!

Heather dá o seu melhor sorriso. Dentes perfeitos, claro, já que Los Angeles é a terra dos dentes artificiais, ou facetas de porcelana. Procurei "facetas" no Google ontem à noite e descobri que cada uma custa pelo menos mil dólares, o que significa que a boca da Heather custou cinco vezes mais do que o meu carro.

– Tcha-aaau – dizem as outras garotas, e finalmente vão embora.

O Batman parece aliviado.

– Em que posso ajudar? – pergunta ele, como se eu fosse a próxima cliente num drive-thru.

Então me lembro do projeto de inglês e de como o Batman simplesmente presumiu que eu pudesse ser rotulada como todos os outros.

– Bom, sobre *A terra desolada...* – começo, e enfio as mãos nos bolsos de trás, tentando parecer casual. – Se você não quer trabalhar comigo, tudo bem. Mas aí eu preciso contar para a Sra. Pollack e achar outro parceiro. Não vou deixar você fazer o trabalho sozinho.

Pronto, falei. Não foi tão difícil. Solto o ar. Fico meio tonta e trêmula, mas nada aparente, espero. A minha máscara continua firme no lugar. Agora eu só queria que essa coisa toda acabasse logo.

– Qual é o problema? Eu falei que vou tirar 10 – diz ele, e se inclina mais para trás ainda.

Ele é mais dono daquela poltrona do que eu sou dona do banco onde lancho. Ele me encara de novo. Hoje os olhos azuis parecem quase cinza: céu de inverno em Chicago. Por que ele sempre parece tão cansado? Até o cabelo parece cansado, pois fica espetado em pequenos trechos aleatórios e depois se dobra para baixo, como se fizesse uma reverência derrotada.

– Não é essa a questão. Eu posso tirar 10 sozinha. Não preciso pegar carona no seu trabalho – digo, e cruzo os braços. – E, de qualquer modo, isso vai contra o código de honra.

Ele me olha de novo e percebo uma levíssima vontade de rir. Melhor do que ser dispensada, acho, mas ainda assim é irritante.

– Código de honra?

Dane-se. Ele provavelmente é filho de algum ator ou diretor famoso e não precisa se preocupar em ser expulso. Nem em entrar para uma faculdade. Provavelmente nunca ouviu a expressão "bolsa de estudos". Teria que pesquisar.

– Escuta, eu sou nova aqui, tá bom? E não quero ser expulsa, me meter em alguma encrenca ou sei lá o quê. E é o primeiro ano, de modo que tudo conta. Por isso não me importa se você acha idiotice, estupidez ou sei lá o quê.

– Ou sei lá o quê – diz o Batman.

Outro risinho insondável. Eu o odeio. De verdade. Quando a Gem e a Crystal zombam de mim, pelo menos é por causa de coisas que posso dizer a mim mesma que não têm importância. As minhas roupas, e não as minhas palavras. Ouço a minha mãe dentro da minha cabeça, só por um segundo, já que a voz dela praticamente evaporou – passou de água para ar, ou talvez tenha se desintegrado, da terra ao pó –, mas por um segundo ela está ali comigo: *Outras pessoas não podem fazer com que você se sinta idiota. Só você.*

– Ou sei lá o quê – repito, como se estivesse participando da piada. Como se ele não pudesse me ferir. Engulo as lágrimas súbitas. De onde elas vieram? *Não, agora não. De jeito nenhum.* Respiro fundo e isso passa. – Sério, vou arranjar outra dupla. Não vai ser um problema.

Então eu me obrigo a encará-lo. Dou de ombros como se não me importasse. passo a impressão de que também tenho pessoas fazendo fila para falar comigo, como as leoas fazem com ele. O Batman me encara de volta, balança a cabeça um pouquinho, como se tentasse acordar. E então sorri. Não é um risinho de desprezo. Não há nada de mau ou cruel. É só um bom e velho sorriso.

Ele não tem facetas de porcelana. Tem um espaço entre os dentes. Os dois da frente são ligeiramente tortos, inclinam-se apenas um pouquinho para a direita, como se tivessem decidido que a perfeição é superestimada. Acho que ele não usa delineador, só nasceu assim: com feições bem marcadas.

– Certo, vamos fazer juntos – diz ele.

– Como?

Estou distraída porque o sorriso transforma o rosto dele. Num instante ele passa de um adolescente bonito e carrancudo a outro meio pateta, ligeiramente desajeitado. Quase posso vê-lo aos 13 anos, vulnerável, tímido, uma pessoa diferente daquela que é bajulada no Karrinho de Kafé. Aposto que eu gostaria mais dele naquela época, quando lia gibis da Marvel em vez de Sartre, quando não lutava com todas as questões difíceis e acabava triste, com raiva, cansado ou sei lá o quê.

Definitivamente gosto mais dele sorrindo.

– Vamos enfrentar *A terra desolada* juntos. "Abril é o mais cruel dos meses" e aquela coisa toda. Não é o meu poema predileto, mas é seminal

– diz ele, que em seguida coloca o marcador de livro no *Drácula* e fecha-o, como se fosse só isso. Decisão tomada.

– Certo – digo, porque decifrá-lo me deixa lenta. Agora eu é que estou exausta. O sorriso dele é enigmático. *Como uma imperfeição faz ele parecer ainda mais perfeito?* E será que ele acabou de usar a palavra "seminal"? *Você está triste, com raiva ou simplesmente tem 16 anos?*

– Existe mesmo um código de honra aqui? – pergunta ele.

– Existe. Tem dez páginas.

– Vivendo e aprendendo. Ainda não nos apresentamos oficialmente, ou já? Sou Ethan. Ethan Marks.

– Jessie – digo, e apertamos as mãos como adultos de verdade: nada de bater os punhos, falsos beijos no rosto ou cumprimentos de cabeça masculinos. Os dedos dele são longos, finos e sólidos. Gosto deles tanto quanto do sorriso. Gosto mais ainda de tocá-los. – Holmes.

– É um prazer finalmente conhecê-la, Jessie. – Ele faz uma pausa. – Holmes.

Dia 15. Definitivamente melhor.

Mais tarde, na aula de educação física, caminho pela pista de corrida com a Dri – ela diz que é assim que os seus amigos a chamam – e rimos contando o número de vezes que o Sr. Shackleman tenta ajeitar as bolas disfarçadamente. A Dri gosta de fazer isso. AN tem razão: ela é engraçada.

– Não consigo definir se ele sente coceira ou se, quando olha o Eixo do Mal correr, tenta esconder que o negócio fica duro – diz ela.

Gemma e Crystal já nos ultrapassaram três vezes, sem suar nem ao menos ofegar. Elas parecem tão boas que nem eu consigo deixar de olhá-las.

O Sr. Shackleman não parece muito mais velho do que os garotos do ensino médio, só que já tem barriga de chope e um pequeno trecho careca na parte de trás da cabeça. Usa short de ginástica e sopra mais vezes do que o necessário um apito de plástico de som agudo.

– Elas são gêmeas? – pergunto sobre a Gem e a Crystal.

– Não. – Dri gargalha. – Mas são melhores amigas desde, tipo, sempre.

– E sempre foram tão, tipo, vacas?

Odeio a palavra "vaca". De verdade. Usá-la faz com que eu me sinta uma feminista falsa, mas às vezes não tenho alternativa.

– Na verdade, não. Sabe como é, né? As garotas más ficam más no sétimo ano e permanecem assim até a reunião de dez anos de formados, quando querem ser melhores amigas de novo. Pelo menos é o que a minha mãe diz.

– É engraçado como o ensino médio é igual em qualquer lugar – digo, e sorrio para a Dri. Tento não me sentir desconfortável diante da menção a mães, como se isso não provocasse um incêndio invisível no meu peito. – Quero dizer, aqui é totalmente diferente de onde eu vim, mas em alguns sentidos é exatamente igual. Não dá pra escapar.

– Faculdade. Tão perto e ao mesmo tempo tão longe – completa Dri.

Ela não se parece nem um pouco com a Scarlett, que é ousada, sem medo de nada nem de ninguém – ao contrário do que diz, a Scarlett é a corajosa da dupla. No entanto tenho a sensação de que ela gostaria da Dri. Iria guiá-la, como fez comigo durante todos esses anos.

– Um amigo me disse recentemente que a felicidade no ensino médio é indiretamente proporcional ao sucesso que se tem mais tarde na vida – digo, testando a teoria de que AN é a Adrianna; prefiro que seja ela em vez do Theo. Talvez ela seja simplesmente tímida demais para tomar a iniciativa de fazer contato. Observo o seu rosto, mas não há sequer um tremor de reconhecimento.

Não, não é ela.

– Não sei. Espero que sim. – Ela enfia a mão no bolso e pega um inalador. – Desculpe. Sou alérgica ao ar livre. E a lugares fechados. E a todo o resto. Sei que isso me faz parecer uma idiota, mas é pior ainda ficar sem respirar.

Assim que formos melhores amigas devo lhe dizer que ela não tem o que lamentar. A autodepreciação não é necessária. E então rio sozinha porque, mesmo estando a três mil quilômetros de distância, Scar também está aqui. Porque esse é exatamente o tipo de coisa que ela me diria.

Capítulo 8

Theo está usando uma calça jeans tão justa que parece uma tatuagem nas coxas, e um colete de couro. Tenho quase certeza de que ele se veste como se estivesse se preparando para atuar em uma peça teatral. Hoje ele está encarnando um motoqueiro machão surpreendentemente gato.

– Olha só você sacando as minhas armas – diz ele, e abre a geladeira. Pega duas embalagens de suco e joga uma para mim. – Aqui. Isso vai impedir que você contraia raquitismo.

Estou empoleirada numa banqueta da cozinha, lendo. Essa casa enorme me enganou de novo: achei que não tinha ninguém. Se eu soubesse que o Theo estava em casa, não teria saído do quarto usando a máscara de argila esfoliante. Não é o meu melhor look, fantasia ou não.

– Que diabo é isso? – pergunto depois de tomar um gole do suco, que é verde e turvo, repulsivo. Luto para não engasgar.

– Couve, gengibre, pepino e beterraba. Eu devia ter iniciado você com um que tivesse frutas. Esqueci que não é profissional de sucos.

– Profissional de sucos? É sério isso? Sabe, às vezes conversar com você é como assistir a um *reality show* – digo. – Só é divertido porque é impossível ser de verdade.

– Tudo isso é real, baby.

De novo, Theo mostra os seus músculos impressionantes.

– Até que não são tão ruins – digo, referindo-me aos braços dele. – Curto o look motoqueiro.

– Motoqueiro? Eu queria parecer roqueiro.

– Isso também.

– Mas um roqueiro saudável, musculoso, e não decadente, magricelo, sabe?

– Definitivamente o primeiro.

Theo parece aliviado, e pela primeira vez percebo que talvez ele não seja tão confiante o tempo todo. Agora que sei o que esperar, tomo outro gole do suco. Há algo estranhamente virtuoso naquela abominação. Não consigo decidir se adoro ou se odeio, o que, por acaso, é exatamente o que sinto com relação ao Theo.

– Você vai à festa da Heather hoje à noite? Vai ser irada. O pai dela está com a namorada nova na Tailândia, e ele tem uma mansão enorme nas Colinas. Eles têm uma grana preta.

Espera aí, AN usou a expressão "grana preta" recentemente.

Isso não quer dizer nada, digo a mim mesma. Essa expressão é bem comum, não é?

Olho para o Theo e aponto para a minha máscara.

– O que você acha?

– Ah, não. Por favor, não me obrigue a sentir pena e levar você comigo – diz ele.

– Que convite adorável, mas não, obrigada. Tenho dever de casa pra fazer.

– Não acredito. Hoje é sábado.

– Não tenho roupa pra ir.

– Nisso eu acredito. Mas aposto que a gente conseguiria arranjar alguma coisa.

– Sério, agradeço a pena e coisa e tal, mas quem sabe da próxima vez?

– Você é que está perdendo – diz ele, que em seguida pula do banco e tenta me cumprimentar batendo os punhos. – Não fume todo o meu bagulho enquanto eu estiver fora.

Para: Alguém Ninguém (alguemning@gmail.com)
De: Jessie A. Holmes (jesster567@gmail.com)
Assunto: Noite de sábado.

Você está na festa da Heather?

Para: Jessie A. Holmes (jesster567@gmail.com)
De: Alguém Ninguém (alguemning@gmail.com)
Assunto: na verdade, quase manhã de domingo

talvez. você está?

Para: Alguém Ninguém (alguemning@gmail.com)
De: Jessie A. Holmes (jesster567@gmail.com)
Assunto: Na verdade, não. Faltam horas.

Se você estivesse, não saberia a resposta?

Para: Jessie A. Holmes (jesster567@gmail.com)
De: Alguém Ninguém (alguemning@gmail.com)
Assunto: ótimo. você venceu. noite de sábado.

não seja dissimulada. as festas da Heather são INCRÍVEIS.

Para: Alguém Ninguém (alguemning@gmail.com)
De: Jessie A. Holmes (jesster567@gmail.com)
Assunto: Você desiste muito fácil

Você é que gosta de ser dissimulado.

Para: Jessie A. Holmes (jesster567@gmail.com)
De: Alguém Ninguém (alguemning@gmail.com)
Assunto: gosto porque você consegue ter...

isso conta como a nossa primeira briga? ;)

Para: Alguém Ninguém (alguemning@gmail.com)
De: Jessie A. Holmes (jesster567@gmail.com)
Assunto: ???

OMG, você acabou de me mandar uma carinha?

Para: Jessie A. Holmes (jesster567@gmail.com)
De: Alguém Ninguém (alguemning@gmail.com)
Assunto: ... duas conversas ao mesmo tempo.

tecnicamente foi um emoticon. E você me veio com um "OMG", portanto tenho quase certeza de que estamos quites. não quero parecer velho, mas vamos passar para um chat? esse negócio de olhar a caixa de entrada a cada dois segundos é um saco. mas vou sentir falta dos seus cabeçalhos...

Eu: Pronto.

AN: aaah, assim é muitíssimo melhor.

Eu: Achou? Certo. Não quero dar uma de louca futurística com você, mas a gente poderia falar por WhatsApp. É como as pessoas normais se comunicam.

AN: e abrir mão do anonimato? não, obrigado. bom, noite de sábado. ou quase manhã de domingo. tanto faz. está na festa ou não?

Eu: Não. E você?

AN: estava. não mais. agora só estou sentado no carro me comunicando com você usando os dedos. espera, isso pareceu obsceno? não foi a minha intenção. a menos que você tenha gostado.

Eu: Vou simplesmente ignorar.

AN: por favor, faça isso. essa coisa toda de anonimato me deixa meio idiota.

Eu: Essa coisa de anonimato É idiota.

AN: é? não tenho tanta certeza. desfelizmente é assim que é.

Eu: Desfelizmente não existe.

AN: espertinha. considero-me correcionado, ou melhor, corrigido.

Eu: Você é um pateta, e falo isso com a melhor das intenções possíveis.

AN: as coisas melhoraram pro seu lado? na semana passada você estava numa fossa terrível. fiquei preocupado.

Eu: Definitivamente melhor. Obrigada por perguntar. E com você? As coisas vão bem?

AN: é, estou bem, acho. não é o melhor ano da minha vida.

Eu: Sei como é.

AN: sabe? espero que não, mas suspeito que sim. você tem olhos tristes.

Eu: Tenho? E quando foi que você viu os meus olhos?

AN: não vi. na verdade, não. estou falando mais da sua testa. você tem uma testa triste.

Eu: Não tenho ideia do que fazer com essa informação. Botox?

AN: e a garota de Chicago dá uma de Los Angeles. mas não.

Paro de escrever. Toco na minha testa. Costumo mesmo franzir a testa, sempre fiz isso. A minha mãe dizia que eu ia ficar com uma ruga permanente se continuasse com isso, igual a ela. Mas a dela era um ponto de exclamação bem no meio da testa. Exalava entusiasmo, talvez até alegria, não preocupação.

Será que pareço triste o tempo todo? Espero que não. Não quero ser a garota triste. Eu não sou assim. Na verdade, não é assim que quero ser conhecida.

AN: você ainda está aí? foi alguma coisa que eu disse? só para constar, gosto da sua testa como ela é.

Eu: Só estava pensando. Desculpe.

AN: aaah, não faça isso. você pode se machucar.

Eu: Então fale sobre a festa. #baladeiradementirinha

AN: blé. foi uma típica festa do ensino médio, só que tinha um dj famoso de quem eu nunca tinha ouvido falar e o pai da Heather tem uma casa legal, e todo mundo estava totalmente chapado.

Eu: E você?

AN: não, estou dirigindo. não estava com saco de pedir um táxi. de qualquer modo, eu sabia que não ficaria muito tempo.

Eu: Só marcou presença.

AN: é, sei lá. simplesmente acho tudo muito... idiota, chato ou sei lá o quê.

Eu: Sei como é. Em Chicago era a mesma coisa, mas, sabe, em vez de uma casa superchique e um DJ famoso, o cenário era o boliche. Mas mesmo assim...

AN: idiota e chato. mas não é exatamente isso. quero dizer pequeno. tudo parece pequeno e sem importância.

Eu: Mesmo assim é de importância vital para todos os outros, e, me atrevo a dizer, talvez até seja um pouquinho importante para você também, o que é mais constrangedor ainda, de certa forma. Está me entendendo?

AN: totalmente. para a sua informação, isso aqui parece importante: falar com você.

Eu: Sério?

AN: sim.

Capítulo 9

Antes de a minha mãe morrer, Scarlett e eu costumávamos falar sobre a ideia do *dia perfeito.* O que teria que acontecer – desde o momento de acordar até a hora de ir dormir – para tornar esse dia melhor do que todos os outros. Não sonhávamos grande. Pelo menos eu não. O meu foco estava mais na ausência de coisas. Queria um dia em que eu não desse uma topada com o dedão, não derramasse nada na saia nem me sentisse tímida, sem graça ou feia. Não perderia o ônibus nem me esqueceria de levar a roupa para a aula de educação física. Quando olhasse no espelho depois do almoço, não haveria comida nos dentes nem nada no nariz.

Claro, não eram somente faltas. Eu dava um primeiro beijo, mas não poderia dizer em quem – algum cara sem nome, sem rosto, que na fantasia me fizesse sentir confortável, compreendida e também bonita. Talvez eu me imaginasse comendo as panquecas da minha mãe antes de ir para a escola, que sempre vinham na forma das minhas iniciais, muito depois de eu ser velha demais para esse tipo de coisa, porque por acaso a gente nunca é velha demais para esse tipo de coisa. E a lasanha vegetariana dela no jantar. Eu adorava aquela lasanha vegetariana.

Nada maluco.

Além disso, talvez fosse dia de pizza no colégio. Eles faziam uma pizza surpreendentemente boa.

Um dia perfeito não precisaria incluir uma viagem fantástica ao Caribe, pular de paraquedas ou abraçar as costas de alguém vestindo couro numa motocicleta, embora tudo isso, além de outras coisas, estivesse na lista da Scarlett.

Sempre gostei de coisas simples.

Agora, do outro lado de *tudo*, não consigo imaginar o que seja um dia perfeito. Agora, sem a minha mãe, o que poderia ao menos parecer assim?

Penso no antes, *antes antes antes*, e todos parecem dias perfeitos. Quem se importa com uma topada no dedão ou uma meleca no nariz? Eu tinha uma mãe, e não somente *insira mãe genérica aqui*, mas a *minha mãe*, que eu amava de um jeito que não era comum.

Quero dizer, sei em algum nível que todo mundo *ama* a mãe por causa do negócio de *ela ser sua mãe*, mas eu não a amava só por isso. Eu a amava porque ela era legal, interessante, calorosa. Ela me ouvia e continuava a fazer panquecas na forma das minhas iniciais porque de algum modo, apesar de eu não saber, ela *sempre* soube que eu nunca ficaria velha demais para esse tipo de coisa. Eu amava a minha mãe porque ela leu toda a série do Harry Potter em voz alta para mim; e, quando acabamos, ela quis reler.

Se há uma coisa que aprendi nos últimos dois anos é que a memória é volúvel. Quando leio Harry Potter, não consigo mais escutar a voz da minha mãe, mas a visualizo ao meu lado, e quando não consigo nem isso, imagino o peso de alguém encostado em mim, um braço junto ao meu braço, e finjo que é suficiente.

Eu amava a minha mãe porque ela era minha.

E eu era dela.

E essa coisa de pertencer uma à outra nunca mais vai se repetir na minha vida.

Os dias perfeitos são para pessoas com sonhos pequenos, possíveis de serem realizados. Ou talvez para todos nós eles só aconteçam em retrospecto: só são perfeitos agora porque contêm alguma coisa irrevogável e irrecuperavelmente perdida.

Capítulo 10

– Desculpe, só contratamos baristas com experiência no Starbucks – diz o cara do Starbucks quando pergunto sobre um trabalho para depois do horário do colégio. Ele parece ter 20 e poucos anos e gastar a maior parte do dinheiro que ganha fervendo leite em gel para o cabelo. – Esse é um trabalho importante. Nós levamos isso muito a sério.

– Espera aí, o quê? – pergunto, porque agora ele fala baixinho coisas que não consigo entender direito.

– Desculpe, só estava ensaiando as minhas falas. – Ele me mostra um roteiro escondido embaixo do balcão. – Tenho um teste mais tarde. Na verdade, sou ator.

O Cara do Café, cujo nome – se é que dá para acreditar no crachá – é Guy, sorri, mas não sinto sinceridade nisso, e ele exibe uma cara de quem está só me fazendo um favor.

– Acabei de participar daquela série nova, *Flanelinhas taradas.*

– Legal – digo, pensando se a coisa educada a dizer seria que ele parece familiar. Só que não parece. – E como você virou um barista com experiência no Starbucks se eles só contratam baristas com experiência no Starbucks?

– Hein?

– O que eu quis dizer foi: como você conseguiu o emprego?

– Ah, certo. Eu menti.

– Mentiu?

– Falei que tinha trabalhado antes num Starbucks. Durante anos.

– E eles acreditaram?

Penso em ir para casa, alterar o meu currículo, acrescentar uma linha: *Starbucks Oak Park, 2013-2014* – e voltar amanhã. Mas então visualizo o meu primeiro dia como funcionária com falsa experiência no Starbucks. Sem dúvida eu iria entornar água fervente em mim mesma ou ter de aguentar gritos de clientes frustrados. As pessoas são más antes de tomar café.

– Acho que sou um ator muito bom.

O Cara do Café sorri de novo, e agora parece que está dizendo três coisas ao mesmo tempo: as palavras que está falando em voz alta, as que está ensaiando do roteiro embaixo do balcão e as não ditas, que aquele sorriso não consegue esconder: *de nada.*

Depois do Starbucks, sou recusada na Gap, na casa de sucos, na padaria vegana que não usa glúten e na Yoga Namaste. Estou quase desistindo quando noto uma livraria minúscula chamada Atenção, Lombadas! perto de uma loja de grife de roupas infantis. Não vejo placa informando que estão precisando de funcionários, mas vale tentar.

O cheiro de livros me dá as boas-vindas imediatamente e eu me sinto em casa. A minha casa em Chicago cheirava a isso: papel. Cruzo os dedos dentro do bolso e faço uma oração rápida enquanto passo entre as pilhas de livros no caminho até o balcão no fundo. Normalmente eu demoraria, passaria as mãos nas lombadas, veria se há algo que atrai o meu olhar para, quem sabe, pegar emprestado na biblioteca mais tarde. Mas o que preciso nesse momento é de um emprego, não de mais coisas para ler. Na minha atual situação, mesmo sem qualquer resquício de vida social, fico acordada até tarde todas as noites tentando manter em dia os deveres de casa e o estudo para o vestibular. E apesar de precisar desesperadamente de cafeína hoje, não poderia comprar nem uma Coca Zero no refeitório idiota do Wood Valley. (AN estava certo. As máquinas só aceitam notas de 10 dólares para cima. Tenho $8,76. Ia pedir dinheiro ao meu pai hoje cedo, mas a Rachel estava lá, e não suportei a ideia de ela enfiar a mão na carteira e me dar uma nota de 20.)

– Quer alguma ajuda, querida? – pergunta a vendedora, e ao ver o seu rosto percebo que, desde que me mudei para cá, não tinha visto uma única pessoa com rugas até agora.

Todas as mulheres de Los Angeles têm a pele esticada, como se fossem bombeadas com substâncias injetáveis que as deixam sem idade, fazendo com que pareçam tanto ter 40 quanto 70 anos. Esta mulher, por outro lado, tem cabelo grisalho curto e uma teia de rugas nos lábios, e usa o tipo de túnica de linho vendida em lojas hippies caras. Provavelmente tem a mesma idade da Rachel, mas as duas poderiam pertencer a espécies diferentes. Onde a Rachel é dura, essa vendedora é suave.

– Oi. Por acaso vocês estão contratando funcionários? – pergunto, e ouço Scar dentro da minha cabeça. *Canalize a sua deusa interior. Seja confiante, forte, incontestável.*

Na verdade a palavra predileta de Scar é "incontestável", que diz tudo o que você precisa saber sobre ela. Por outro lado, a minha palavra preferida é "waffle". Uma comida gostosa e um verbo em inglês.

A mulher me olha atentamente, repara nos meus tênis Vans, na echarpe velha, na jaqueta de couro e no cabelo, preso num coque meio malfeito no topo da cabeça. Talvez eu devesse ter me vestido de modo mais profissional. Não que eu tenha um terninho ou algo assim – até precisei pegar roupas emprestadas com Scarlett para o enterro da minha mãe. E com isso, arruinei o blazer preferido dela por associação ao fato.

– Depende. Você gosta de livros? – pergunta a mulher.

Ponho a bolsa no balcão e a abro. Tiro os seis livros que peguei na biblioteca na semana passada. Quando nos mudamos consegui ficar sócia da biblioteca. Achei que seria a única coisa de graça na cidade.

– Isso é o que estou lendo agora. *A terra desolada* e *Crime e castigo* são para o colégio, mas os outros são por diversão.

– Você está lendo um livro de não ficção sobre a Alemanha Nazista por diversão? – pergunta ela, apontando para *Os desaparecidos*, de Daniel Mendelsohn.

– Eu queria ler coisas de vários gêneros. Pareceu interessante. É sobre um cara tentando descobrir o que aconteceu com a família dele.

– Humm. O terceiro livro de uma série apocalíptica para jovens adultos, o que demonstra que você está disposta a continuar o que começou. Aaaah, e algo antigo, de Gloria Steinem. Acho ótimo. Você é eclética.

– Sempre fui leitora. Está no meu DNA – digo, e prendo a respiração.

– O negócio é o seguinte... – diz ela, e já posso ouvir o início de uma resposta negativa.

Não: preciso que isso dê certo.

– Por favor. Escute, eu não preciso trabalhar por uma tonelada de horas, a não ser que a senhora precise de alguém para trabalhar por uma tonelada de horas, e nesse caso eu posso, sim, precisar trabalhar. O que quero dizer é que eu sou flexível. Estou disponível todo dia depois do colégio e nos fins de semana. Adoro livros, adorei a sua loja, até o nome com trocadilho, se bem que não tenho certeza quanto ao ponto de exclamação, e simplesmente acho que seria ótimo. Eu. Aqui. Tenho um currículo, se a senhora precisar.

Pego meu currículo patético, que está com várias referências a serviços de babá, um pequeno período no Claire's vendendo prendedores de cabelo para menininhas de 7 anos e, claro, os meus ilustres dois anos no Rei das Vitaminas. Há também as atividades extracurriculares (livro do ano, jornal, clube de fotografia, clube de espanhol, clube de poesia) e uma curta seção intitulada Interesses e Hobbies: Leitura. Escrita. Luto. (Ok, luto não está ali, mas deveria. Sou expert nisso.)

Tive que mudar a fonte para Courier 16 pontos para que o currículo ocupasse uma página inteira.

– Onde você estuda?

– No Wood Valley? – respondo em tom de pergunta. Maldito nervosismo. – Quero dizer, estou no primeiro ano do ensino médio? Acabei de me mudar?

– O meu filho também estuda no Wood Valley. Está no terceiro ano. Conhece algum Liam Sandler?

– Desculpe, sou nova mesmo. Ainda não conheço ninguém.

– Gosto de você – diz, e o sorriso dela é o oposto do que recebi do

Cara do Café. É tranquilizador, não autoafirmativo. – Deixe-me falar com o Liam. Ele anda reclamando que precisa de mais tempo pra ensaiar com a banda. Se ele quiser abrir mão das horas em que trabalha, elas serão todas suas.

– Muitíssimo obrigada. O meu número está aí, é só me ligar. Quando quiser.

Hesito em ir embora, apesar de ser óbvio que devo ir. Agora o meu destino está dependendo de um cara do último ano no Wood Valley que quer mais tempo com a banda. Espero que ele queira ensaiar todas as tardes e todos os fins de semana.

Quero me mudar da casa da Rachel e vir morar aqui, dormir sob as pilhas de livros e fazer sopa instantânea com água do bebedouro do canto. Quero que essa mulher grisalha fale sobre livros comigo e me ajude com o dever de casa. Quero que ela diga que vou me dar bem nas provas, mesmo sem ter um professor particular dois dias por semana, como o Theo. Quero que ela diga que tudo vai dar certo.

E, se eu não tiver tudo isso, pelo menos quero que ela me dê um desconto.

Pego os meus livros e vou para a porta, de cabeça baixa. Confiro o telefone e mando uma mensagem para Scar.

Eu: Mande vibrações positivas. Livraria perfeita = emprego perfeito. Quero muito.

Scarlett: Melhor do que fazer vitaminas com a sua melhor amiga?

Eu: Nem de longe. Mas se devo ser uma solitária, é melhor estar cercada por amigos imaginários.

Scarlett: Sinto sua falta, garota.

As palavras dela me deixam mais leve e me pego sorrindo para o telefone. Não estou sozinha. Não mesmo. Só geograficamente isolada.

• • •

Não ande digitando no celular. É o meu primeiro pensamento quando me vejo no chão da livraria, bem na entrada, esfregando a testa que lateja. Vejo estrelas. Não estrelas tipo celebridades, que o meu pai prometeu que eu veria quando tentou me empolgar com a mudança para Los Angeles, mas do tipo de desenho animado, que indicam uma concussão. Não faço ideia de como cheguei aqui, de por que dói virar a cabeça, como os meus joelhos dobraram ou por que me sinto perigosamente à beira das lágrimas mais ou menos pela milionésima vez desde que me mudei para esse lugar.

– Você está bem? – pergunta uma voz. Não olho, ainda não, porque acho que, se mexer a cabeça, sou capaz de vomitar, e essa é a única coisa que poderia piorar ainda mais a situação. A humilhação ainda não passou, e eu gostaria de mantê-la à distância pelo maior tempo possível, não aumentá-la. – Não vi você aí.

– Está tudo bem – digo, e de repente estou cara a cara com um sujeito mais ou menos da minha idade, que se agachou para ver os danos causados ao meu rosto.

Ele tem cabelo comprido, louro-escuro, olhos castanho-escuros e uma pequena espinha no queixo. Uma versão muito melhor de Adam Kravitz: um cara comum. Doce, distraído, provavelmente inteligente e gentil com a mãe, e que vai crescer para inventar algo como o Tumblr. O tipo de cara que você beijaria – sobretudo se fizesse você rir – e cuja mão você definitivamente não se incomodaria em segurar. Pisco e noto de novo o cabelo desgrenhado. Eu o conheço de algum lugar.

– O que aconteceu? – pergunto.

– Foi o Earl. – Ele indica um objeto grande que carrega às costas.

– Earl?

– O meu violão.

– O seu violão se chama Earl? – pergunto, o que é provavelmente a pergunta menos relevante dada a situação.

Eu deveria ter pedido algumas pedras de gelo ou um saco de ervilhas congeladas, no mínimo um analgésico. Já estou sentindo um galo se formar.

– É. Tem certeza de que está bem? A pancada foi forte.

– Vou sobreviver.

Ele estende a mão e me ajuda a levantar, e descubro que estou mais estável de pé do que imaginava.

– Sinto muito, mesmo. Foi totalmente minha culpa.

Ele guarda o telefone no bolso – será que estava andando e digitando ao mesmo tempo também? – e encosta o violão numa pilha de livros. Há um adesivo do WHVS no estojo do instrumento. Ah, agora me lembro dele. Claro. Ele testemunhou a minha primeira, mas não a última, humilhação no Wood Valley. É o cara que estagiou no Google e viajou pela Índia. Ele parece diferente neste contexto.

– Acabei de pensar numa letra de música e queria anotá-la, antes de esquecer.

– Espera, você é o Liam, né? – pergunto.

– Isso depende. Você está pensando em me processar? – diz ele.

Agora que somei dois e dois, vejo a mãe no rosto dele. O mesmo sorriso generoso. Fico imaginando que tipo de música a banda dele deve tocar. Aposto que é alguma coisa meio folk, e que eles não devem ser muito ruins. Sem dúvida ele *deveria* ensaiar mais.

– Não – respondo e sorrio.

– Bom, então, o que posso fazer por você? Obviamente lhe devo uma.

Ouço Scar gritando alto e claro na minha cabeça: *Seja incontestável.* E então sou.

– Consegui um emprego! – anuncio quando volto mais tarde à casa da Rachel.

Estou tão empolgada que preciso contar a alguém, mesmo que esse alguém seja o meu desinteressado meio-irmão, que jamais se rebaixaria a fazer algo tão mundano quanto trabalhar. Encontro-o na cama dele, usando o laptop.

– E, antes que você tenha outro chilique, não é no Ralph's. É um lugar aonde você e os seus amigos nunca, jamais, irão. Portanto não se preocupe.

– Nunca vi você tão animada. Estou achando até meio fofo – diz Theo. – Então aonde é que eu jamais irei? Ah, espera, me deixe adivinhar.

Ele pousa o laptop e leva as mãos à cabeça, como se estivesse pensando com intensidade.

– No KFC?

– Não.

– Na loja de material esportivo Batting Cages?

– Não. Mas gostei desse jogo.

– Na loja de pretzels ridiculamente deliciosos?

– Não chegou nem perto.

Rachel enfia a cabeça na fresta da porta e sinto aquele embrulho no estômago que sempre acompanha uma interação com ela. Sou inteligente o bastante para saber que na verdade a culpa não é dela, que o que acho dela provavelmente têm pouco a ver com quem ela é na realidade, mas mesmo assim não consigo evitar. Não quero conhecê-la melhor, não quero que essa pessoa aleatória com quem o meu pai inexplicavelmente escolheu se casar faça parte integral da minha vida.

– O que aconteceu? Ouvi gritos de felicidade! – diz Rachel.

Ela não consegue evitar; olha do Theo para mim e de mim para o Theo, e sorri de modo tão enfático que vejo as obturações no fundo de sua boca. Ela está quase pensando em voz alta. *Talvez essa coisa toda dê certo, afinal de contas.*

– Nada – respondo, e quando percebo a frustração no rosto dela, fico culpada.

Não quero cortar o seu barato, mas simplesmente não estou a fim de lhe dar isso. Dividir com ela a única coisa boa que me aconteceu desde que me mudei para cá.

– Desculpe. Vou deixar vocês a sós! – diz ela, como sempre alto demais, e continua andando pelo corredor.

Eu me pergunto se o meu pai vai me dizer algo sobre isso mais tarde, se ela vai lhe dizer que fui grossa e ele vai pedir para eu ser mais gentil.

Eu deveria ser mais gentil.

– Certo, desisto. Conte ao seu irmãozão – fala Theo, que parece não ter notado nem um pouco como falei com a mãe dele, ou talvez não tenha se importado muito.

– Argh, irmãozão foi muito forçado.

– Eu sei, tá? Mas me conte, onde?

– Na Atenção, Lombadas! Conhece a livraria?

– Ah, muito adequado. Mas na verdade eu já fui lá, se você quer saber. Sou altamente letrado.

– Tenho certeza disso – digo, e estou sendo sincera.

Recentemente o Theo me venceu num questionário de física, e eu tinha certeza de que ele não havia estudado na noite anterior. O cara é inteligente. Parece, com a possível exceção das gêmeas Débi e Loide, que todo mundo no Wood Valley é inteligente, ou pelo menos motivado. Aqui é descolado tentar, o que é engraçado, porque tentar é o que não era exatamente descolado em Chicago. De acordo com a relação transitiva você poderia imaginar que aqui eu seria descolada, mas não. Afinal de contas, eu me refiro casualmente a coisas como relação transitiva, de modo que talvez haja outros motivos, mais válidos, para a minha falta de popularidade.

– E que diabo aconteceu com a sua cara? – pergunta Theo.

Capítulo 11

Ethan: Você. Eu. *A terra desolada*. Biblioteca. Sexta-feira, 15h30. Ok por você?

Eu: Sim.

Ethan: Joinha.

Como ele faz algo como "joinha", talvez a gíria mais cafona já pronunciada, parecer aceitável? Será que devo escrever mais alguma coisa, só para continuar a conversa? Sou melhor escrevendo do que falando pessoalmente. Talvez essa seja a minha chance de mostrar quem sou de verdade, diferente da otária esquisita em que me transformo quando estou perto de gente que me deixa nervosa. Será que ainda estarei com esse hematoma gigante na sexta?

Isso é ridículo. Não é nem um pouco importante.

Estamos fazendo um trabalho juntos.

Ele não gosta de você. Você certamente não gosta dele.

Caia na real, Jessie.

Cresça.

Scarlett: A escola é um saco sem você. Hoje precisei me sentar perto da Deena e ouvir tudo sobre o torneio de ginástica dela. Como está a sua cabeça?

Eu: Inchada. Azul. Aceitei a sua sugestão de usar chapéu. Fui alternadamente zombada e elogiada.

Scarlett: Se eu estivesse aí, daria um soco na cara dessas duas garotas.

Eu: Não valeria a pena machucar a sua mão.

Scarlett: Você está bem? Fiquei preocupada.

Eu: Não fique. Estou bem. Fazendo amizade com a Dri.

Scarlett: Só não goste mais dela do que de mim.

Eu: Jamais.

Scarlett: E como está o seu pai?

Eu: Não faço ideia. Ele está sempre com a madrasta. Prefiro não me envolver.

Scarlett: Adam Kravitz quer me levar ao baile de boas-vindas.

Eu: O QUÊ?!? Você demorou muito pra me contar. E aí?

Scarlett: Veremos.

Eu: Como foi que ele pediu?

Scarlett: Mensagem. Mas foi fofo. Você sabe, ele é tímido.

Eu: Aposto que hoje em dia ele beija melhor.

Scarlett: Eu conto. Talvez. Você sabe que ele só me convidou porque você não está aqui.

Eu: Isso não é verdade.

Scarlett: Aposto que vamos passar a noite toda falando sobre como sentimos saudade de você.

Eu: De jeito nenhum. Vá em frente. Vida longa e próspera.

Scarlett: Nerd.

Eu: Se eu usasse a palavra "joinha", pareceria mais nerd ainda do que já sou, concorda?

Scarlett: Ai, meu Deus. Sério, a não ser que você queira sofrer bullying por toda a eternidade, NÃO DIGA "JOINHA".

Eu: É, foi o que pensei.

• • •

AN: belo chapéu.

Eu: Obrigada. Na verdade isso é meio assustador. Você sabe como me vesti hoje, mas eu continuo sem ideia de quem você é.

AN: calça jeans, camiseta, tênis. o mesmo de ontem e amanhã. você não perdeu nada.

Eu: A questão não é essa.

AN: o que aconteceu com a sua cabeça? preciso bater em alguém por sua causa?

Eu: Poxa, é a segunda vez hoje que alguém se oferece para defender a minha honra. Isso faz uma garota se sentir especial. Mas não. O culpado foi um estojo de violão.

AN: AI.

Eu: Não foi o meu melhor momento. Em geral não sou tão desajeitada. Eu me senti uma heroína de comédia romântica, só que não foi romântico nem engraçado. E odeio esse tropo.

AN: desculpe a demora. fui procurar o significado da palavra "tropo". não me leve a mal.

Eu: Rá. Não sou esnobe com as palavras, só gosto delas.

AN: eu também. quem mais se ofereceu para defender a sua honra? preciso bater nele?

Eu: ☺ Não. Foi a minha melhor amiga, de onde eu morava. Scarlett.

AN: gosto dela.

Eu: É estranho eu dizer que acho que você realmente gostaria dela?

AN: não.

Eu: Como foi o seu dia?

AN: bom. só aconteceram umas coisas em casa.

Eu: Quer falar sobre isso? Ou melhor, escrever?

AN: na verdade, não. é só a minha mãe. ela... está passando por um período difícil.

Eu: Ah. Sei como é.

AN: passar por um período difícil? ou ter uma mãe passando por isso?

Eu: As duas coisas, na verdade.

Eu: Bom, mais ou menos isso.

Eu: É complicado.

AN: pra mim também. tudo é complicado pra c*ralho.

Eu: Ei, qual é a sua palavra preferida?

AN: por quê.

Eu: Só achei que era uma coisa que eu deveria saber sobre você.

AN: não, quero dizer que a minha palavra predileta na verdade são duas: por quê.

Eu: Legal. Por quê.

AN: entendeu? certo. duas palavras e uma pergunta inteira. e a sua?

Eu: Waffle.

AN: hmm. uma comida ótima para o café da manhã. e, claro, o dicionário de inglês me lembra que também significa "embromar".

Eu: Exatamente.

AN: acho que um dia deveríamos comer waffle juntos.

Eu: Sem embromação.

No dia seguinte, na hora do almoço, sento-me com Dri e a sua amiga Agnes, que provavelmente é a Scarlett dela. Ainda sou nova demais aqui para entender onde essa mesa se situa na hierarquia do ensino médio. Parece que nada do que eu sabia vale por estas bandas. Lá em Chicago os atletas, que se reuniam nos sábados à noite no estacionamento do boliche para sentar-se nos porta-malas abertos, tomar cerveja barata e acertar as latas vazias na caçamba de lixo, eram os garotos populares, enquanto os manés do teatro, que tinham piercings mal colocados e uma mecha idiota de cabelo cor de algodão-doce eram, bem, os manés. Theo e Agnes nem seriam notados por lá. Aqui é o oposto: o teatro é uma aula que vale nota *e* uma atividade extracurricular – e as duas coisas são consideradas descoladas.

Na minha cidade eu não era atleta nem mané do teatro. Em vez disso, estava naquela panelinha do meio de que toda escola precisa para funcionar com eficiência: a das abelhas operárias. Nós pegávamos os postos de honra escolar, assumíamos o jornalzinho, o livro do ano e o grêmio. Não chegava nem perto de ser popular, mas pelo menos era indispensável. (Na minha escola antiga era importante distinguir as abelhas operárias dos nerds totais: os nerds eram ainda menos descolados do que os manés do teatro, mas estavam ocupados demais aprendendo a programar e a alimentar fantasias com empresas pontocom para se interessarem.)

A verdade é que não me importa nem um pouco onde a Dri e a Agnes se encaixam, porque sem dúvida ficar com elas é melhor do que me sentar sozinha no banco lá fora. Qualquer coisa é um passo à frente.

– Só acho que, se você vai postar esse tipo de merda maldosa no Instagram, assuma – diz Agnes.

Não faço ideia do que ela e Dri estão discutindo, só que cada uma parece decidida a defender o próprio argumento. Agnes é uma garota pequenina com o cabelo tingido de ruivo, óculos com armação de acrílico semelhantes aos da Dri e um nariz que parece que foi beliscado com tanta força que acabou ficando deformado. Não é linda, nem mesmo bonita, mas é bonitinha. É o que acontece quando a gente pega uma coisa de tamanho natural e a refaz em miniatura.

Certo, vou admitir uma coisa. Algo que jamais contei a ninguém, nem mesmo a Scar. Sempre que conheço uma pessoa faço em silêncio aquela inevitável pergunta de garota má: será que ela é mais bonita do que eu? A verdade é que na maioria das vezes a resposta é sim, o que acho que torna o fato de eu me fazer essa pergunta pelo menos um pouquinho menos ofensivo. Sei que não sou feia – todas as minhas feições se encaixam nos padrões (nada de tamanho muito exagerado, nada pequeno demais), mas definitivamente sou diferente das garotas daqui.

Imagino, ou *espero*, que um dia eu seja descoberta – que eu seja *vista* de verdade – não como uma aliada, uma colega de estudos ou como parte da mobília, mas como alguém de quem *gostem*, talvez até *amem*.

Mesmo assim passei a aceitar que o ensino médio não é para mim. Gostar de livros não está nem mesmo na lista das dez principais coisas que os garotos do ensino médio procuram numa garota. Tenho quase certeza de que peitos, por outro lado, têm um lugar de destaque no ranking.

Se é que você precisa saber: bojo médio nos dias bons.

Agnes provavelmente usa bojo pequeno, mas compensa sendo adorável. Até começar a falar.

– Tipo, o que você acha, Jessie? Estou certa?

Eu não estava prestando atenção, mas observando todas as outras pessoas no refeitório, todos aqueles estranhos, e pensando em como parecia íntimo estarmos sentados ali, juntos, enfiando comida na boca. Me perguntava se algum dia aquele lugar iria ao menos começar a ser familiar. E, é verdade, eu também estava olhando o Ethan, Ethan Marks, pela janela, sentado sozinho perto do Karrinho de Kafé com outro livro na mão, mas não consigo ver o título.

– Se você vai dizer alguma coisa pela internet, esteja preparada para dizer na minha cara – repete Agnes.

– Concordo, eu acho – respondo com uma boa frase ambígua.

Elas já me salvaram em várias ocasiões em que fico perdida em pensamentos. Tenho quase certeza de que não concordo com a Agnes, no mínimo porque ela parece ser o tipo de garota que faz todo tipo de declarações bobas. ("O Sr. Greene é um babaca. Disse que eu plagiei, só porque usei duas frases de um blog. Isso se chama *pastiche*, cara, uma obra literária em que se imita o estilo de outros autores" ou "Jessie, você ficaria tão bonita com um pouquinho de maquiagem!".)

– Agnes, às vezes as pessoas são tímidas. Ela não disse nada de ruim. Só falou que você feriu os sentimentos dela, o que é verdade. Algumas pessoas acham mais fácil escrever do que falar na cara – diz Dri.

Ela me olha pedindo apoio, e eu me pergunto se a minha existência é um problema para a sua amizade com a Agnes. Scar e eu sempre nos sentávamos sozinhas no almoço. Não tínhamos vontade de conversar com mais ninguém. Para ser honesta, não sei bem como eu me sentiria se ela convidasse outra garota para se sentar com a gente. Dri não somente me convidou, mas fez isso com muita empolgação.

– Obviamente não conheço a história inteira, mas sem dúvida sou assim. Eu me sinto muito mais confortável escrevendo do que dizendo as coisas. Eu gostaria de poder viver a vida inteira no papel.

Penso em contar a elas sobre Alguém/Ninguém. Gostaria de explicar como é fácil "falar" com ele, como as palavras fluem de um modo que nunca acontece quando preciso conversar ao vivo. Também não me incomodaria em receber alguma ajuda para descobrir quem ele é. Mas, afinal de contas, talvez eu não queira saber. AN pode estar certo: o fato de não saber é o que nos mantém conectados. Seria muito mais difícil escrever para alguém que eu sabia que encontraria no dia seguinte. E me pergunto se ele pensa como eu. Mesmo sabendo quem eu sou, talvez o fato de não ter de me encarar faça a conversa fluir para ele também.

Claro, a Agnes está errada – as palavras não são menos corajosas pelo fato de terem sido escritas em vez de faladas – e estou pronta para dizer isso a ela, em voz alta e com convicção, quando ouço gritarem o meu nome do outro lado do refeitório.

– Jessie!

A princípio presumo que estejam chamando outra pessoa, já que não tenho amigos nesta escola, mas a voz é tão insistente, e até vagamente familiar, que levanto os olhos. Vejo o cabelo desgrenhado e um sorriso.

– Oi, Jessie – cumprimenta Liam, agora perto da nossa mesa, depois de chegar correndo, com Earl pendurado no ombro. Ele afasta a franja para longe dos olhos e depois aponta para a própria testa. – Como está o machucado?

– Quase sumiu. Mas se você se aproximar com esse violão, vou ter que pedir uma ordem de restrição – respondo, o que até mesmo para os meus ouvidos parece um flerte.

Não sei flertar. Sempre me sinto uma impostora. E nem quero flertar com o Liam – ele é tipo o meu chefe.

– Rá. Escuta, o treinamento dessa tarde ainda está de pé, certo? Acho que vou ficar lá até a hora de fechar.

– Claro. Obrigada de novo pelo emprego. De verdade.

– Imagina, era o mínimo que eu podia fazer depois de mutilar você.

Ele sorri, depois faz uma coisa estranha: dá um soquinho no meu braço, o que na verdade meio que dói, e depois sai apressado, com Earl atrás dele balançando no ombro.

– Para tudo! – Dri segura forte a minha mão. – Como você conhece o Liam Sandler? – pergunta. As sobrancelhas dela praticamente tocam a linha dos cabelos. – Cacete. Liam. Sandler.

– Relaxa, ele não é o Ryan Gosling. – Agnes revira os olhos para Dri. – Nunca vou entender o que você vê nele.

Dri a ignora. Espera pela minha resposta.

– Consegui um emprego na livraria da mãe dele, basicamente porque ele me acertou na cabeça com o estojo do violão. É constrangedor, mas verdadeiro.

– E? – pergunta Dri.

– E o quê?

– E tudo.

– E tudo tipo...

– O que ele disse? O que você disse? Pode me apresentar a ele? Você já ouviu a banda dele? Ai. Meu. Deus. Orgasmópolis.

– Eca – digo. – Quero dizer, ele não é nada mau, mas, sério?

– Não, esse é o nome da banda dele. Orgasmópolis.

– Jura?

– Sim. E ele é tão bonitinho! Você *precisa* ver o cara no palco. Eu sou, tipo, apaixonada por ele desde sempre. Ele nunca tinha me dirigido uma palavra. Nenhuma. Até agora há pouco.

– Tecnicamente ele não falou com você – informa Agnes.

– Ele falou perto de mim, o que é mais do que qualquer coisa que tenha acontecido nos últimos dois anos, portanto vou considerar – diz Dri, e aperta a minha mão com mais força ainda. Isso também dói. – Ieeeei!

– Ele tem namorada – diz Agnes, e eu me pergunto o porquê dessa necessidade de estragar o momento da Dri.

Se Pete McManning, o cara do último ano por quem Scar ficou obcecada durante todo o ano passado, tivesse falado perto dela, eu teria vibrado junto, mesmo que nunca tivesse entendido direito o interesse de Scar por ele. Não suporto bigode ralo, nem quando é a favor da causa hipster.

– E daí? Dane-se a Gem.

– Ele namora a Gem? – pergunto, e percebo quanta coisa preciso saber.

Não sei nada sobre essa escola. Em vez de código de honra, deveria haver um livro que contasse todas essas coisas. Então quer dizer que o Liam e a Gem... Humm. Se eu tivesse pensado nisso, deduziria que Liam poderia ter uma namorada, mas nunca imaginaria que fosse a Gem. E não porque ela é gata – ele é do tipo que teria uma namorada linda –, mas porque é nojenta. Esperava mais dele.

– Eu sei, tá? É a única coisa de que não gosto nele – diz Dri.

– A Dri é, tipo, totalmente obcecada por ele. Literalmente obcecada. Fez até aula de ukulele para que ele reparasse nela. Hashtag não adiantou.

– Passei por uma fase melosa. Deixa pra lá – diz Dri e me dá um abraço. – Arrrghh! Agora você é a minha pessoa predileta no mundo.

Sorrio. Finjo que não percebo a cara feia da Agnes.

AN: como foi o seu dia, Srta. Holmes?

Eu: Nada mau. E o seu?

AN: bom. fiz o dever de casa em tópicos, porque, sabe, faço qualquer coisa para torná-lo mais interessante.

Eu: Você acha que a universidade vai ser melhor? De verdade?

AN: espero que sim. se bem que acabei de ler sobre um cara que perdeu uma das bolas no trote de uma fraternidade estudantil.

Eu: Sério? O que há de errado com as pessoas?

AN: dá pra imaginar alguém que deseje tanto ser aceito a ponto de abrir mão de um testículo?

Eu: Não consigo me imaginar tendo testículos nem abrindo mão de um deles.

AN: você não quer me deixar usar emojis, mas um "eu coração meus testículos" seria adequado nesse momento.

Eu: Sabe o que eu coração? Nutella. E calças de pijama. E um livro de responsa. Não necessariamente nessa ordem, mas juntos.

AN: "de responsa"? 1980 mandou uma mensagem pedindo para você devolver a expressão. aliás, você come Nutella direto do pote, com colher?

Eu: Antigamente eu comia. Agora divido uma cozinha com os Outros, então não posso. Queria colocar uma etiqueta no meu pote, mas o meu pai disse que seria grosseiro.

AN: os Outros?

Eu: Madrasta e meio-irmão. Você tem Outros?

AN: não. a minha estrutura familiar continua intacta. bom, pelo menos legalmente. eles mal se olham hoje em dia.

Eu: Por quê?

AN: é complicado.

Eu: Você acha que um dia vamos ultrapassar a barreira do "é complicado"?

AN: não tenho dúvidas, Srta. Holmes.

Capítulo 12

O plano da Dri é ter uma vida através de mim, o que é uma novidade total, já que até hoje ninguém quis ser eu. Nunca. Ela me disse para mandar um torpedo se Liam dissesse algo interessante. Na verdade, se ele dissesse qualquer coisa.

– Quer aprender via mensagens a mexer numa caixa registradora? – perguntei com toda a seriedade no fim do último tempo, pouco antes de pular no carro e ir para o meu primeiro turno na Atenção, Lombadas!.

Não tinha certeza de até que ponto ia a obsessão da Dri, mas, como alguém que já teve uma boa cota de paixonites, entendo a necessidade de obter informações. Os detalhes permitem que a gente finja conhecer o nosso alvo de obsessão, mesmo não conhecendo nem um pouco.

– Pode pular essa parte, a não ser que ele faça alguma coisa fofa enquanto explica – disse Dri, felizmente entendendo que, de fato, eu não estava tirando com a cara dela.

Até agora Liam não disse nada que valesse a pena ser memorizado, nada realmente interessante. A caixa registradora é do mesmo modelo que havia no Rei das Vitaminas, por isso não deve ser um problema. A minha função parece ser ficar a maior parte do tempo sentada atrás do balcão e me levantar quando ouvir o sino da porta anunciando um novo cliente. A julgar pelo rápido tempo de reação do Liam, está claro que isso logo vai virar um reflexo.

– Que tipo de música a sua banda toca? – pergunto.

De propósito não digo "a Orgasmópolis", principalmente porque acho que não consigo dizer isso sem ficar vermelha. O logotipo da banda é um grande O com aparência vaginal, com uma língua atravessando-o. Rolling Stones misturados com Georgia O'Keeffe. E, claro, o nome é uma forçação de barra. Não dá nenhum ponto a eles no quesito sutileza.

– Acho que rock. Mais ou menos. Sabe o Lou Reed?

Confirmo com a cabeça, mas só ouvi falar vagamente. Não sou uma daquelas pessoas capazes de entrar no jogo da música, gente que se sente o máximo por fazer referências a bandas desconhecidas.

– Tipo ele, mas moderno. E talvez melhor – diz Liam, e sorri, e então percebo que só está de brincadeira.

Ele não é presunçoso como a maioria dos caras do último ano, que ocupam espaço demais quando andam nos corredores – batendo em armários, fazendo cumprimentos complicados e comentários sobre as garotas que têm o azar de passar por perto na hora. Liam, apesar de carregar o Earl, é um pouco mais contido, o tipo de cara que pode pedir permissão para beijar você.

Eu: Ele se comparou ao Lou Reed, mas de um modo fofo, autodepreciativo.

Dri: Liam é o melhor.

Eu: *resmungo*

Dri: O melhor, não. O mais gato.

– Com quem você está trocando mensagens? – pergunta Liam, e guardo o telefone rapidamente.

Não quero deixar a Dri sem graça, mas, para dizer a verdade, tenho a sensação de que ele não faz ideia de quem ela seja.

– Com a minha amiga Dri. Bom, o nome dela é Adrianna, mas todo mundo a chama de Dri – explico. Ele dá de ombros. Não está interessado. – Ela é muito legal. Estava sentada comigo quando você apareceu hoje no almoço.

De novo, nenhuma reação. Imagino o que ele diria se eu contasse que ela sabe o dia do aniversário dele, para que faculdades ele está se candidatando e seus pratos favoritos. Que, na cabeça dela, os dois têm um relacionamento complexo e sólido. Não importa que seja totalmente unilateral. Acho até que a Dri prefere que seja assim. Existem garotas como a Gem e a Crystal, destemidas com relação a garotos, orifícios e secreções, e existem garotas como Dri e eu, que morrem de pavor de rejeição, mecânica e ângulos ruins. Sabemos a distância que ainda precisamos percorrer para nos considerarmos mulheres.

Posso ser dona da minha vagina, tanto na teoria quanto na prática (nós nos conhecemos intimamente, Gina e eu – apelido dado pela Scar, a propósito, não por mim; não, definitivamente não por mim), mas isso não significa que eu não fique apavorada com os apetites dela. Por um momento penso no currículo quase em branco de Gina. Dezesseis anos: fechada para negócios. Hobbies e interesses: romances melosos, coletar informações sobre Ethan, Ethan Marks.

Estranhamente não tenho problema em me imaginar fazendo sexo com alguém (por exemplo o Ethan, Ethan Marks), mas isso não é muito diferente de imaginar o meu discurso de agradecimento na cerimônia do Oscar. É uma coisa que posso executar com perfeição dentro da minha cabeça – com charme, agilidade e a dose certa de modéstia –, mas que é um discurso que não só jamais será feito, como talvez não deva ser feito. Será que um dia eu serei capaz de dormir com um cara e não me sentir horrivelmente desajeitada e torturada e não me perguntar o que tudo isso significa? Talvez. Mas neste momento esse tipo de exposição parece inimaginável e, acima de tudo, se eu for totalmente honesta, nada menos do que aterrorizante.

• • •

– Então você é de Chicago, certo? – pergunta Liam, e eu me questiono como ele sabe.

Não fazemos nenhuma aula juntos, já que ele está no último ano. Será que a mãe dele contou? Será que ele é o Alguém/Ninguém?

– Sou, acabei de me mudar para cá – respondo.

– O que está achando?

Ele prende o cabelo num rabo de cavalo e depois solta, de novo e de novo. Os movimentos são tão exatamente iguais todas as vezes que é como dar *replay* numa cena.

– Legal. Ainda estou me adaptando, acho.

– É?

– Sim – respondo, me perguntando se isso pode ser considerado uma conversa suficientemente cintilante para ser repassada à Dri. Eu gostaria de ter coisas mais interessantes para contar ao Liam. O meu medo de falar algo idiota costuma me manter restrita ao mínimo. Ele também não parece ter muito o que falar. – É que, sabe, ainda estou conhecendo as pessoas.

– Eu devia apresentar você à minha namorada, a Gem. Ela é superlegal e também está no primeiro ano.

– Ah, a Gem. É, acho que fazemos algumas aulas juntas – digo, e tenho quase certeza de que consegui passar o tom casual tipo *acho que sei quem é a sua namorada.*

O que não digo: a *sua namorada é uma vaca.*

– Não se preocupe, vai ficar mais fácil. É sempre difícil ser novo – diz ele. – Tipo, por exemplo, a minha banda. Todos eles estavam juntos desde, sei lá, o sexto ano, e eu só entrei no ano passado. No começo foi esquisito por causa dessa coisa louca, mas agora são como meus irmãos. Você deveria ver a gente tocar.

– Claro. Parece divertido – digo, e com sinceridade, no mínimo porque poderia levar a Dri e solidificar a nossa amizade.

Eu: Ele disse que era novo na banda, mas que agora os integrantes são como irmãos para ele.

Dri: É, rolou um drama durante um tempo. História triste. Mas agora todos estão bem.

Não sei direito como uma banda de rock de escola pode ter uma história triste, mas tenho certeza de que Dri me contará todos os detalhes gloriosos mais tarde. Na minha cabeça, a garotada do Wood Valley é rica o suficiente para ficar imune a histórias tristes de verdade, mas, claro, não é assim que funciona. Nem tudo pode ser resolvido com dinheiro. Penso na minha mãe, careca e literalmente apodrecendo por dentro, fraca demais até para apertar a minha mão, e uma onda de náusea me ataca. É sempre mais fácil me lembrar dela doente, talvez porque tenha sido a visão mais recente ou, mais provável, apenas a mais sofrida. Pisco e felizmente a imagem some.

– Vamos tocar numa festa daqui a umas semanas. Não é nada importante, só um momento para ficar numa boa. Você deveria ir – convida Liam, e sinto a leveza da expectativa; vou ter algo de verdade para fazer numa noite de sábado. Seria divertido sair. – Vai ser na casa da Gem.

Ah. Certo. Então não vou.

Eu: Ele me convidou para uma festa em que a banda vai tocar daqui a umas semanas. Eu ia dizer que nós duas poderíamos ir, mas...

Dri: NÓS PRECISAMOS IR!

Eu: É na casa da Gem.

Dri: E daí? Quando o Liam está por perto, a Gem vira outra pessoa. Especialmente depois de vê-lo falando com você.

Eu: Não.

Dri: Quem se importa com o que ela diz sobre suas calças jeans? Quem vai tocar é a Ópolis. Você vai amar.

Eu: Se algum dia eu chamá-los de Ópolis, atire em mim.

Dri: Ranzinza não é o mesmo que charmosa, você sabe.

Eu: Disso eu tenho consciência.

Dri: Bom. Então está resolvido. Prepare os seus sapatos de dança, porque nós vaaaamos.

– A música de vocês é do tipo que as pessoas dançam? – pergunto ao Liam, aparentemente sem motivo.

– Hein?

– Nada.

Capítulo 13

Ethan, Ethan Marks já está na biblioteca quando chego. Está usando a sua camisa do Batman, claro, e olha pela janela, fascinado, mas não imagino com o quê. Só consigo ver outro céu limpo, sem nuvens. A mão direita massageia o queixo, como se estivesse dolorido por causa de todas as conversas que ele se recusa a ter. Eu não me incomodaria em tocar a sua face áspera, sentindo o nó onde os ossos se encontram.

Eu acabei de falar isso? Sério? Retiro tudo o que disse. Claro, ele é gato. Mas também é meio babaca, e é uma perda de tempo ter uma paixonite pelo único cara que todas as garotas da escola desejam. Não tenho a menor chance.

Vamos tirar um 10 em inglês e seguir em frente. Tenho muito o que fazer: trabalho, escola, o vestibular. As coisas estão começando a parecer sob controle pela primeira vez desde que nos mudamos. Tenho um emprego, por motivos de: dinheiro. Tenho a Dri, que está rapidamente virando uma amiga de verdade, e AN também, com quem troco mensagens o dia inteiro. AN e eu "falamos" principalmente abobrinhas, mas é divertido tê-lo no meu bolso o tempo todo.

– Oi – digo, e me sento cruzando as pernas embaixo do corpo.

Casual, relaxada, como se não me sentisse nem um pouco sem jeito. Por acaso não sou uma atriz terrível, então quase acredito em mim. Mas quando olho para baixo e vejo um único fio castanho brotando do meu tornozelo, isso me desequilibra, e preciso de todo o autocontrole para não puxar a bainha da calça. *Fica fria, Jessie. Ele não está olhando os seus tornozelos. Movimentos súbitos fazem parecer que você está nervosa.*

– Oi, Jessie. – Aquele sorriso voltou, e o rosto dele se abre apenas por um segundo antes de se fechar de novo. – Preparada?

– Claro – digo, e me pergunto se algum dia vou conseguir ir além das respostas monossilábicas com esse cara.

Scarlett fala mais quando está nervosa, a adrenalina a deixa esperta, não lenta. Mas o meu cérebro fica sobrecarregado. Como se eu tivesse saído de mim.

Ethan cheira a lavanda e mel. Um aroma refrescante, o oposto do daquele spray corporal que todos os garotos de Chicago usam, aquela horrenda cúpula de perfume químico que permanece no ambiente por um tempo enorme depois de a pessoa ter se afastado. Será da colônia ou do sabão em pó? Será que o Ethan lava essa camisa todas as noites? Provavelmente ele tem a própria Glória para isso. Ou talvez tenha um Batman para cada dia da semana. E sim, percebo que estou começando a parecer a Dri na sua obsessão com o Liam, coletando detalhes para ficar pensando neles depois.

Preciso. Parar. Agora. Tenho um número limitado de células cerebrais, e é melhor guardá-las para me preparar para o vestibular.

– Você costuma ler poesia? – pergunta ele, mas não de verdade, pois está olhando de novo para o Grande Além.

Ethan está em outro lugar. Não como eu na maior parte do tempo – fora de mim mesma e olhando para dentro –, mas completamente fora de si. Reconheço essa expressão. Já me senti assim: permaneço fisicamente presente e reconhecível, mas depois, quando olho para trás, percebo que trechos inteiros do dia foram roubados. Um corpo sem alma. Na verdade, não é diferente da minha mãe: lá, em algum lugar – fisicamente localizável, enterrada –, mas nem um pouco lá. Ausente em todos os sentidos que importam.

– Sim – digo. *Uma sílaba. De novo.* Ainda bem que ele não está ouvindo. – Quero dizer, sim, eu gosto de poesia, e li *A terra desolada* há algum tempo, mas não saquei direito, entende? É como uma mistura de um monte de vozes diferentes.

– Totalmente. Eu pesquisei no Google, e parece que tudo tem relação com outra coisa. É quase como um código – diz ele, e depois me olha. Está voltando a si outra vez.

Será que ele está entorpecido com alguma coisa? Maconha? Coca-Cola? Ecstasy? Será que é com esse tipo de névoa que estamos lidando? Mas então ele esfrega o rosto e eu percebo que é apenas a boa e velha fadiga. O cara está cansado. Por que ele não dorme? O que acontece à noite, quando ele fecha os olhos?

Para com isso, Jessie.

Eu me obrigo a me concentrar e continuo:

– Certo, vamos começar com o primeiro verso: "Abril é o mais cruel dos meses, procria". O que isso significa? Sei que é poético e tipo legal, especialmente a parte do procria, mas por que abril? Por que ele é mais cruel do que qualquer outro mês?

– Não sei. Mas eu meio que odeio abril – diz Ethan, e para. Franze o cenho para mim, quase com raiva. Ele não pretendia dizer isso. Foi um deslize, de algum modo. Mas com relação a quê? Não entendo. O que ao menos significa odiar abril? Eu odiava janeiro em Chicago porque era um frio do cacete, mas não estamos falando de condições climáticas. Ele se sacode para sair desse clima. – Você gosta de andar? Por que não fazemos isso caminhando?

Ethan não espera que eu concorde, simplesmente recolhe os livros e o laptop, por isso eu o acompanho.

– Eu achava que as pessoas de Los Angeles não andavam – digo assim que ouço o portão da escola se fechar atrás de mim.

Sempre sinto um alívio ao ouvir esse som, mais um dia ao qual sobrevivi. Ele coloca óculos escuros, Ray-Ban, e agora fica ainda mais difícil decifrá-lo, porque não posso ver os seus olhos.

– Eu penso melhor em movimento, isso me acorda. Quer ouvir o que mais fiquei sabendo pelo Google?

Confirmo com a cabeça, o que é idiota, porque ele não está me olhando.

– Claro.

– Eliot não começou o poema desse jeito. Ezra Pound disse para ele reduzi-lo, cortar tipo uns 43 versos, mais ou menos. Então todo o negócio de abril deveria aparecer depois. E, na época, parece que ele precisou literalmente cortar e colar, tipo com tesoura e tal.

Fecho os olhos por um segundo e visualizo esse processo, apesar de não ter ideia da aparência de T. S. Eliot. Mas imagino um cara branco e velho com monóculo, uma tesoura enorme e um bastão de cola.

– Não imagino como seja escrever sem computador – confesso. – Quando uso papel, parece muito... lento, sei lá. A minha mente é mais rápida do que as minhas mãos.

– É, nem eu. Então diga alguma coisa que eu não saiba sobre você.

Ele inclina a cabeça de lado e desta vez está me olhando. Fico grata pelos óculos escuros, essa camada extra de proteção. O olhar dele é expressivo demais. Esta, sem dúvida, é uma das muitas coisas que fazem as garotas ficarem indo até ele, aqueles pequenos momentos de conexão distribuídos com parcimônia, como minúsculos presentes. Talvez ele seja intencionalmente pão-duro com eles; se distribuísse demais, ninguém iria deixá-lo sozinho.

– Não sei – digo. – Não há muito o que dizer.

– Acho difícil acreditar nisso.

– Certo, há um monte de coisas a dizer, mas você não iria querer ouvir a maior parte delas.

Dezembro, esse é o mais cruel dos meses, penso. *Aniversários de mães mortas e clima de Natal. Abril também. O mês dos fins. E gosto da sua camiseta do Batman, dos seus olhos amedrontadores, e quero saber por que você não dorme direito. Quando fecho os olhos à noite, vejo últimos momentos, despedidas impossíveis.*

Mas não sonho mais. Você sonha? Eu sinto falta disso.

– E você? – pergunto.

– "Lilases da terra morta, misturando/ Memória e desejo, acordando/ Embotadas raízes com a chuva da primavera./ O inverno nos aquecia, cobrindo/ A Terra em neve esquecida, nutrindo./ Um resto de vida com tubérculos secos."

– Você decorou *A terra desolada*?

– A maior parte, sim. Eu leio poesia quando não consigo dormir. Gosto de decorar versos.

– Sério?

– Agora estou totalmente sem graça. Pare de me olhar assim – diz ele, mas é o meu rosto que está vermelho. Fiquei olhando para ele... bem... maravilhada. O cara lê poesia. Por prazer. Quase desmaio. – Sei que é esquisito.

Ele sorri, e, então, eu também.

– Não, é superlegal! – Resisto à vontade de tocar o seu ombro.

Quem é ele? Eu me tornei oficialmente a Dri. Tudo que quero são mais detalhes.

– Tubérculos secos?

– Eu sei, tá? Tipo, que diabo são tubérculos secos?

Mais tarde me deito no meu sofá-cama e apoio os pés na borda curva. Mensagens instantâneas com AN.

AN: você ficou bem quieta hoje. E AÍ, COMO FOI O SEU DIA? FALA!

Eu: Olha só! Você tem uma tecla de maiúsculas! Dia = não muito ruim. E o seu?

AN: bom, na verdade.

Eu: Me diga três coisas sobre você que não sei. Claro, além do seu nome e, bom, de todo o resto.

Hehe. Parece que a minha tarde com o Ethan me deixou mais corajosa. Ousada. Quando nos despedimos, perto do meu carro, ele enfiou as mãos no bolso dos jeans, balançou-se para trás nos calcanhares e disse: "Até a próxima". Até a próxima. Três palavras que juntas parecem boas, assim. Enfileiradas. Poéticas.

AN: certo. (1) faço um queijo quente do cacetóvski.

Eu: Cacetóvski?

AN: sim, o sanduíche é tão bom que justifica o uso da palavra "cacetóvski". (2) passei por uma fase Justin Timberlake no sexto ano e chamava o cara de JT. tipo "e aí, saca só, o JT no rádio", sabe. foi ruim. não foi o meu melhor ano.

Eu: Vou admitir: ainda estou numa fase Justin Timberlake. E 3?

AN: não sei. essa é melhor deixar pra lá.

Eu: Qual é, você guarda tudo para si.

AN: se você me disser três coisas, talvez...

Eu: (1) Eu tenho uma teoria estranhíssima sobre o universo, na qual não acredito de verdade mas em que gosto de pensar. Tipo, nós somos algo minúsculo e insignificante, como formigas, diante de uma espécie maior e mais complexa, o que meio que explica todas as coisas aleatórias e esquisitas que acontecem, como furacões e câncer. Ai, meu Deus, não acredito que contei isso. Nunca falei isso em voz alta antes. Nem para a Scarlett. #envergonhada.

AN: isso é meio esquisito, mas pode ser brilhante. #impressionado.

Eu: Eu sei, tá?

AN: procure no Google o paradoxo de Fermi. você vai pirar de vez. e 2...

Eu: (2) Tenho problema para decorar a tabuada. Quero dizer, eu consigo fazer cálculos e tal, sem problemas, mas tenho um pouco de dificuldade com a matemática básica.

Acabei de pesquisar o Fermi no Google. Como você sabe esse tipo de coisa?

AN: não sei. só sei. 3...

Eu: Você só me deu 2.

AN: (3) gosto de você.

Eu: (3) Também gosto de você.

Merda. Fiz de novo. Apertei o enviar sem pensar. De quem eu gosto? Quem é essa pessoa? Não é mentira. Gosto das palavras dele. Passo o dia ansiosa para escrever para ele, ouvir as suas ideias sobre as coisas. Mas daí a dizer "gosto de você" sem saber quem ele é, com esse desequilíbrio ridículo – ele sabe quem eu sou, provavelmente sabe onde eu moro –, é uma idiotice. Estou pedindo algum tipo de porrada cósmica. Será que consigo retirar o que disse? Como faço isso? Simplesmente deixo pra lá, curto por um momento a ideia de que um cara – e sim, digo isso com esperança de que ele seja de fato um cara do Wood Valley e não algum tipo de piada, ou totalmente esquisito em que eu não tivesse pensado, tipo um policial que tenta flagrar pedófilos na internet ou coisa assim – gosta de mim de verdade. De *mim*. Não tenho certeza de que, além de Leo Springer, no sexto ano, que me passou um bilhete dizendo *Vamos sair!!!* e então foi o meu namorado por cerca de 22 horas porque eu perdoei a pontuação excessiva mas não o suor excessivo na mão, o que depois me fez sentir mal quando soube que ele tinha um sério problema glandular, algum cara tenha me dito algo parecido com "gosto de você". Dane-se. Vou curtir esse momento.

Não. Isso é esquisito demais. Não estou curtindo.

Estou ficando maluca.

Eu: Isso é muito esquisito. Eu NEM SEI QUEM VOCE É. Vamos desdigitar.

AN: desdigitar o "gosto de você"? certo, não sei direito o que isso significa.

AN: no meu mundo "gosto de você" significa acho você legal, coisa assim. relaxa, moça, não estou te pedindo em casamento.

Eu: Cala a boca. É só que... Deixa pra lá.

AN: é só que o quê?

Eu: Deixa pra lá. Sério, esquece isso.

AN: anda. me diz.

Eu: É esquisito você saber quem eu sou e eu não saber quem você é. Não é justo.

AN: a vida não é justa.

Eu: Ótimo. Tudo bem. Preciso ir.

Deixo o telefone de lado por um segundo. Estou com raiva. Me sentindo um nada. Então ele não gosta de mim, só me acha legal. Não estou dizendo que queria que ele me achasse a melhor coisa do mundo. É só que... era boa a sensação de ser gostada, o que quer que isso significasse.

AN: espera, para. volta. desculpe.

Eu: E?

AN: é só que eu gosto de falar com você aqui. gosto disso. sério. gosto de você. na vida real você me deixa nervoso ou algo do tipo. seria diferente falar-falar de verdade. e isso aqui funciona, certo?

Eu: Sim. Mas...

AN: vou lhe dizer mais três coisas: (1) gosto de música, livros e videogames mais do que de pessoas. elas me deixam sem jeito. (2) quando era pequeno, eu dormia com um cobertor que eu chamava... espera aí... de Cobertor, e tudo bem, ótimo, eu durmo com ele até hoje. (3) há um ano eu era uma pessoa totalmente diferente.

Eu: Por quê? Quem você era?

AN: feliz. ou mais feliz. mais simples. um pouco mais normal, se é que isso é ao menos uma coisa.

Eu: E aí...

Uma pausa longa. Espero.

AN: a minha irmã morreu. de repente. longa história. e agora... bom, você sabe como é.

Eu: Sim.

AN: a sua mãe morreu, não foi? posso perguntar sobre isso?

Eu: Como foi que você...

AN: o Theo. quero dizer, ele não me contou, mas alguém me disse que você é meia-irmã dele, por isso eu juntei as coisas. tudo bem eu perguntar sobre isso? parece que perdi toda a noção do que a gente pode perguntar aos outros.

Eu: Sim, tudo bem. Tudo bem perguntar, no caso. Porque o fato em si é... Bom, não é legal. Não sei. É...

AN: é, é mesmo.

Eu: Certo.

AN: há quanto tempo?

Eu: 765 dias, cinco horas, 22 minutos. E você?

AN: 196 dias, uma hora e três minutos.

Eu: Você também conta?

AN: conto.

Penso na irmã do AN. Não sei por quê, mas visualizo uma garota de 12 anos, com maria-chiquinha, doente. Mas, claro, tudo isso está na minha imaginação. Tenho muitas perguntas: quantos anos ela tinha? Como morreu? Mas, afinal de contas, ela não está mais aqui. É isso que importa. Os "como" são, de novo, meros detalhes.

Mais tarde. Agora, não. Talvez eu pergunte mais tarde.

AN: e ontem eu vi um arco-íris, e o meu telefone não recebeu mensagens suas, então foi quase como se eu não tivesse visto, porque não tirei uma foto. por favor, diga que você também o viu.

às vezes eu sinto como se estivesse perdendo a cabeça. quero saber com certeza que a coisa aconteceu. sabe essa sensação?

Faço uma pausa. Ontem, a caminho do trabalho, choveu por no máximo 30 segundos – a primeira chuva que vi desde que me mudei para cá –, e depois as nuvens se mexeram e, sim, AN está certo. Houve um arco-íris, cobrindo metade do céu, tão arcoirístico em sua arcoirizice que me fez sentir quase idiota, como se eu vivesse num desenho animado. E estou sem graça por admitir, mas por um segundo achei que era uma mensagem da minha mãe, ou que de algum modo o arco-íris fosse *ela*, de um jeito que não consegui e ainda não consigo explicar. Tirei uma foto mas não me dei o trabalho de postá-la no Instagram. Não queria que parecesse que eu estava tentando ser toda livre, leve e solta, coisa que não sou. De jeito nenhum. Será que devo mandar a foto para AN?

Eu: Também vi.

Acho a foto no telefone. Nem preciso usar filtro porque, diferente de todo o resto, ela é perfeita do jeito que está. Envio.

• • •

Você recebeu uma mensagem de Liam Sandler:

Liam: Você poderia trabalhar amanhã depois das aulas? Ensaio da banda.

Eu: Claro.

Liam: Você é uma salva-vidas. ☺

• • •

Eu: Já percebeu quantas expressões do cotidiano têm a ver com a morte? Tipo, uma pessoa aqui acabou de me chamar de salva-vidas.

AN: sim. já que, sabe... isso está em toda parte. isso é de matar. a minha mãe vai me matar. isso está morto e enterrado. mas sabe qual é a pior parte? assim que uma pessoa me diz isso, me olha como se pedisse desculpa. como se eu fosse me ofender, surtar ou algo do tipo. mas você salvou a vida de quem?

Eu: Só peguei um turno extra no trabalho.

AN: gentileza sua.

Eu: Na verdade não fiz por bondade. Faço qualquer coisa por uma grana extra.

AN: hummm... qualquer coisa?

• • •

Você recebeu uma mensagem de Ethan Marks:

Ethan: Do dicionário: Tubérculo: "uma haste curta, grossa, redonda, que faz parte de certas plantas (como a batata), que cresce embaixo da terra e pode produzir uma planta nova".

Mensagem do Ethan. Oito da noite de uma quinta-feira. O que significa que ele estava pensando em mim, porque não é possível mandar uma mensagem para alguém sem antes pensar na pessoa, certo? Ou talvez ele estivesse pensando em *A terra desolada*, o que não é exatamente o mesmo que pensar em mim, mas é quase isso. Agora o poema e eu estamos relacionados. Vou aceitar isso. É o tipo de análise ridícula que a gente faz quando está com uma paixonite ridícula.

Coisa com a qual não estou.

Eu: Humm. Meio que faz sentido, considerando a parte do poema que fala sobre alimentar uma vida nova.

Ethan: Mas por que eles estão secos?

Eu: Não faço ideia.

Ethan: Gosto da palavra "tubérculo". Pode render um bom insulto.

Eu: ??? Exemplo, por favor.

Ethan: Gem e Crystal? Tubérculos completos.

Mesmo sabendo que o Ethan ouviu a Gem sendo grossa comigo naquela primeira vez – claro, ele foi o motivo para o fiasco do *o que você está olhando?*, que de algum modo a levou a me odiar com todas as forças –, eu não tinha ideia de que ele ouve todas as bostas que ela murmura baixinho para mim na aula de inglês. Fantástico. Uma coisa é ser alvo de chacotas diárias; outra totalmente diferente é quando os caras bonitos testemunham isso.

Hoje o foco delas foram os adesivos que enfeitam a parte de trás do meu laptop. Foi Scarlett quem fez todos eles, para o meu aniversário no ano passado, e são incríveis. Todas as imagens que eu tatuaria se fosse o tipo de pessoa com coragem para fazer tatuagens. Em vez disso, sou o tipo de pessoa que passou horas debatendo as tais tatuagens teóricas, apesar dos meus temores cortantes com relação a agulhas e compromissos de longo prazo. Daí os adesivos indolores e temporários: dois ideogramas coreanos que a Scarlett jura que significam "Melhor Amiga"; a frase *a ti mesma sejas fiel*, escrita em letras góticas; e finalmente uma cobra, que não estava na minha lista, mas que Scarlett acrescentou porque achava que eu deveria ser mais durona, ainda que teoricamente. A opinião brilhante da Gem: "Aposto que significa 'otária' em japonês."

Eu: Tubérculos completamente secos. E obrigada.

Ethan: Por quê?

Eu: Não sei. Por me defender, acho.

Ethan: Não defendi.

Eu: Certo, então.

Ethan: É que você não parece o tipo de garota que precisa ser defendida.

• • •

Dri tirou uma foto com você.

Clico na foto do Instagram. Dri e eu à mesa do almoço, a Agnes fora de quadro. Será que ela foi cortada? Não lembro. Talvez. Possivelmente. Acho que sim. Isso não deveria me deixar feliz, mas deixa.

• • •

Scarlett: Não que você tenha perguntado, mas encomendei o vestido para o baile de boas-vindas. AMARELO FLUORESCENTE.

Eu: Sem dúvida você vai chamar atenção.

Scarlett: Não preciso de um vestido pra isso.

Eu: Como está o Adam? Transtornado?

Scarlett: Acho que sim. Com muitos problemas de espinhas. Não somente das pequenas, pois surgiram umas coisas gigantes com a cabeça branca. Preciso de toda a força de vontade do mundo para não atacá-las com as unhas.

Eu: Que nojo.

Scarlett: Uma pena isso não contar como serviço comunitário obrigatório.

Vou admitir. Tiro um print da tela. Quatro conversas ao mesmo tempo. Quatro pessoas diferentes que têm algo a me dizer. Certo, uma era sobre trabalho, outra era sobre um dever do colégio, também teve a Scarlett, que não conta, e a última é com alguém que eu nem conheço, mas mesmo assim vou contar todas. Prova de que talvez eu esteja começando a ter algo parecido com uma vida, de novo.

Capítulo 14

AN: três coisas para animar a sua manhã: (1) morro de medo de andar de avião. odeio cada segundo em que estou dentro de um. o homem não foi feito para voar.

Eu: Não adoro andar de avião mas ADORO aeroportos. São ótimos para observar pessoas.

AN: os melhores olás e tchaus.

Eu: Exatamente.

AN: (2) fui vegetariano no oitavo e no nono ano, mas parei por motivos de: bacon.

Eu: Humm. Bacon.

AN: (3) gasto tempo demais com videogames. e você?

Eu: Não curto muito videogames.

AN: você: três coisas.

Eu: Ah, sim. (1) não gosto de verduras no geral, mas guardo um lugar especial no coração para couve-de-bruxelas.

AN: hummm. com bacon.

Eu: (2) Sou uma pessoa noturna. As manhãs são um saco. Por que as aulas precisam começar tão cedo? POR QUÊ?

AN: então me sinto honrado porque você está falando comigo antes das 8 da manhã.

Eu: Três xícaras de café. Glória faz café forte. Já falei da Glória?

AN: ?

Eu: A administradora doméstica do pessoal aqui de casa. A princípio fui cética, porque é esquisito ter alguém que faz todas essas COISAS para mim. Não conte a ninguém, mas agora estou meio apaixonada.

AN: a independência é superestimada. assim como ser capaz de fazer listas inúteis é considerado uma habilidade maluca.

Eu: (3) sou canhota, mas quando tinha uns 12 anos decidi que queria ser destra, por isso treinei para ser ambidestra. Mas agora acho mais legal ser canhota, de modo que perdi três meses da minha vida.

AN: sou destro para fazer todas as coisas. TODAS AS COISAS.

Eu: Isso foi uma tentativa de insinuação?

AN: você ter usado a palavra "tentativa" indica que eu fracassei.

Eu: #insinuaçãofracassada

AN: eu já disse a palavra "insinuação" várias vezes na minha cabeça e agora ela perdeu todo o significado. insinuação. insinuação. insinuação. insinuação.

Eu: Palavra definitivamente arruinada para mim.

AN: arruinsinuação.

Eu: Você é um pateta.

AN: sim, eu sou. ainda bem que você descobriu isso agora.

Capítulo 15

– É só sexo. Não sei por que todo mundo faz tanto estardalhaço com isso – diz Agnes, e rola até ficar de barriga para cima na cama da Dri, deixando a cabeça pendurada para fora e a franja caída para trás.

Ela tem uma testa grande. Por acaso a franja tem menos a ver com ser bonitinha estilo hipster e mais com uma coisa estratégica. É noite de sexta-feira, e em vez de ficar em casa com Harry Potter estou aqui comendo batatas chips de um saco tamanho jumbo, folheando o livro do ano do Wood Valley e conversando com a Dri e a Agnes, como se eu fizesse isso todo fim de semana. E não está parecendo muito esquisito. Quando começo a ficar meio nervosa pensando que a Agnes não me quer aqui, lembro que a Dri me convidou e até mandou um "deixa de ser patética" quando eu disse que ficaria em casa estudando. Opto por acreditar que ela me chamou de "patética" de forma afetuosa.

– Desde quando você é especialista? – pergunta a Dri, e joga um travesseiro na Agnes. – Não importa o que você diz. Tecnicamente você ainda é virgem.

– Não sou! Tecnicamente perdi completamente o meu certificado de virgindade – reage Agnes com falsa indignação.

As duas parecem um velho casal que já teve essa briga antes, e nenhuma delas se incomoda com quem vai sair ganhando. A diversão está na discussão.

– Tecnicamente? O que isso quer dizer? – pergunto, e olho para a Agnes. – Por favor, não me diga que você é uma daquelas criaturas esquisitas que, sabe, contam o... ahn... oral.

– Claro que não. Houve um caso de pequena penetração – diz Agnes, que solta um risinho. – Mas isso conta. Definitivamente.

Começo a rir também, apesar de não ter entendido de verdade.

– O que foi?

– A Agnes foi meio penetrada. Ganhou meio pauzinho.

– Meio pauzinho, isso é hilário – diz Agnes, e logo todas estamos gargalhando tanto que temos lágrimas escorrendo pelo rosto.

– Realmente não faço ideia do que isso significa. Você precisa me contar a história toda – peço.

– Tá legal. Bom, aconteceu no verão passado, na colônia de férias do teatro. E sim, eu sei, é clichê e tal, mas pelo menos não foi no baile de formatura. O negócio foi que um cara, o Stills, e eu estávamos no maior amasso, perto da minha cama, a gente estava no chão, e eu pensei: *certo, vai ser agora.* Eu estava meio entediada com essa coisa toda de virgindade, por isso a gente pegou uma camisinha, porque a segurança vem em primeiro lugar, certo?, e começamos, sabe, a fazer sexo com, tipo, alguma penetração, e de repente ele surtou. Parece que ele curte um tal "irmão J. C.", e ele falou exatamente isso, e quer esperar até o casamento.

– Não acredito! – digo. – Ele falou mesmo "irmão J. C."?

– Falou. Foi humilhante em vários níveis. Portanto foi assim que eu perdi a virgindade. Isso conta, não é? – pergunta Agnes, e eu decido que talvez eu tenha sido precipitada demais em julgá-la.

Ela é engraçada, super-honesta e disposta a rir de si mesma. Agora percebo por que ela e a Dri são melhores amigas.

– Voto pelo sim – digo, porque é muitíssimo mais perto do que eu já cheguei de ter um pênis inserido em mim.

– Mas a Dri também está certa. Eu ganhei mesmo meio pauzinho. E você? – A Agnes pergunta com tanta casualidade que é como se estivesse querendo saber qual é a minha matéria predileta.

– Ainda não. Quero dizer, não estou esperando até o casamento nem nada, mas, não, ainda não surgiu nenhuma oportunidade – conto, o que é verdade.

O que não digo: eu não me incomodaria se acontecesse com alguém de quem eu gostasse, que achasse bonito e que gostasse de mim também. Presumo que não vou deixar de ser virgem antes da faculdade, porque é nessa época que isso acontece com garotas como eu.

– Eu também não – diz Dri. – E, voltando ao meu argumento original, não é que eu ache uma coisa gigantesca nem nada, mas, qual é, não é "nada".

A Agnes diz:

– Bom, a minha irmã foi estudar na UCLA, e lá ela tipo dá pra todo mundo, sabe? E ela diz que dorme com aquele monte de caras aleatórios para afirmar a própria sexualidade. – Agora a Agnes se senta e olha para a Dri e para mim, com a franja restaurada. – Ela tem até um arquivo no Evernote em que faz um registro de todos com quem dormiu.

– A gente meio que precisa admirar o comprometimento dela – diz Dri. – Trepando pelo feminismo.

Rimos de novo, e penso em Scar e em como ela se sentiria à vontade aqui. Continuo folheando o livro do ano, procurando, mas não procurando, AN.

– Ei, posso fazer uma pergunta a vocês? – interrompo.

– Claro – dizem Dri e Agnes exatamente na mesma hora.

Isso também costumava acontecer comigo e Scarlett. Chamávamos de momentos de fusão mental.

– Vocês sabem de alguém na nossa turma que tenha perdido a irmã?

Sei que eu não deveria tentar descobrir quem é AN, que descobrir isso pode arruinar a melhor coisa que me aconteceu numa eternidade, mas não consigo evitar. Tenho essa única informação preciosa e quero usá-la.

– Acho que não. Por quê? – pergunta Dri.

– Bom, tem um cara... – digo, e me pergunto como contar essa história sem fazer com que tudo pareça muito esquisito.

AN e eu, as nossas trocas constantes de mensagens apesar do anonimato dele. Como eu sinto que ele está realmente começando a me conhecer, a me *ver*, apesar de nunca termos nos encontrado.

– Muitas histórias incríveis começam com: "Tem um cara". – Agnes dá um risinho.

– Cala a boca – diz Dri. – Deixa a garota falar.

E é o que faço. Parece que estou num esconderijo seguro, e não *apesar* das provocações da Agnes, mas talvez *por causa* delas. Essas são pessoas que, se já não são, estão prestes a se tornarem minhas amigas de verdade. Não menciono coisas específicas: o nosso novo jogo de três coisas ou que, para começo de conversa, ele me disse para fazer amizade com a Dri. A primeira coisa, pelo menos, pertence apenas a nós dois. Mas confesso que gosto dele, o que quer que isso signifique já que a gente só conversou pela internet.

– Você quer totalmente o meio pauzinho dele – diz Agnes.

– Uma garota pode sonhar – respondo.

Mais tarde, quando volto à casa da Rachel, encontro o Theo parado do lado de fora do quarto dos nossos pais, obviamente tentando ouvir algo.

– Você não está ouvindo os dois... ahn, transando. Por favor, por favor, por favor, me diga que não é isso que está acontecendo aqui – exijo saber.

– Eeeca. Que nojo, não. E fica quieta, eles estão brigando – sussurra ele, e então me puxa para perto dele, junto à porta, para que eu possa ouvir também. Se bem que isso não é necessário, porque logo os dois estão gritando tão alto que tenho certeza de que os vizinhos desligaram qualquer *reality show* a que estivessem assistindo só para escutá-los. – Acho que eles podem estar terminando, e aí esse longo pesadelo nacional pode chegar ao fim.

– "Longo pesadelo nacional"? Fala sério.

– Que merda, Rachel! É só uma porra de um jantar – diz meu pai, e é então que sei que a coisa está séria. O meu pai raramente fala palavrão, em vez disso opta pelos palavrões falsos que só são usados por meninas de 10 anos e pela Dri: cala a porcaria da boca, caraca, vá se catar. – Preciso estudar.

– É um jantar profissional importante, e não é irracional da minha parte querer o meu marido lá. Nós estamos casados, lembra? Isso é importante pra mim – diz Rachel, e eu gostaria de enxergar através da porta. Será que estão de pé ou sentados? Será que a Rachel é do tipo que joga coisas, que quebra os acessórios de mil dólares que entulham a casa? Mas quem precisa de uma girafa de porcelana branca de dois metros de altura? – Esquece. Talvez seja melhor mesmo você não ir.

– O que isso quer dizer?

– Nada. Não quer dizer nada. – Ah, o tipo passivo-agressivo. Diz coisas sem significado. Agnes a odiaria. – Você e eu sabemos que isso não tem a ver com a sua necessidade de estudar. Você já disse que poderia fazer a prova até dormindo.

– Ótimo. Confesso. Eu queria uma noite só pra mim. Uma noite em que não precisasse ser avaliado por todos os seus amigos. Acha que eu não percebo como eles me olham? Como você me olha quando eles estão por perto? Até deixei você me levar às compras para que eu usasse o figurino do personagem, mas qual é! Chega! – diz meu pai, e agora as minhas bochechas pegam fogo.

Sem dúvida eu não me sinto à vontade no Wood Valley, mas nunca me ocorreu que o meu pai também tivesse dificuldade para se adaptar à vida em Los Angeles, que essa coisa de se encaixar não acontecesse apenas no ensino médio.

– Ninguém está avaliando você – diz Rachel, e a voz dela fica aduladora, tranquilizadora. – Todos gostam de você.

– Então me processe se não quero assistir a um filme independente sobre um leproso bengali que toca harpa com os dedos dos pés. E você teve o desplante de trocar o meu pedido de bebida na outra noite, como se eu fosse uma criança. Eu queria uma cerveja para acompanhar a carne, e não um Cabernet supercaro. Desculpe se isso ofende as suas sensibilidades de classe alta. Esse tipo de coisa não tem a mínima importância pra mim.

– Eu só estava tentando impedir que você passasse vergonha – argumenta Rachel, com a voz começando a falhar. As lágrimas estão iminentes.

Não sinto pena dela. – Num lugar como aquele as pessoas não pedem cerveja. Simplesmente não pedem. Eu só estava tentando sinalizar para você...

– Não preciso de sinais. Sou adulto, e só porque prefiro hambúrgueres e cerveja a um peixe orgânico de água doce metido a besta não significa que sou um bárbaro. Você sabia com quem estava se casando. Nunca fingi ser outra pessoa. De qualquer modo, achei que era legal ser diferente aqui. Não foi por isso que você me comprou aqueles tênis ridículos? É como se você estivesse treinando um animal de estimação.

– Uma coisa é ter gostos simples, outra é ser radicalmente anti-intelectual. Faria mal ler um livro de vez em quando? – pergunta Rachel.

Por acaso eu estava errada. Ela não vai chorar. Está dobrando a aposta e contra-atacando.

– Sério? Agora você vai insultar a minha inteligência? Eu nunca vi *você* lendo um livro. Tudo que vejo na sua mesinha de cabeceira é a revista *Vogue*. Na verdade, a única pessoa que lê por aqui é a Jessie. Ela é a única pessoa sã nesta casa.

– Jessie é a única pessoa sã nesta casa? Acorda, Bill! Ela não tem amigos. Nenhum. Eu fiquei empolgada em mandá-la para o Wood Valley, mas você não está preocupado com ela? Os adolescentes devem sair e se divertir.

Ah, então eu que vou acabar derramando lágrimas. Claro, é como as coisas acontecem hoje em dia. Quero gritar de volta, pela porta. *Eu fiz amigos! Estou me esforçando! Não preciso de ajuda!* Não tenho culpa se a minha mãe morreu, se nós nos mudamos para cá. Precisei começar do zero em todos os sentidos possíveis. O meu pai optou pela Rachel e, mais inexplicavelmente, ela o escolheu, mas eu não escolhi nenhum dos dois. Claro, o meu pai é um ninguém, um farmacêutico de Chicago, mas é inteligente, droga! E até brilhante. E daí se ele adora ONGs e filmes de ação? A minha mãe amava poesia, e apesar de o meu pai nunca ter gostado, eles fizeram a relação dar certo. Ela deixava ele ser quem é.

A minha vida é um sanduíche de bosta acompanhado de hambúrguer vegetariano de porra. Não tenho forças. Os meus olhos estão turvos de lágrimas e deslizo pela parede até o chão. Theo olha para mim.

– Ela fala muita merda quando está com raiva. Ignore isso – sussurra ele. – Ela só quer conseguir o que deseja.

– Quem é você para falar sobre criação de filhos? – É a voz do meu pai. – A minha filha é incrível, portanto nem ouse fazer esses comentários. Você tem olhado o seu filho ultimamente? O jeito como ele se comporta, todo... – O meu pai para, graças a Deus. *Ai, pai, por favor, não diga isso.*

– Todo o quê? – pergunta Rachel. – O meu filho é gay. E daí?

Agora a Rachel está instigando-o. Parece que quer brigar. Por um momento acho que seria preferível ouvi-los fazendo sexo. De algum modo a briga é ainda mais íntima, mais crua. Pior do que testemunhar as lágrimas dela à meia-noite. Não quero ficar próxima dessas coisas de adulto. É tudo muito ferrado.

De repente me pergunto se é isso que acontece quando as pessoas se conhecem pela internet. Uma conexão sem contexto. Uma boa primeira impressão muito mais fácil de ser causada porque pode ser manipulada. Mas eles se conheceram num grupo de *apoio para pessoas que sofreram perdas*, não num site normal que as pessoas acessam para conseguir um encontro. É difícil imaginar alguém como a Rachel entrando na internet em busca de ajuda para o próprio sofrimento. Ela é sempre muito controlada. O oposto de carente.

Por mais que eu não seja uma superfã, estou começando a entender por que o meu pai se sentiu atraído por ela. Mesmo tendo de jogar com as cartas ruins da viuvez, a Rachel está recebendo uma nota 10 na vida. É bem-sucedida, razoavelmente atraente e rica. Mas por que se casou com o meu pai? Ele não é feio, para um homem de meia-idade, acho, e é gentil... A minha mãe costumava dizer que era a mulher mais sortuda do mundo por tê-lo encontrado e construído a vida sobre um alicerce tão estável. Mas imagino que exista um milhão de homens como ele em Los Angeles que viriam com menos complicações e mais dinheiro. Por que ela teve de escolher justo o *meu* pai?

Quando os meus pais brigavam, eu ia para o meu quarto e colocava fones de ouvido. Não escutava nada, especialmente porque sabia que a briga iria durar dias – pelo menos dois ou três –, quando os dois me usavam para mandar recados um para o outro, o que era um dos pontos negativos de ser filha única: *Jessie, diga ao seu pai que ele precisa buscar você na escola amanhã; Jessie, diga à sua mãe que o leite acabou.* Eles não brigavam com frequência, mas quando brigavam era uma coisa explosiva e desagradável.

Tudo passa, Jessie. Lembre-se disso. O que parece enorme hoje vai parecer pequeno amanhã, disse ela certa vez, logo depois de uma briga séria com o meu pai. Não lembro o motivo da discussão – talvez dinheiro –, mas eles voltaram a se falar de uma hora para a outra, quatro dias inteiros depois de terem começado a discussão, quando os dois simplesmente se olharam e começaram a rir. Penso nisso com frequência – não só em como aquela briga acabou, mas no que ela me disse. Porque tenho quase certeza de que ela estava errada. Nem tudo passa.

– Quero deixar uma coisa clara aqui. – A voz do meu pai fica grave e rosnada. Ele está calmo, quase calmo demais, o que acontece quando está com raiva de verdade. Ele age com frieza. – Não sou um caipira ignorante e homofóbico, portanto pare de falar comigo desse jeito.

– Bill!

– Esquece. Vou dar uma volta. Preciso de ar e ficar longe de você – diz meu pai, e então o Theo e eu saímos em disparada pelo corredor.

Sem dúvida meu pai sabe que os dois estavam gritando, mas é melhor que não saiba que estávamos ouvindo de camarote.

– Bom. Vá! – grita Rachel. – E não volte!

Agora estou no quarto do Theo. Só tinha entrado aqui uma vez, quando contei a ele sobre o meu emprego novo, por isso aproveito a oportunidade para olhar em volta. Não tem nada nas paredes, nenhuma foto em porta-retratos na escrivaninha. Pouco a ser visto. Aparentemente ele é minimalista, como a mãe.

– Você acha que eles vão se divorciar? – pergunta Theo, e fico surpresa porque o meu coração se contrai ao pensar nisso, não porque eu goste de morar aqui, mas porque não temos para onde voltar. A nossa casa já era. A nossa vida em Chicago se foi. E se ficarmos em Los Angeles e nos mudarmos para algum apartamentinho simples, o meu pai não terá condições de pagar os meus estudos no Wood Valley. Eu teria de recomeçar em outro lugar. Teria de dizer adeus à minha paixonite idiota pelo Ethan, à minha amizade com a Dri e a Agnes, ao meu sei lá o quê com AN. Quando a Rachel disse para o meu pai não voltar, será que esperava que eu também fosse embora? Será que fomos expulsos?

– Não sei – respondo.

– Facilitaria as coisas.

– Pra você, talvez. Eu não tenho pra onde ir.

– Isso não é problema meu.

– Não é mesmo – digo, e me levanto para sair.

Já estou cheia dessas pessoas.

– Desculpe, não quis dizer isso. O seu pai ia me chamar de... deixa pra lá.

– Ele não faria isso. Não é do feitio dele.

– Que seja. Quer fumar? – Theo pega os seus papéis de seda.

– Não, obrigada. E, de verdade, ele não chamaria você de nada ruim.

– Não tenho tanta certeza assim.

– Eu conheço o meu pai. Ele ia dizer espalhafatoso. O que... qual é, você é mesmo – digo, e me pergunto se passei dos limites.

Mantenho contato visual com o Theo, para que ele saiba que não estou tentando ofendê-lo, mas apenas sendo honesta.

– Eu sei desde o jardim de infância que sou gay, então acho que devo assumir, sabe? Dar às pessoas o que elas querem – diz Theo, que começa a remexer nas suas gavetas. – Ninguém deveria ser poupado da minha fabulosidade.

– Sorte nossa – comento, mas sorrio.

Estou começando a gostar do Theo. Ele aborda a própria vida com um entusiasmo maníaco, um antídoto para a maioria dos adolescentes do Wood Valley. Há uma camada de gentileza por baixo dele, também, e o seu jeito exagerado é autêntico.

– E aí, com quem você vive trocando mensagens? – pergunta ele, e de novo me ocorre que ele pode ser AN.

Talvez queira me ajudar sem ter de encarar a nossa bizarra situação de família nova. Talvez eu tenha interpretado mal; pode ser que o flerte de AN tenha sido na verdade só o entusiasmo do Theo. Espero que não.

– Não é da sua conta – digo, o que não parece incomodá-lo nem um pouco.

– Já que você não fuma, quer comer para compensar o estresse? Tenho um chocolate de emergência por aí – propõe ele, e encontra o que estava procurando: uma barra de chocolate gigantesca.

– Aceito!

– E aí, você acha que o seu pai assinou algum acordo pré-nupcial? – pergunta Theo, e eu o odeio completamente de novo.

Capítulo 16

AN: três coisas: (1) comi um waffle hoje de manhã em sua homenagem. (2) quando me formar, quero mesmo esfacelar o setor de bebidas. estou falando de água, café, chá, suco, refrigerante e alguns híbridos esquisitos. PODEMOS FAZER COISA MELHOR. (3) eu sonhava com a minha irmã o tempo todo e acordava todo trêmulo e era uma merda, mas agora não sonho com ela nunca. e isso é pior.

Eu: (1) Também não sonho mais com a minha mãe, mas às vezes esqueço totalmente que ela morreu. Penso: ah, ela vai adorar essa história, vou contar a ela quando chegar em casa. E aí me lembro de tudo de novo. Isso é o pior. (2) Não comi waffle hoje de manhã. Comi uma espécie de granola orgânica de brotos de trigo, que a minha madrasta adora, e mesmo sendo deliciosa eu ainda não tenho ideia do que é um broto de trigo. (3) Nunca usei a palavra "esfacelar" com relação a setor nenhum. O que isso significa? Tem certeza de que você tem 16 anos?

AN: 17, na verdade. e aqui vai a minha ideia de um bilhão de dólares: suco de broto de trigo!

Eu: Você é tão Wood Valley! O quê? Uma ideia de um MILHÃO de dólares não bastava?

Depois do colégio vou direto para o trabalho. Não estou evitando ir para casa. Não mesmo. Mas e se as minhas coisas já tiverem sido de novo guardadas nas minhas bolsas de lona – Glória faria isso com cuidado e respeito, demoraria dobrando os meus sutiãs, colocando o xampu em pequenos frascos – e todo o experimento Rachel-Papai tenha acabado, assim, de uma hora para outra? Puf. O que vai acontecer comigo?

No café da manhã eu era a única sentada à mesa, e quando o Theo foi à cozinha pegar um suco, simplesmente levantou uma sobrancelha e deu de ombros. Parece que ele está tão no escuro quanto eu. Alguns minutos depois a Rachel entrou e fez aquela sua coisa de gente ocupada, falando alto para ninguém em particular, ou talvez para si mesma, rodopiando com energia nervosa e perguntas retóricas.

– Café! Onde está o café? – perguntou, apesar de ele estar exatamente no lugar de sempre: na cafeteira, feito por Glória ou por um programa automático de manhã cedo, não sei qual dos dois, mas aposto na primeira opção. Glória é incrível para fazer coisas sem que a gente a veja, e também para fazer todas as coisas das quais você nem sabia que precisava. Se tivermos que ir embora, vou admitir: Glória talvez seja a pessoa de quem vou sentir mais falta. Ela me chama de Yessie, deixa os meus pijamas dobrados embaixo do travesseiro e insiste em que eu coma barras de chocolate com cálcio. – E as chaves. Onde estão vocês, chaves? Na minha bolsa. Droga, onde está a minha bolsa?

Como todos os pertences da Rachel, aparentemente o meu pai também estava desaparecido, e por um segundo fiquei em pânico imaginando que ele teria ido embora sem mim, voltado para o leste. Quando a pior coisa que você poderia imaginar acontece, você acha que todas as outras coisas antes inconcebivelmente ruins também podem acontecer. Mas de jeito nenhum ele me abandonaria. Claro, nunca achei que ele mentiria sobre uma convenção e voltaria para Chicago casado de novo, em vez de cheio de amostras para dar aos amigos de meia-idade, como uma pessoa normal, mas enfim. Sem contar com os últimos meses, ele tem sido um bom pai.

– Óculos escuros? – perguntou Rachel, o que me fez perceber como ela devia estar abalada com a briga da noite anterior, porque começou a dar tapinhas nas bancadas brancas vazias, como se os óculos fossem aparecer do nada.

Os óculos escuros não costumam fazer parte do seu monólogo matinal.

– Na sua cabeça – falei.

E então ela deu um pulinho e me olhou, como se a minha voz a tivesse pegado de surpresa e só agora ela notasse que eu estava sentada ali. Por um momento pareceu triste, ou desapontada. Mas depois tirou os óculos da cabeça e os apoiou no nariz, e assim a maior parte do seu rosto ficou coberta e eu não pude decifrá-la.

O Liam está sentado em cima da mesa quando chego ao trabalho, tocando violão e cantando para uma plateia composta por ninguém. Por acaso eu estava certa: a Atenção, Lombadas! não tem uma clientela grande. Apenas alguns poucos fregueses regulares, um cara que folheia livros na seção de autoajuda mas nunca compra, e praticamente só isso.

– *Imagine*, é? – pergunto. – Um clássico.

Fico surpresa com a voz do Liam. É suave, séria, quase doce. Ele parece diferente com um violão. A paixonite da Dri faz todo sentido.

– Desculpe. Não escutei você chegando.

Liam tira Earl do ombro e o enfia de volta no estojo forrado de pelúcia roxa. É um movimento elegante, que tenho certeza de que ele fez umas mil vezes.

– Não precisa parar por minha causa. – Avalio se de algum modo eu conseguiria pegar o celular e filmá-lo secretamente para a Dri, mas aí me dou conta de que isso é muito esquisito e invasivo. – Você é bom. De verdade.

– Obrigado. Quero ir para a Berklee College of Music no ano que vem, se eu conseguir passar na prova, mas a minha mãe não quer que eu vá para tão longe.

– Uau – digo. – É em Boston, né?

– É. Honestamente, eu gostaria mesmo é de não ir para a faculdade e tentar fazer sucesso com o pessoal da Ópolis. Mas minha a mãe ficaria muito chateada. Vivo dizendo a ela que foi isso que o Maroon 5 fez, eles eram da Brentwood School, sabe. Mas ela responde tipo: "Maroon o quê?"

Sorrio, tentando pensar no que dizer em seguida.

– E aí, você vai? – pergunta ele, me poupando do embaraçoso cérebro vazio.

– Hein?

– Me ver tocar. Na festa da Gem.

– Quando é, mesmo?

Claro que eu me lembro de quando é. A Dri e a Agnes já me convenceram de que todas devemos ir, e até já escolheram a minha roupa. Dizem que a Crystal e a Gem vão estar tão doidonas que nem notarão a minha presença.

– No sábado que vem, à noite – responde Liam. – Certo, não é, tipo, um show de verdade num bar nem nada. Mas vai ser divertido, garanto.

– Legal, vou tentar ir. – Liam dá um tapinha na mesa, um convite para eu me sentar ao seu lado. Pulo e me sento com as pernas cruzadas, mas me viro para apoiar as costas na parede. Examino a seção infantil atrás da cabeça dele, vejo as capas coloridas dos livros que estão na estante. Não são nem um pouco discretas. – Você vai trabalhar hoje também? – pergunto.

Espero que não. Trabalhar com o Liam me deixa desconfortável; é difícil conversar durante três horas seguidas. Há um número limitado de vezes em que ele pode me falar sobre como era a comida no estágio no Google, que aparentemente era muito, muito boa. Quero dizer, a gente não conversa o tempo todo – agradeço a Deus pelo meu iPhone, que pego sempre que fico sem jeito, mas não dá para usar esse artifício o tempo todo. Agora que conheço o básico aqui, não sei direito por que nós dois precisaríamos estar trabalhando. Não há nada para fazer, de verdade.

– Sim, se você não se importar. Eu preciso de dinheiro, então...

– Ah, então você quer que eu vá embora? – pergunto, e o meu coração se aperta.

Dri e Agnes vão ao Coffee Bean todo dia depois do colégio. Por mais que pareça triste, preciso de dinheiro para um cappuccino gelado.

E além disso tem o seguinte: não quero ir para casa.

Se o meu pai e eu precisarmos nos mudar de novo, será que AN e eu vamos continuar trocando mensagens? Será que finalmente ele vai me dizer quem é?

– Não, achei que poderíamos trabalhar juntos. A minha mãe não se incomoda.

Eu me pergunto se ele sente pena de mim, se me olha de cima a baixo, como a sua namorada, e se é por isso que me deixa ficar. Dá para saber quem tem bolsa de estudos no Wood Valley pelas roupas e pela forma como se comportam quando estão em grupo. Parece que ninguém presta atenção a eles. Um dia desses uma garota usava uma camiseta que tinha escrito Gap na frente. A Gem nem sequer cutucou a Crystal. Por algum motivo parece que sou o seu único alvo.

– Tem certeza? – pergunto.

Droga. Estou parecendo esperançosa, até aos meus próprios ouvidos.

– Tenho.

E então o Liam pega o Earl de novo e volta a tocar.

Dri: PARA TUDO! Ele está fazendo serenata pra você NESTE MOMENTO? SÉRIO? Estou indo aí.

Eu: Acho que ele está tocando material original da Ópolis.

Dri: AH MEU DEUS. Espera, se eu for vai ficar óbvio demais, né? Claro. Já sei! Pode ligar pra mim e me deixar só escutando?

Eu: Sério?

Dri: Não. Isso é perseguição demais, até pra mim. AHHHHH.

Eu: Você estava certa, ele realmente é bom.

Dri: Agora você está me matando do coração.

Eu: Se isso faz você se sentir melhor, eu preferia que você estivesse aqui, em vez de mim. Tenho dever de matemática. Se ao menos me pagassem pra isso...

Dri: Admita: ele é uma delícia.

Eu: Não faz o meu tipo, mas...

Dri: Mas o quê?

Eu: Digamos que agora eu esteja entendendo o seu ponto de vista.

Liam começa a tocar outra música, que eu nunca ouvi antes. A letra diz: "*A garota que ninguém conhece, que reluz em segredo, a garota que ninguém conhece é minha, toda minha, toda minha...*" A música gruda na cabeça.

Scarlett: Será que eu devo fazer sexo com o Adam Kravitz depois do baile de boas-vindas?

Eu: O QUÊ???

Scarlett: Eu só estava pensando que talvez fosse legal perder a virgindade com alguém que não me dá medo, sabe? Aí já resolvo isso e posso seguir em frente.

Eu: É isso que você quer? Simplesmente "resolver isso"?

Scarlett: Talvez?

Eu: Não quero dizer que o sexo é uma coisa enorme e tal, mas não é "nada", sabe?

Percebo que estou citando a Dri, mas acho que ela está certa. Não é "nada". Não quero dar uma de pai e mãe, mas existem doenças, gravidez e, é, eu sei que Scarlett usaria camisinha – todos assistimos a *Grávida aos 16*, que é a melhor forma de controle de natalidade de todos os tempos –, mas mesmo assim. Adam Kravitz? O meu antigo vizinho Adam Kravitz? O único cara que já demonstrou algum interesse por mim, se é que podemos chamar de interesse me beijar uma vez, bêbado, no boliche numa noite de sábado.

Mas a questão não é a minha história com ele. Scarlett é livre para receber meio pauzinho ou o pauzinho inteiro dele. Só acho que ela está sendo um pouquinho falsamente casual com relação a essa coisa toda. Ela é mais parecida com a Dri e comigo do que com a irmã da Agnes, por mais que dê a entender o contrário. Há uma diferença enorme entre falar sobre sexo (e até mesmo ficar confortável ao falar sobre sexo) e *fazer* de verdade. Em termos abstratos, o sexo é simples – as partes do corpo de uma pessoa tocando as de outra, nada mais, nada menos –, mas para alguns de nós a realidade é muitíssimo mais complexa. Ao mesmo tempo empolgante e apavorante. Não sei explicar por quê, mas simplesmente sei que para mim é assim.

Scarlett: Não precisa surtar, foi só uma coisa que me passou pela cabeça.

Eu: Não estou surtando. Se você quer fazer, vá em frente. Mas só tenha certeza do que realmente quer, porque o mesmo argumento pra fazer serve pra não fazer. Uma vez que tiver se entregado, não vai ter volta. E eu sei que você não precisa que eu diga pra fazer do jeito seguro.

Scarlett: O rosto do Adam está ficando com menos espinhas. Acho que ele pode estar usando algum creme.

Eu: Uuuuu, quero ver. Mande fotos!

Scarlett: Sinto saudade de você, J.

Eu: Eu também, S. E nem te conto.

Scarlett: ???

Eu: O papai e a senhora da mansão tiveram uma briga feia. Foi assustador.

Scarlett: E aí?

Eu: Não sei. Para recém-casados eles não parecem muito felizes.

Scarlett: Os meus pais são casados há 18 anos e brigam O TEMPO TODO. Às vezes acho que se odeiam. Eles dizem o contrário.

Eu: Os seus pais gostam de brigar. Ficam felizes fazendo isso.

Scarlett: Eu provavelmente não vou fazer com o Adam.

Eu: ?

Scarlett: Mas, repito, talvez faça.

Pego um pouco de engarrafamento na saída da via Ventura, por isso só chego em casa depois das oito. Glória deixou o jantar para mim na bancada: uma coxa de frango assado fatiada com perfeição, vagens com amêndoas, uma porção saborosa de purê de batata, tudo sob uma redoma de vidro. Os talheres estão num guardanapo de pano. Em Chicago usávamos toalhas de papel. A minha mãe era uma cozinheira razoável – tendendo um pouco demais à experimentação –, mas sinto falta dos cozidos que ela fazia em panelas enormes, tudo misturado e impossível de identificar. O carro do meu pai está na entrada da garagem, mas o da Rachel não, e não ouço nenhum barulho vindo do andar de cima, nem mesmo as batidas graves que geralmente vêm do quarto do Theo. Como o meu frango sozinha na cozinha, limpo a boca e já estou prestes a subir a escada quando noto alguém sentado no deque.

Papai.

Abro as portas de vidro e saio. Cruzo os braços com força porque há uma brisa intensa e um frio no ar que eu associo a Chicago.

– Oi – chamo, e o meu pai me lança o mesmo olhar que recebi da Rachel hoje de manhã.

Como se o simples fato de eu existir fosse uma surpresa. *Eu estou aqui*, quero gritar. *Por que sou esquecida com tanta facilidade?*

– Oi, querida. Não escutei você chegando. Sente-se comigo.

Largo o corpo na espreguiçadeira ao lado dele. Quero perguntar sobre a nossa situação – *Fomos expulsos?* – mas não tenho coragem.

– O que você está fazendo aqui fora? – pergunto.

– Só pensando.

– Aff – murmuro, e o meu pai sorri.

– Acabou de me ocorrer que finalmente, oficialmente, em absolutamente todos os sentidos possíveis, sou um adulto de verdade. Mas, honestamente, às vezes esqueço e acho que ainda tenho 22 anos. Sabe como é? – pergunta ele.

Espero que ele saiba que não sei. Como eu poderia saber? Vinte e dois anos parece idade demais para mim.

– Se é que ajuda a esclarecer alguma coisa, tenho quase certeza de que você tem 44 anos. No meu livro você é adulto há muito, muito tempo – argumento.

– Certo. Você também é quase uma mulher, e eu sou o seu *pai*. Mas, droga, não sei. Não sei se estou pronto para a vida adulta. Para qualquer aspecto dela.

De repente a voz dele fica rouca e trêmula. Depois da morte da minha mãe eu nunca o tinha visto chorar, nenhuma vez, mas naqueles primeiros meses ele ficava com os olhos sempre marejados e avermelhados, como se tivesse acabado de chorar escondido em algum lugar.

Não digo nada, porque não sei o que dizer. A minha mãe não está aqui para nos ajudar.

Também não estou pronta para essa vida.

– Eu gostaria de que, quando você era pequena, alguém tivesse me dito: Esses são os bons tempos. Agora. Esses são os bons tempos. Você é jovem e as coisas são simples. E um dia tudo vai explodir na sua cara, no seu traseiro ou qualquer outra metáfora que você queira usar, a sua mãe teria uma boa para nós, portanto relaxe e curta enquanto pode. Quando eu comecei a trabalhar tinha pesadelos em que receitava o remédio errado. Que dava ansiolítico à Sra. Jallorari em vez do medicamento para o coração. Ou que recomendava a dose incorreta de lítio para o filho dos Zackowitz. Mas a sua mãe e eu... Essa parte sempre foi fácil.

Percebo que os ombros dele estão começando a tremer, por isso olho direto para a frente. Se ele vai chorar, se ele vai escolher *este momento* para desabar, depois de ter tomado todas as decisões – vender a nossa casa, casar-se de novo, mudar para cá sem que eu tivesse nenhuma escolha, *nenhuma* –, não vou olhar para ele. Sinto muito, mas não posso lhe dar isso.

– Uma pessoa sensata na nossa família costumava dizer que o que não mata deixa a gente mais forte – digo, porque é o melhor que posso fazer.

Não posso dizer *mamãe*.

– Sei que não é justo que você é que tenha que me consolar – admite, com o olhar nas montanhas, observando as outras casas, antes de me olhar de volta. – Tenho noção de que você é a criança aqui.

– Sou? – pergunto. – Eu não tinha notado.

Ele fecha os punhos e bate nos olhos, um-dois-três, depois baixa-os, como se estivesse exausto da autopiedade.

– Você é igual à sua mãe. Uma alma velha. Quando você era só um bebê, costumava ficar deitada no berço olhando pra mim, e eu me lembro de pensar: *Cara, essa* criança *já enxerga através de mim.*

Olho para o meu pai. Ele está errado. Não enxergo através dele. Ele é mais profundo e mais complexo do que gosta de admitir.

Eu já o vi pedir Cabernet com carne. Muitas vezes. Com felicidade.

– Pai? – A pergunta se forma de novo: *Nós vamos embora?* Mas deixo pra lá. – Nada, esquece.

– Então 44 anos é idade de velho mesmo?

O rosto dele demonstra animação. Agora o meu pai se recuperou do que quer que o houvesse dominado.

– De idoso! – respondo.

– Então é melhor dizer à Glória para colocar fralda geriátrica na lista de compras.

Uma piada idiota, talvez, mas eu rio assim mesmo porque consigo. Isso eu consigo lhe dar.

Capítulo 17

AN: três coisas: (1) eu dou uma olhada na última página dos livros antes de começar a ler. faço o mesmo com a última cena de um filme. (2) a minha mãe tem uma farmácia inteira no armário de remédios. ansiolíticos. analgésicos. só coisa boa. e ela toma todos. o tempo inteiro. é tipo um problema. (3) você tem mãos lindas.

Eu: Não na ordem, mas... (1) Tenho as mãos da minha mãe. Ela tocava piano. Eu abandonei depois de duas aulas mas deveria ter continuado. Às vezes ouço as músicas prediletas dela e finjo que é ela quem está tocando. Ah, uau, não acredito que acabei de contar isso. (2) Quando começo um livro, preciso ler até o fim, mas nunca, jamais, pulo página. Odeio saber antes como as coisas terminam. (3) Que tal, como ironia? O meu pai é farmacêutico. Sério mesmo. Por isso sei tudo sobre medicamentos. Sinto muito pela sua mãe.

• • •

– Ei, Tubérculos Secos – cumprimenta Ethan, quando o encontro na biblioteca.

A mesma camisa todos os dias, a mesma poltrona diante do Karrinho de Kafé, e agora a mesma mesa onde nos encontramos da última vez. Esse cara gosta de rotina.

– Sério? É assim que vai ser? – digo, mas sorrio. Gosto dessa familiaridade, ou seja, o fato de ele me chamar por um apelido. – Achei que você tivesse dito que seria um bom insulto.

– Decidi que deveríamos reconsiderar a expressão – diz ele, guardando os livros. Pelo jeito vamos caminhar de novo. Isso me deixa feliz. É muito mais fácil conversar quando não preciso ver os olhos dele. Ethan parece diferente hoje, levemente animado. – Que tal Tuberinho? Tuberoni? Não?

– Você dormiu um pouco, ou algo assim? – pergunto.

Ele me olha, espantado.

– Hein? – Em seguida passa a mão pelos cabelos, desgrenhando-o. Quero tocá-los, como a Gem fez naquele dia.

A cor é tão escura que parece que os fios sangram.

– Ah, sei lá. É que geralmente você parece tão cansado... mas hoje está mais acordado.

– Está tão óbvio assim? – Ele me cutuca com o ombro.

– Sinceramente? É como o médico e o monstro – respondo e sorrio, mostrando que não quis ofendê-lo.

– Seis horas. Seguidas – ele diz com orgulho, como se tivesse acabado de ganhar um prêmio. – Tenho o que chamam de privação do sono. "Leio, boa parte da noite,/ e no inverno vou para o sul".

– Oi?

– Desculpe. Estou citando *A terra desolada*. Leio por boa parte da noite, mas não vou a lugar nenhum no inverno, a não ser, às vezes, a Tahoe para fazer snowboard. E aí, você leu?

– *A terra desolada*?

Por que não consigo acompanhar o pique dele? Sou uma garota inteligente. Durmo pelo menos sete horas e meia por noite. E será que ele pode tocar no meu ombro de novo, por favor?

– *O médico e o monstro*.

– Não.

– Deveria ler. É bem interessante. É sobre um cara que tem dupla personalidade.

– Tenho certeza de que você entende disso muito bem – digo.

– Rá.

– E quanto a Tubelicioso? – pergunto.

Isso tudo está mais fácil do que deveria.

– Tubelicioso então, Jessie. – Ele para, e então eu espero. – Holmes.

Mais tarde vamos a um Starbucks, mas não ao do barista esquisito. Ethan me paga um Vanilla Latte e balança a mão quando ofereço dinheiro. Será que isso quer dizer que estamos tendo um encontro? Ou será que todo mundo sabe que sofro de dificuldades financeiras, pelo menos segundo os padrões do Wood Valley? Mas, afinal de contas, é só um café com leite, e ele parece fazer o tipo cavalheiro. Memoriza poemas e segura a porta para eu passar, e não pega no telefone nem uma vez para mandar mensagens enquanto estamos conversando. Vamos cair na real: Ethan provavelmente tem namorada – alguém com todo um histórico sexual tipo parisiense, mente aberta, uma pessoa agradável e versátil. Eu deveria perguntar à Dri, mas fico sem graça. Gostar do Ethan parece muito clichê.

– Presumo que você não vai à festa da Gem no sábado – diz ele, e sopra o próprio café.

Não sei direito se eu deveria me sentir ofendida pela suposição de que não estarei com o pessoal mais popular de todas as turmas do colégio numa noite de sábado. E por que ele sempre tem de falar nas gêmeas prodígio? É inconveniente.

– Na verdade, acho que vou. – Dou de ombros e faço o máximo para projetar uma vibração tipo *danem-se*.

Não é porque elas não gostam do meu laptop, dos meus jeans e de nada em mim que vão me manter presa em casa.

– Sério? Que legal!

– Um amigo meu vai tocar com a banda dele, por isso...

Chamar o Liam de amigo é forçar a barra, mas quero que o Ethan pare de pensar em mim como vítima da Gem. Como uma superfracassada.

– Está falando da Ópolis?

– Isso.

– Quem você conhece? – pergunta ele.

O tom é levemente indignado, como se fosse absurdo uma pessoa como eu conhecer alguém da banda. Qual é o problema dele?

– Um cara chamado Liam. Por quê?

– Eu toco na Ópolis.

Claro. Claro que toca. Merda. Ele e o Liam provavelmente são melhores amigos, e agora o Liam vai saber que eu falei dele, como se ele fosse uma celebridade ou como se nós fôssemos melhores amigos ou sei lá o quê. Graças a Deus não chamei a banda de Ópolis. Isso teria sido o fim.

– Sério? Eu sempre esqueço como esse colégio é pequeno. Todo mundo conhece todo mundo e tudo, menos eu.

– Conhecer todo mundo aqui é uma coisa superestimada – diz Ethan.

– O que você toca?

– Guitarra, e canto um pouco, mas o Liam é o vocalista oficial.

– Ele é bom – digo. – Aposto que a banda também é.

– Você ouviu o Liam?

Aquele tom de novo. Será mesmo tão difícil acreditar que sou amiga do Liam?

– Ah, sim. Só ensaiando, sabe.

– O Liam é legal – diz Ethan, que em seguida toma um gole de café e depois outro. Reconsidera e se acalma. – Não, você está certa. Ele é bom.

– E você? – pergunto, tentando quebrar o clima, que parece pesado.

Com esse cara são dois passos para a frente e um para trás.

– Não sou dos piores – responde Ethan, e ali está o seu súbito sorriso pateta de novo.

Tão iluminado e lindo que é como olhar direto para o sol.

Em casa, sob a redoma: bacalhau com missô, uma salada chique com edamame e nozes carameladas, arroz de coco grudento. Glória sabe fazer comida japonesa? Uma pena eu ser contra essa coisa de postar foto de comida, porque essa refeição está mesmo digna do Instagram. De novo, a casa está escura, mas o Theo está sentado junto à bancada da cozinha acalentando uma taça de vinho tinto, como um homem de 40 anos que tivesse tido um dia difícil no trabalho. Só faz três anos que ele tirou o aparelho dos dentes. Já vi as fotos.

– Desfecho? Não estão se falando. Ainda casados – diz Theo, e me serve uma taça de vinho sem que eu peça.

Tomo um gole, solto o ar pelo nariz, como Scarlett me ensinou. Não é tão ruim.

– Onde eles estão?

– Quem sabe? Na terapia de casais? Num jantar de trabalho? A minha mãe não costumava sair tanto assim.

– Nem o meu pai.

– Eles são dois idiotas.

– Para com isso.

– Mas são. Acharam que podiam simplesmente dar uma de *insira substituto aqui* e esquecer que uma pessoa amada de fato morreu. Até eu sou emocionalmente mais maduro do que isso.

Tomo um gole de vinho. Theo não está errado.

– E agora? – pergunto.

Dois goles e os meus braços já começam a pinicar, a sensação que me diz que o álcool está abrindo caminho pelo meu organismo.

– Não faço ideia. Só não preciso de mais essa merda, sabe? Como se o primeiro ano do ensino médio já não fosse estressante o suficiente.

– Você está preocupado com o quê? Está se dando bem em todas as matérias, tem professores particulares. Ouviu o plural aqui: "professores"? E tenho certeza de que a sua mãe tem um amigo de um amigo em cada comitê de admissão de faculdade. A sua vida é mole.

– Você está descrevendo praticamente todos os alunos da escola. Mas sabe quantas pessoas a Harvard aceita do Wood Valley? Cinco.

– Harvard? Sério?

– O que é que tem?

– Nada. Só que eu nunca sequer pensei em ir para Harvard. Acho que *ninguém* da minha escola antiga já foi admitido lá, nem os melhores alunos.

Não menciono que em Chicago eu estava prestes a me formar em primeiro ou segundo lugar da minha turma, e agora o meu nível caiu, só pela transferência para o Wood Valley.

Aparentemente as turmas do meu antigo colégio não são avaliadas com tanto rigor. Mais um motivo para eu ter me ferrado com a mudança.

– Bom, obrigado por essa pequena lição de vida – diz Theo, e por um momento parece que ele está com raiva, que vai ter outro chilique, mas então isso passa e ele apenas suspira.

– Só quero dizer que Harvard não é o negócio mais importante do mundo – digo, como se soubesse dessas coisas. – Você vai entrar para uma faculdade ótima, de qualquer jeito.

Decido que gosto de vinho. Faz eu me sentir escorregadia, suave, permitindo que as palavras simplesmente fluam. Torna menos difícil ser eu.

– O meu pai estudou em Harvard.

Ele joga a carta do pai morto, como se isso me deixasse solidária. Em vez disso eu rio. Não consigo evitar, é engraçado.

– O que foi? Por que você está rindo?

– Porque o seu pai estudou em Harvard.

– O que tem de tão engraçado nisso?

– Você é uma porra de uma herança!

Theo me olha e começa a rir também.

– Está certa. E o pai dele também estudou em Harvard. A minha vida é moleza. Você sabe, exceto por ser gay e ter perdido o meu pai. Mas o resto, tudo bem. Você venceu.

– Tive uma ideia: você tem que criar um canal no YouTube onde possa choramingar para a câmera: *Buááá, sou gay. Buááá, o meu pai morreu* – brinco.

Theo sorri.

– Já tenho. Vou mandar o link para você. – Theo bate a sua taça na minha. – Sabe, você pode assistir às minhas aulas particulares pro vestibular.

– Sério?

– Não fique tão empolgada. Só as das segundas-feiras. As das quintas, não. Nas quintas é quando a magia acontece.

Capítulo 18

Eu: Três coisas: (1) Não quero deixar você com nojo, mas tenho dedos dos pés supercompridos. São meio assustadores. (2) Escrevo poemas muito ruins quando sinto pena de mim mesma. (3) Odeio desenho animado, mesmo os feitos para adultos.

AN: (1) meu dia predileto da semana é a quarta-feira. admiro o caráter intermediário dele. (2) aposto cem pratas que os dedos dos seus pés são bonitinhos. (3) tive uma fase no nono ano em que pintava as unhas de preto. sim, eu achava O MÁXIMO.

Eu: Vai à festa hoje à noite?

AN: não faça isso.

Eu: não faça o quê?

AN: não tente descobrir quem eu sou. por favor. simplesmente não tente.

Eu: Não entendi.

AN: confie em mim, certo?

• • •

Eu: DIVIRTA-SE ESTA NOITE NO BAILE! Você está maravilhosa.

Scarlett: Obrigada. É uma das minhas melhores selfies, se me permite dizer.

Eu: Não faça nada que eu não faria. Na verdade retiro o que disse. DIVIRTA-SE.

Scarlett: Ah, eu pretendo...

Notou as reticências aqui? Porque foram intencionais.

Eu: Notei as reticências.

Scarlett: Bom. Só estava me certificando.

Agnes me maquia com pelo menos 15 pincéis diferentes. Quando termina, joga o meu cabelo para trás dos ombros e me faz olhar para o espelho.

– Voilà! – diz, como se tivéssemos acabado uma cena de transformação completa num programa de TV.

Olho e sorrio para o rosto que pisca de volta.

– Uau! – exclama Dri, que bate palmas entusiasmada. – Você está in-crí-vel.

– Obrigada, queriiiida – digo.

Nos juntamos para uma selfie em grupo, já que todas estamos ótimas, e assim que aprovamos a foto, depois de apenas três tentativas, a Agnes posta no Instagram.

Dri concordou em ser a motorista da noite, já que beber piora a sua síndrome do intestino irritável. Fico sabendo que a Dri tem um tanto do que ela chama de doença de nerd: intestino irritável, asma, síndrome de túnel do carpo, miopia. Todas nos enfiamos no carro da mãe dela e ligamos o rádio. Estou me sentindo uma adolescente normal indo para uma festa normal numa noite de sábado normal. Pelo menos por um tempo tiro e deixo para trás a minha mochila secreta de sofrimento.

Gem mora numa mansão. No alto de um morro. Atrás de um portão. Escondida por uma cerca viva de três metros de altura. Damos a volta na casa para chegar ao quintal dos fundos, onde as pessoas estão acomodadas em sofás em volta da piscina com vista para o horizonte infinito. Um bar elaborado foi montado numa churrasqueira e há um palco de verdade no gramado, com sistema de som profissional. Fico aliviada ao saber que a Gem e a Crystal provavelmente nem vão notar que estou aqui.

– Bebidas? – pergunta a Agnes, que sem esperar pela minha resposta agarra o meu pulso e então eu agarro o da Dri.

Vamos para o bar, que está cheio de garrafas, presumivelmente furtadas dos estoques dos pais de todo mundo.

– Você vai me apresentar, certo? Ao Liam? – pergunta Dri.

– Claro – digo. – Quero dizer, eu não conheço o menino direito, mas se eu o vir, faço isso.

Alguns minutos depois, segurando bebidas, que foram feitas pela Agnes e são vermelhas e fortes, começamos a dar uma volta pela festa. Fico feliz porque deixei as minhas novas amigas escolherem a minha roupa. Estou usando o vestido preto e curto do baile do ano passado com joias e sandálias de tirinhas de Dri.

Sinto mãos cobrirem meus olhos e contenho o impulso de gritar.

– Adivinha quem é?

– Ei – digo, e em seguida me solto das mãos e giro para encarar o... Liam. Será que eu esperava que fosse o Ethan? Certo, talvez um pouquinho. Liam me dá um beijo no rosto, o que é esquisito, porque na loja não nos cumprimentamos assim. – Oi – repito, cumprimentando-o pela segunda vez.

Ei-oi. Sério, Jessie? É o melhor que você consegue?

– Oi – diz ele, e a sua voz está grossa e solta. Está bêbado, percebo, mas não tenho certeza de quanto. Não está tropeçando, mas pousa as mãos nos meus ombros. Ele tem o que Scarlett e eu chamamos de dedos-pênis.

Dri chamaria de masculinos. – Que bom que você veio. Vamos começar daqui a pouco.

– Ótimo – comento, e então noto a Dri parada perto de mim. – Liam, você conhece a minha amiga Dri? Ela é o máximo. Vocês dois têm, tipo, o mesmo gosto musical.

– E aí? – cumprimenta ele, que tira um chapéu imaginário para ela.

É, está muito bêbado. Liam não é o tipo de cara que tira chapéus. Dri congela, porque o Liam Sandler está falando com ela, e mesmo eu tendo certeza de que ela fantasiou muitas, muitas vezes esse momento, é muito diferente quando a fantasia se transforma em realidade. A Agnes lhe dá uma cotovelada para tirá-la do estupor.

– Oi! – diz Dri. – A Ópolis é, ah... Vocês... quero dizer, vocês são realmente muito... digo, bons.

– A gente tenta agradar – comenta ele, meio presunçoso. Talvez ele não seja tão diferente dos outros caras do último ano, afinal. Alguém assobia de longe. – Estão me chamando, senhoritas. Vejo você depois, Jess?

Liam vai para o palco e, assim que está fora do alcance da audição, a Dri agarra as minhas mãos e fala:

– Isso aconteceu mesmo? Ai meu Deus, ai meu Deus, ai meu Deus.

– Ele está seriamente bêbado – comento.

– Não fala besteira, Sherlock – retruca Agnes, e me olha séria por cima da cabeça da Dri, mas não consigo entender o que ela está tentando dizer.

– Vamos mais para perto do palco – chama Dri, que vai na frente. Todas damos as mãos e passamos no meio do pessoal para ver melhor.

– O que houve? – sussurro para Agnes.

– Nada – diz ela, mas é o tipo de nada que significa alguma coisa.

Vamos até lá na frente, e então vejo a banda inteira, ali no palco, o que significa que também vejo o Ethan, e o meu estômago dá uma cambalhota. Ele está com uma guitarra azul pendurada na frente do peito, o cabelo ainda mais bagunçado do que o usual e parece um astro de rock de verdade, apesar do símbolo do Batman na camisa. Como se tivesse nascido para estar lá em cima, para ouvir garotas patéticas como eu berrarem o seu nome. Os nossos olhares se encontram - um segundo, mais um, e mais outro -, mas eu desvio o olhar porque: Cacete. Não estou mais com frio.

Quero olhar de volta. Não quero nada nesta vida além de olhar de volta e ele olhar para mim. Sei que agora ele está fazendo coisas mais importantes, tipo tocar guitarra e fazer sexo visual com outras garotas, e simplesmente não aguento.

- Eles não são incríveis? - pergunta Dri, apesar de eles ainda não terem começado a tocar.

- Parecem uma banda de verdade - comento, o que é o maior eufemismo de todos os tempos. Eles não parecem uma banda de verdade. Parecem deuses do rock. - Quero dizer, nem parece que são caras do ensino médio.

- Eu sei! Nós achávamos que a banda ia acabar no ano passado, depois que o Xander morreu, mas aí o Liam entrou e ficou no lugar dele...

Dri para de falar porque a música começa e eu não tenho chance de perguntar mais nada. Quem é Xander? Foi o garoto que o Theo disse que teve overdose de heroína? Será que eu estava completamente equivocada com relação ao Liam e ao Ethan? Será que eles levam, tipo, vidas de astros do rock, com agulhas injetadas nos braços e garotas seminuas pagando boquete nas vans das turnês? É por isso que o Ethan sempre parece exausto? Muitas festas?

A Ópolis começa com uma música rápida, e todo o pessoal conhece a letra e começa a dançar levantando os braços. Liam canta o mais alto possível, emocionado: *Nós tentamos, eu chorei, você se escondeu, e depois fazemos tudo de novo. Tudo de novo. Nós tentamos, eu chorei, você se escondeu, e depois fazemos tudo de novo.*

Letra simples, talvez, mas antes que eu perceba estou dançando também, hipnotizada. Deve ser o álcool - deve, não: claro que é o álcool -, mas me pego olhando para o Ethan. Não me importo se ele vai notar, se vai achar que sou uma tiete maluca; ele está no palco pedindo para ser observado. Por um segundo os nossos olhos se encontram - juro que isso acontece, e tremo -, mas então ele olha de novo para a plateia e acho que devo ter imaginado.

• • •

– Somos a Ópolis e vamos voltar! – grita Liam, e pula do palco sob gritos ensurdecedores.

Viro-me para a Dri e agarro os ombros dela.

– Você estava certíssima sobre eles – digo. – Ai. Meu. Deus.

– Né? Né?

– Você também, não – diz Agnes, que revira os olhos, apesar de ter dançado junto com a gente.

– Não com relação ao Liam – explico. – Mas...

– Como assim "Não com relação ao Liam"? – pergunta Liam, e ali está ele de novo, ao meu lado, brilhando de suor e empolgação.

Ainda bem que não terminei a frase. Não preciso da humilhação do Ethan descobrir pelo Liam que eu tenho uma paixonite debilitante por ele.

– Nada. Vocês são incríveis. De verdade – digo, e cutuco a Dri para ela participar da conversa também.

Mas, antes que ela diga uma palavra, a Gem chega correndo e praticamente pula nos braços do Liam e se enrola no tronco dele. Dá-lhe um beijo e todos conseguimos ver a sua língua.

– Uau, por que isso? – Liam a coloca no chão lentamente.

Não parece mais bêbado. Talvez a apresentação tenha feito todo o álcool evaporar.

– Baby, vocês, tipo, detonaram completamente – elogia Gem, e então cruza o braço com o dele, como se precisássemos de mais uma demonstração de que ela é a sua namorada.

Nós entendemos. Ele come você.

– Obrigado. Ei, conhece a Jessie? Lembra que eu falei dela? Ela trabalha na Atenção, Lombadas! – comenta Liam.

A Gem se vira para mim e sorri, e parece um sorriso tão sincero que o meu primeiro pensamento, além do nojo, é que tenho certeza de que um dia ela vai ser famosa. Essa garota sabe representar. Claro que o Liam gosta da Gem; ele jamais a conheceu de verdade. Imagino o que ele diria se soubesse que ela me zoa diariamente.

– Você é nova, não é? A gente não faz inglês juntas ou algo assim? – pergunta.

Pura inocência. Dou de ombros, incapaz de me obrigar a responder. Agnes põe outra bebida na minha mão, e, ainda que eu não queira de verdade, engulo tudo.

– Liam, gosto do *riff* novo que você pôs em "Antes de eu ir". Funciona mesmo – diz Dri, e eu agradeço tanto por ela se meter na conversa que sinto vontade de chorar.

– Sério? O Ethan achou que ficaria meio espalhafatoso – comenta Liam.

– Nada, você precisava de uma pausa naquela hora. Tensão demais ou coisa assim.

– Foi exatamente o que eu disse.

– Li-li, precisamos ir. A Crystal está chamando – fala Gem, e começa a puxar o Liam para longe, como se ele fosse um cachorrinho farejando alguma coisa nojenta.

– Já vou em um segundo – responde Liam.

– Anda, quero que você me faça sua vodca com Red Bull especial.

Gem diz isso como se fosse um convite, como se estivesse pedindo para ele lambê-la e não para preparar uma bebida.

Como é que ela consegue? Falar toda insinuante desse jeito? Será que algum dia vou aprender a fazer isso, ou é uma habilidade com a qual ela nasceu, apenas um bônus em seu pacote genético?

– Eu realmente faço drinques irados. Falo com vocês depois? – pergunta Liam, e nos dá um sorriso largo, grande o suficiente para que a Dri possa riscar o *ver Liam Sandler sorrir para mim* da sua lista de desejos.

AN: você está linda.

Eu: você está aqui? onde você está?

Não respondo ao elogio porque é fácil demais mentir. Talvez a Agnes tenha razão: escrever é diferente de falar, afinal de contas. A minha mãe costumava dizer que eu era linda, mas sempre senti que ela dizia isso em termos gerais, do ponto de vista de alguém que tinha sido traída pelo próprio corpo, e talvez como uma mensagem automática, um modo de aumentar minha autoconfiança precária. A mãe de Scarlett, por outro lado, costumava dizer que ela poderia ser linda se pelo menos perdesse cinco quilos, o que era cruel, claro, mas também específico, como se a mãe achasse que a filha merecia uma avaliação honesta.

Olho em volta. Um cara alto e bonito, no canto, usando óculos e camiseta cinza está olhando para o celular. Demoro um momento até reconhecê-lo. Foi a primeira pessoa que vi no Wood Valley: o cara da camiseta cinza e do Kilimanjaro. O que passou o verão subindo montanhas e construindo escolas na Tanzânia. Duvido de que ele seja AN – visualizo o meu amigo virtual como uma pessoa caseira, que provavelmente não passaria o verão escalando montanhas –, mas vale a pena investigar mais.

– Quem é aquele? – pergunto à Dri, indicando o cara do canto.

– Caleb. Agnes foi ao baile do ano passado com ele, como amigos. É gente boa. Por quê?

– Estou tentando descobrir quem é o AN.

Dri sobe numa espreguiçadeira para ter uma visão melhor da festa. Tento fazê-la descer. Não quero que ele, quem quer que seja, perceba que ela o está procurando. Dri tem muitas características maravilhosas, mas sutileza não é uma delas.

– Eu diria que três quartos dos caras desta festa estão digitando nos celulares agora – informa ela. – Mas poderia ser o Caleb. Ele é meio esquisito.

– AN não é esquisito – defendo.

– Certo – reage Dri. – Porque mandar mensagens anonimamente para uma pessoa todos os dias não é nem um pouco esquisito.

AN: bela tentativa. sou bom em me esconder. adoro camuflagem.

Eu: Ótimo. Está se divertindo?

AN: meio entediado, motivo pelo qual estou trocando mensagens com você.

Eu: Você poderia falar comigo, sabe? PESSOALMENTE.

AN: um dia. hoje, não.

Eu: Não havia festas assim na minha antiga escola. Tipo com uma banda de verdade.

AN: gostou da Ópolis?

Eu: Achei eles incríveis.

AN: é. antes eram melhores.

Eu: Acho que posso estar bêbada.

AN: eu também.

Eu: Então vamos nos encontrar. Anda. Qual é a pior coisa que pode acontecer? Você nem precisa falar comigo...

AN: o que você está sugerindo?

Eu: Não sei. Eu avisei que estava bêbada.

AN: a velha desculpa do "eu estava bêbada".

Eu: Não é desculpa. É explicação.

AN: adoro o seu jeito de sempre ser precisa com as palavras.

Eu: Não entendo isso. Qual é o sentido?

AN: ?

Eu: De toda essa falação. Você tem vergonha de ser visto comigo? Está preocupado com a hipótese de eu não gostar de você? Não estou entendendo.

AN: nenhuma das respostas acima. simplesmente gosto disso. muito. esse negócio de trocar mensagens. estou bêbado demais para explicar agora.

Eu: A velha desculpa do "estou bêbado".

AN: prometo que vamos nos encontrar. logo.

Eu: Você vive dizendo isso.

AN: sabe o que eu penso às vezes?

Eu: O quê?

AN: sabe aquela mecha de cabelo que vive caindo nos seus olhos – que não é exatamente uma franja? quero poder colocá-la atrás da sua orelha. quero poder fazer isso. quero encontrar você quando me sentir confortável o bastante com você para fazer isso.

Eu: Você é esquisito demais.

AN: você não é a primeira pessoa que diz isso.

Eu: Sou a primeira pessoa a dizer que realmente gosto disso em você?

Olho o Caleb de novo, tento imaginar as palavras de AN saindo da boca daquele cara, tento visualizá-lo fazendo um gesto romântico como o de colocar o meu cabelo atrás da orelha. Ele entendendo que tocar o meu cabelo exige certa intimidade. Não, a imagem não funciona. Em vez disso visualizo Caleb como um futuro presidente de fraternidade estudantil, do tipo que fica gritando para um candidato a membro engolir uma cerveja. Então AN provavelmente não é o cara da camisa cinza e do Kilimanjaro. Mas quem é, afinal?

– Estou bêbada – digo a Dri e Agnes.

– Você já disse isso – comenta Dri. – Tipo um milhão de vezes.

– Desculpe. Parece que sou do tipo de bêbada que gosta de informar a sua condição aos outros.

– É charmoso – observa Agnes, em seu típico jeito seco. – Também estou meio bêbada, mas não largada feito você.

– Não estou largada – digo.

Olho para baixo. Será que estou largada? Tudo ainda parece no lugar, menos a minha mente, que gira dentro da cabeça. Já fiquei bêbada antes, mas em geral sozinha com a Scarlett. Acho que a minha tolerância máxima são dois drinques especiais da Agnes.

– Vocês duas estão largadas – comenta Dri.

Em seguida ela passa os braços pelo nosso pescoço e fico grata, porque isso me ajuda com o equilíbrio.

– Vocês acham possível ficar apaixonada por duas pessoas ao mesmo tempo? – pergunto, e é um daqueles questionamentos embaraçosos que eu jamais faria se estivesse sóbria.

Talvez eu não deva beber nunca mais.

– Totalmente. Em geral eu fico a fim de... tipo... uns cinco caras ao mesmo tempo – conta Agnes. – Gosto de ter várias opções, otimizar as chances.

– E de quem você gosta? Do AN, óbvio, mas de quem mais? Por favor, por favor, não diga que é do Liam.

Estou prestes a falar em voz alta, a dizer *Ethan*, e finalmente saber tudo da vida dele, já que sei que a Dri não é do tipo que guarda detalhes: ela vai me contar toda a história da vida dele, de como ele era no sexto ano, se tem namorada, se é viciado. Talvez até ajude a gente a chegar mais perto dele, para eu conseguir dizer oi. Até agora o nosso único contato foi quando ele passou por mim depois do show, um "ei" que não foi grosseiro nem amigável nem um convite para conversar mais: a mesma lata fechada, cheia de coisa nenhuma, que ele parece jogar para todo mundo. Pensei que estávamos ultrapassando essa barreira. Acho que pensei errado.

Exatamente quando a palavra está prestes a sair da minha boca – "Ethan", que é uma palavra linda, não acha? –, a Gem vem com tudo na minha direção.

– Fique longe do meu namorado, sua piranha – diz ela, e parte direto para as minhas fuças, uma expressão que nunca tinha tido oportunidade de usar até agora.

– Humm... – digo. Gostaria de poder voltar no tempo e não tomar aquelas duas bebidas, porque estou com dificuldade para entender o que está acontecendo. Por que a Gem está gritando comigo? Eu me acostumei com as suas provocações passivo-agressivas em voz baixa, que geralmente posso fingir que não ouço, mas não consigo fazer isso com ela berrando dentro da minha boca. E "piranha"? Sério? – O quê?

Quero tirar o hálito dela da minha cara, uma mistura de cebola e álcool. Quero estar longe daqui, talvez enfiada na cama. A Califórnia é exaustiva.

– Fique. Longe. Do. Liam – ordena Gem, e então balança o cabelo, como se estivesse num filme de garotas más, e vai embora de forma teatral.

Retiro o que disse. Ela não é uma ótima atriz. Pega pesado demais na canastrice.

Olho em volta para ver se alguém percebeu, mas somos só eu, a Dri e a Agnes no nosso pequeno círculo no enorme quintal dos fundos.

– Cacete, isso aconteceu mesmo? – pergunta Agnes, e começa a rir.

– Não é engraçado – protesto, mas desejaria que fosse. – Que merda foi essa?

– A Gem está toda abalada desde que o pai foi detido no ano passado. O negócio saiu, tipo, em todos os jornais sensacionalistas – conta Agnes. – Quero dizer, ela não era muito legal antes, mas depois disso virou uma vaca absoluta. Ouvi dizer que ele pode ir para a cadeia.

– Por que ele foi preso? – pergunto, apesar de não me importar de verdade.

Odeio a Gem. Nenhuma história triste do Wood Valley vai me fazer simpatizar com ela.

– O pai dela contratou uma prostituta – diz Dri. – E há um negócio de sonegação de impostos.

– Sério? – pergunto.

– Algo assim – complementa Agnes.

– Me diz só uma coisa – pede Dri, e posso ouvir o tom de apelo na sua voz. – Antes, você ia dizer que gostava do Liam?

– Não, claro que não – respondo, mas não sei se ela acredita.

Eu: Estou BÊBADA.

Scarlett: Eu também.

Eu: Está se divertindo?

Scarlett: DEMAIS.

Eu: É, eu também.

Mesmo através da névoa de bebida percebo que estou mentindo. As minhas mãos estão tremendo, os meus dentes batendo. Quero ir para casa. Não, *casa* não existe mais de verdade. Reduzo as expectativas. Quero ir para a cama.

Só vejo o Ethan mais uma vez antes de sairmos da festa, indo para a porta. Ele está deitado numa espreguiçadeira, sozinho. Tenho quase certeza de que está dormindo. *Bom*, penso. *Ele precisa disso.* Preciso de toda a minha força de vontade para não ir até lá e afastar o cabelo dele da testa.

Capítulo 19

Eu: Três coisas: (1) estou com dor de cabeça. (2) O quarto está rodando. (3) Nunca mais vou beber.

AN: (1) pretendo desperdiçar a maior parte do dia jogando Xbox, com paradas ocasionais para comer pizza, de preferência com berinjela, motivo pelo qual costumo ouvir muita merda, mas não me importo. pode me processar. não gosto de pepperoni. nunca gostei, nunca vou gostar. (2) acordei cedo, por isso fiquei ouvindo a banda Flume a manhã inteira. (3) a minha mãe ainda está dormindo, como se fosse a adolescente da casa.

Eu: Você é americano, certo?

AN: sou, por quê?

Eu: PEPPERONI! Não gostar de pepperoni é como não gostar de torta de maçã.

AN: essa comparação vai cair no vestibular?

Eu: Então você ESTÁ MESMO no primeiro ano?

AN: relaxa, detetive.

Eu: Vou fazer o dever de casa hoje. Matemática está chicoteando o meu rabo.

AN: que é muito belo, por sinal.

Eu: Cala a boca.

AN: tratei você como objeto? desculpe.

Eu: Já mencionei ultimamente que você é esquisitíssimo?

AN: acho que me lembro de você ter dito algo assim.

Eu: Mais tarde preciso trabalhar. Você tem algum emprego?

AN: não. os meus pais não deixam. preferem que eu tenha mesada e que eu me concentre nos estudos.

Eu: Eles são tão Wood Valley! Fico feliz por eles apoiarem o seu vício em Xbox.

AN: sei que para você somos todos ridículos, e concordo totalmente. onde você trabalha?

Eu: Não sei se quero dizer.

AN: ?

Eu: Parece que vou alimentar sua mania de me perseguir.

AN: ontem você estava implorando para me conhecer, agora me dizer onde trabalha vai alimentar minha mania de te perseguir?

Eu: Eu não estava implorando.

AN: desculpe. escolha equivocada de palavras. pedindo.

Eu: Adivinhe.

AN: onde você trabalha?

Eu: Sim.

AN: certo, mas primeiro deixe-me fazer umas perguntas. (1) você gosta de lá? (2) você chega em casa suja?

Eu: (1) Na verdade, sim, gosto muito. (2) NÃO!

AN: num café?

Eu: Não.

AN: na Gap.

Eu: Está me zoando?

AN: não! por quê?

Eu: Deixa pra lá.

AN: ah, entendi. por um minuto esqueci que você é uma nerd louca por livros. na Barnes and Noble. estou certo??? estou totalmente certo.

Eu: Chegou perto. Na Atenção, Lombadas! Na Ventura. Você deveria visitar.

AN: tão volúvel! agora você quer que eu faça uma visita?

Eu: Talvez queira. Talvez não.

• • •

Eu: E...

Scarlett: Se você quer saber...

Eu: QUERO, QUERO

Scarlett: Meu hímen está intacto.

Eu: Sem dúvida você poderia ter dito isso de forma menos explícita.

Scarlett: Eu sei, mas não seria tão divertido.

Eu: Estou de ressaca.

Scarlett: Eu também. E o meu rosto está todo ralado da barba do Adam. Acho que ele deve ter treinado bastante depois de beijar você.

Eu: Por que diz isso?

Scarlett: Cara, ESSE GAROTO BEIJA BEM!

Quando desço, o meu pai está na cozinha usando um avental em que está escrito CHEF MALIGNA, que presumo que pertença a Rachel, mas que poderia facilmente ser do Theo. Há música tocando ao fundo, algo country, uma ode exageradamente sentimental às caminhonetes e aos shorts jeans curtinhos. O que a Scarlett chama de MGB: Música de Gente Branca.

– Panquecas, querida? – pergunta meu pai, cheio de uma irritante alegria matinal.

Ele parece totalmente intruso nessa cozinha. Nunca fez panquecas. Esse era o trabalho da minha mãe. Há calda e farinha sobre as impecáveis bancadas de mármore. Será que ele se sente em casa aqui, suficientemente confortável para ficar descalço, pilotar o fogão e servir panquecas? Eu fico sem graça quando uso o micro-ondas. Não quero deixar vestígios do crime nas entranhas do aparelho, ou qualquer outra prova da minha existência.

– Humm... – Será que vou conseguir comer sem vomitar? Não tenho escolha. Nunca recusei um carboidrato e não preciso do meu pai suspeitando que eu bebi. – Claro – respondo. O que não digo é: *O que está acontecendo? Nós vamos ficar? Você ficou subitamente feliz ou isso é fingimento?* – Você fez o café da manhã? Novidade total.

– É o dia de folga da Glória.

– Certo.

– Escuta, precisamos conversar – diz ele.

O meu estômago cai nos pés e o vômito abre caminho para sair. Sem dúvida essa cena na cozinha é um triste presente de despedida. O meu pai e a Rachel terminaram e nós vamos embora. Eles estão desfazendo o que, para começo de conversa, jamais deveria ter sido feito. É disso que trata essa representação de falsa felicidade: um modo de me preparar para a notícia. Baixo a cabeça sobre a bancada fria. Dane-se. Quem se importa se ele souber que bebi? Ele é culpado de transgressões muito piores. Na verdade ele tem sorte porque nunca tive energia para me rebelar de verdade. Eu deveria ganhar um prêmio de Mais Obediente do Ano. Deveria ter recebido uma estatueta dourada ou algum tipo de placa para pendurar na parede.

Esse café da manhã deve ser uma última comemoração antes de precisarmos pôr o pé na estrada. Faz sentido o meu pai aproveitar a sua última chance de usar um fogão Viking, panelas caríssimas e óleo de coco orgânico numa borrifada perfeitamente medida. Eu deveria correr para cima e lavar as mãos com aquele sabonete delicado e com um monograma, que ainda tem etiqueta de preço. Aprender o que é um sabonete de 100 dólares.

– Aqui, isso vai melhorar o seu estômago. – O meu pai coloca uma pilha de círculos perfeitos num prato e o posiciona à minha frente. O cheiro é surpreendente, não como a coisa propriamente dita, mas como uma representação da coisa. Uma vela perfumada representada por uma panqueca. – Só me diga que você não dirigiu ontem à noite.

– Claro que não. Foi a Dri – respondi.

– Dri?

– Eu tenho amigos, pai. Não fique surpreso. Achou que eu nunca mais falaria com ninguém outra vez?

Não sei por que estou sendo má, mas não consigo evitar. Pela primeira vez as minhas palavras estão um passo à frente da minha mente, e não o contrário.

– Não, eu só... estou feliz por você, só isso. Sei que não tem sido fácil.

Começo a rir. Não é um riso, exatamente, é mais como um relincho maldoso. Não, não tem sido. Nada tem sido fácil há muito, muito tempo. Mesmo ontem à noite, a minha primeira tentativa de me divertir desde que nos mudamos acabou com uma loura sociopata me chamando de piranha.

– Acho que mereço isso – diz meu pai.

– E agora? Vamos embora?

– O quê? Não. Por que você está dizendo isso? – pergunta ele, com uma surpresa que parece genuína.

Será que ele não percebeu que toda a cidade de Los Angeles ouviu a briga dele com a Rachel? Que na outra noite ele basicamente admitiu que essa coisa toda foi um enorme equívoco? Ele não sabe que passei a semana inteira me preparando psicologicamente para outra partida?

– Você brigou com ela.

– Foi só uma discussão, Jess. E não o fim do mundo.

– Mas ela disse...

– Às vezes esqueço que você é só uma adolescente. Mas me lembro de... de como tudo parece maior ou, não sei, simplesmente *mais*, na sua idade.

– Você, principalmente você, não ouse ser condescendente – digo.

Há certa rispidez no meu tom, e, claro, sou hipócrita, acusando-o de falar de modo condescendente comigo enquanto me comporto feito um estereótipo de adolescente. Cheia de sarcasmo e beicinhos.

Mas ele que se dane.

Sério.

Ele. Que. Se dane.

O meu pai suspira, como se fosse impossível lidar comigo, como se eu é que não fizesse sentido.

– Ela disse: "Vá embora e não volte". Eu ouvi.

– Pare de dizer "ela". É Rachel. O nome dela é Rachel. E as pessoas dizem coisas idiotas quando estão com raiva.

– E as pessoas fazem coisas idiotas quando sofrem uma perda, tipo se casar e se mudar para o outro lado do país, cagando e andando para a filha.

– Não.

– Não o quê?

Agora estou gritando. Não sei quando perdi o controle. Porque aqui está ela: a raiva liberada, inteira e sólida. Quente e implacável. Placentária.

– Você quer ir embora? É isso que está dizendo? – pergunta ele.

Penso em AN, na Dri e na Agnes, no Ethan com a sua guitarra azul e no seu despreocupado "ei". Não, não quero ir embora, mas também não quero me sentir assim, como uma intrusa na casa de outra pessoa. Se eu vomitar hoje, o que é tremendamente provável a essa altura, não quero ter de me preocupar por ter sujado o banheiro da Rachel. Não quero sentir o perigo constante da expulsão.

Não, nada disso é importante. O que eu quero de verdade? Quero dar um soco na cara do meu pai – conectar punho com nariz, esmurrar, esmagar, fazer com que ele sangre. Chutá-lo com força, vê-lo se dobrar, guinchar e berrar a palavra "Desculpe".

Esse sentimento é novo. Essa raiva. Sempre encontrei um modo de contornar a dor, nunca me enterrei direto assim.

O meu pai não parece delicado neste momento, não como na outra noite, não como na maior parte dos últimos anos. Por que fui eu que usei luvas de pelica durante tanto tempo?

– Não estou dizendo nada. Esquece, pai. Sobre o que você queria falar?

Estou de punhos cerrados. Posso confiar que não vou dar mesmo um soco, certo?

– Eu só queria saber como você está, como anda a escola. Só quis verificar. Sei que andei ocupado, e na outra noite nem perguntei como foi o seu dia. Fiquei me sentindo mal com isso.

– Ocupado? Posso contar nos dedos o número de vezes que conversamos desde a mudança.

A fúria permanece limpa, pura e vermelha, como as bebidas de ontem à noite. Será que ele faz alguma ideia de como tem sido a minha vida? É engraçado que ele só venha verificar quando finalmente comecei a encontrar algum apoio para os pés.

Um pouquinho tarde demais.

– Eu só. Uau. Eu não sabia...

– Não sabia o quê, pai? Que a mudança pra cá foi difícil pra mim? Está falando sério agora?

– Vamos...

– Vamos o quê? Falar sobre isso mais tarde? Claro, grande ideia.

Empurro o prato, resisto à ânsia de jogá-lo na cara do meu pai e saio intempestivamente.

– Problemas no paraíso? – pergunta Theo, porque, claro, ele está descendo a escada enquanto eu a subo de dois em dois degraus.

Estou tremendo de raiva, vibrando com a pulsação que ela causa. A minha boca está amarga, cheia de bile. Eu me imagino trocando de alvo, acertando o queixo do Theo com o punho. Arruinando o seu rosto bonitinho, bonitinho.

– Vá se ferrar – digo.

Ele dá de ombros sem se abalar.

– A raiva combina com você.

Mais tarde, na Atenção, Lombadas!, tomo chá de ervas e jogo Candy Crush no celular. Até agora só fiz duas vendas, e um idiota tirou uma foto de um livro para comprar pela internet. No fim da tarde, enquanto o crepúsculo chega de mansinho e eu começo a me sentir entediada e solitária, o sino toca: novo freguês. Levanto a cabeça bruscamente, agora com o reflexo de volta, e fico ofegante com a surpresa.

Caleb.

O garoto da camiseta cinza e do Kilimanjaro. Que eu vi mexendo no celular na festa. Ninguém da escola, além do Liam, entrou nesta loja depois que vim trabalhar aqui, nem a Dri, apesar de ela ter prometido me visitar. Hoje de manhã contei ao AN sobre este lugar. Portanto não são necessários grandes poderes de dedução para concluir que deve ser o AN que está à minha frente, enfim, em carne e osso. O meu coração se aperta – então esta é a pessoa para quem andei expondo as entranhas nos últimos dois meses – e espero que a frustração bata. Mas não bate.

Em vez disso fico desorientada, da mesma forma que acontece quando peço informação a alguém e depois me esqueço de ouvir, e percebo que estou tão perdida quanto antes. É difícil imaginar as palavras de AN saindo da boca desse cara. Ele é bonito, sim – até mesmo gostoso –, mas de um modo normal, corriqueiro. Genérico. Uma variante do tipo rei do baile de formatura que você encontra em todo colégio do ensino médio nos Estados Unidos. Sem molho especial. O que eu digo? Devo me apresentar? Bancar a idiota? Agir como se presumisse que tudo isso não passa de uma estranha coincidência?

Ele está usando a mesma camiseta cinza de ontem à noite e do primeiro dia no colégio, quando eu o aplaudi por escalar uma montanha. Naquele momento ele deve ter se sentido mal por mim, deve ter visto que eu precisava de alguma ajuda, já que nem ao menos tinha conseguido encontrar a turma certa. Espero que, de algum modo, ele não tenha visto a grama grudada na minha bunda.

Estou oficialmente chocada. Cataploft.

O cara da camiseta cinza e do Kilimanjaro.

– Oi, o Liam está aqui? – pergunta ele, e sorri para mim, como se estivesse contando uma piada, ainda que isso não tenha parecido particularmente engraçado.

Só desconfortável. Será que foi por isso que ele não quis me conhecer até agora? Sabia que a coisa seria assim, desajeitada e aleatória?

– Ah, não, desculpe. Ele não trabalha hoje.

Jessie, esse é o AN. Melhore essa desenvoltura.

– Ah, é que acho que ele está com o meu celular – diz ele. – Perdi ontem à noite na festa. Você estuda no Wood Valley, né?

– Sim, sou a Jessie – me apresento, e estendo a mão, muito formalmente e um pouco tarde demais, para apertar a dele.

Os dedos são longos e secos oferecem um aperto meio frouxo. Não combina com a voz.

– Caleb – diz ele. – Prazer.

– É um prazer também.

Sorrio de volta, tento dizer com os olhos o que não tenho coragem de dizer com a boca: *sei que é você*. Estamos fazendo um jogo estranho, mas acho que trocar mensagens anonimamente é estranho também.

– E o que está achando até agora? Quero dizer, do colégio.

– Acho que dá pra dizer que ainda estou me adaptando.

– É, legal, legal.

Caleb se vira para ir embora, será que está tão nervoso quanto eu?, e de repente me desespero para fazer com que ele fique, restabelecer a nossa conexão. Acho que já ferrei tudo. Só foram necessários trinta segundos cara a cara.

Será que devo perguntar sobre a Tanzânia? É onde fica o Kilimanjaro, né?

– Ah, quer tomar um café qualquer hora dessas? – *Eu falei mesmo isso? Em voz alta? Respire fundo. Pegue leve.* – Quero dizer, eu só... estou tentando conhecer gente nova, só isso.

Ele parece surpreso, inclina a cabeça de lado como se quisesse ver melhor. Está me olhando de cima a baixo, e não é sutil.

É vagamente ofensivo.

Sem dúvida vamos ficar apenas trocando mensagens.

– Claro. Por que não? Qual é a pior coisa que pode acontecer? – pergunta ele com um riso misterioso, uma referência óbvia à mesma pergunta que eu lhe fiz ontem à noite.

Estou prestes a responder, tenho um milhão de coisas a dizer, mas ele está só sendo retórico, porque já foi para a porta.

AN: Como foi o trabalho?

Eu: Foi legal você dar uma passada lá.

AN: que engraçado.

Eu: Não é o que eu diria.

AN: ?

Eu: ?

AN: certo, então. continuando. passei tanto tempo jogando Xbox hoje que acabei ficando entediado. #nuncapenseiqueessediachegaria

Eu: Mãos doloridas?

AN: vou evitar uma piada óbvia. não sente orgulho de mim?

Então é assim que vai ser. Vamos fingir que esta tarde nunca aconteceu. Talvez seja melhor assim. Talvez AN/Caleb estivesse certo o tempo todo. Trocar mensagens é melhor.

Conversa na vida real? Superestimado demais.

Capítulo 20

– Esse poema é longo demais – diz Ethan. – E meio irritante e complicado. Não consigo entender todas as vozes.

Estamos de volta ao Starbucks, ao que agora chamo de o *nosso* Starbucks, coisa que eu jamais admitiria ao Ethan, nem em um milhão de anos. Estou tomando o *latte* que ele comprou para mim depois de perguntar se eu queria o mesmo da semana passada. Até lembrou que eu gosto excepcionalmente quente. Foi muito casual com relação a isso – pediu, tirou um cartão de crédito da carteira –, então eu nem me senti esquisita por não me oferecer para pagar. Na próxima vez vou dizer algo como "eu pago esse" ou "esse é por minha conta". Ou talvez não.

– Concordo. Quero dizer, eu escrevo poemas terríveis, mas sei lá. Não consigo deixar de escrever com a minha própria voz. Sou quem sou. Gostando ou não.

– Uma rosa é uma rosa é uma rosa. Jessie é Jessie é Jessie.

– Mentira que você já leu Gertrude Stein? – pergunto.

A minha mãe era uma grande fã de Stein, daí, quando ela adoeceu, era o que eu lia para ela em voz alta. Principalmente a *Autobiografia de Alice B. Toklas*, mas também um pouco da poesia. "Sacred Emily" é um poema que é uma cantiga de ninar tranquilizadora e, por acaso, é de onde vem *uma rosa é uma rosa é uma rosa*. Não de Shakespeare, que seria a minha primeira aposta.

Outras coisas que aprendi naquela época foi que a quimio cega a pessoa. Rouba o cabelo e cega. No fim, a minha mãe nem conseguia ler.

Uma rosa é uma rosa é uma rosa.

– Não muita coisa. Só *Toklas*. Aquilo que é falar com a voz de outra pessoa.

Como ele arranja tempo para ler tudo? Se eu não tivesse insistido em trabalhar nesse projeto, sem dúvida ele *teria mesmo* tirado 10. Pensando bem, posso até acabar diminuindo a nossa nota. Contei para ele:

– A minha mãe era professora de inglês na faculdade perto de onde morávamos, e ela vivia citando Gertrude Stein. Chamava-a de G. S., como se fossem amigas ou algo do tipo. Na verdade, quando ela fez 40 anos, o meu pai e eu lhe demos uma edição antiga de *O mundo é redondo*. É um livro infantil bizarro. Acabei de pensar nisso aleatoriamente!

Olho pela janela para recuperar o equilíbrio. Não falo da minha mãe com ninguém, nem com a Scarlett. Certamente nem com o meu pai. Falar sobre ela é como reconhecer que ela morreu, um salto no imensurável. Tornar verdadeiro o que não pode ser.

Mas estamos falando de Gertrude Stein, o que significa que já estamos falando da minha mãe, e, não sei, as palavras simplesmente saíram.

Ethan me olha e espera um instante. Ele fica confortável com o silêncio, percebo. Fica confortável com tudo.

Ethan é Ethan é Ethan.

– Só quero dizer que lamento pela sua mãe. As pessoas falam muito por aqui. De qualquer modo, isso é uma merda – diz ele. – Sei que é simplificar demais a situação, mas é muito escroto as pessoas terem que morrer e não podermos fazer nada a respeito. E portanto, é... Eu só queria reunir coragem e dizer que sinto muito.

– Obrigada – digo para a minha xícara de café, porque não consigo olhar para ele.

Não tenho coragem suficiente para levantar os olhos. Não sei o que haverá ali: pena ou empatia. Mas vou ter de acrescentar "corajoso" à minha lista interna sobre Ethan, e "honesto" e "certo", porque é muito escroto mesmo e ele é a primeira pessoa a me dizer isso. Todo mundo na FDR murmurou "sinto muito", talvez porque os pais tenham mandado, e ficaram obviamente aliviados quando as palavras saíram, por terem ticado esse item da lista de afazeres, por poderem seguir em frente, ainda que eu não pudesse. Não que eu os culpe. A morte deixa todo mundo sem jeito.

– É, não precisamos falar sobre isso, mas odeio o fato de, quando uma coisa assim acontece, as pessoas gostarem de fingir que nada aconteceu, porque é desconfortável, assustador e elas não sabem o que dizer. Não saber a coisa certa a fazer não é desculpa para não fazer nada. Portanto... – diz ele.

– Portanto – repito. E pronto. Levanto os olhos para ele. – *Vou lhe mostrar o medo num punhado de poeira.*

– E eu não sou o único nerd que decora *A terra desolada*. A primeira parte se chama "O enterro dos mortos", você sabe.

– Sei. – Sorrio, porque gosto do Ethan e de como ele não tem medo de nada, a não ser, talvez, de dormir. E um sorriso, de certa forma, é o mesmo que dizer obrigada.

– Claro que você sabe – diz ele, sorrindo de volta para mim.

Uma hora mais tarde ainda estamos ali sentados. Já terminamos o trabalho desta semana há muito tempo – uma página sobre as repetidas referências de T. S. Eliot à terra – e agora só estamos batendo papo. Talvez virando amigos de verdade, e não somente parceiros de estudo.

– Você não contou o que achou da Ópolis – comenta Ethan depois de ter enchido a sua xícara pela terceira vez.

Ele toma café puro, sem frescura. Cafeína pura, concentrada.

– Posso ser sincera? Vocês foram incríveis! – Se eu fosse a Gem ou a Crystal provavelmente seria esperta e pegaria leve. Nada de dar uma de tiete pra cima dele, mas deixa pra lá. Sem dúvida eles arrasaram. – Todos vocês são muito talentosos.

– Eu gostaria que a gente pudesse tocar só na minha casa de hóspedes, sem fazer shows, mas parece que não sou eu quem decide. Era o que a gente fazia antes.

Ele diz isso como se o "antes" começasse com maiúscula.

– Antes do quê?

– Nada. Quero dizer, antes de o Liam entrar. Ele é todo sério com relação a iniciar uma carreira musical de verdade, e eu só quero tocar um pouco. Curtir.

Ethan mexe o café com um pauzinho, um hábito desnecessário, já que não há nada que precise ser misturado.

– Você tem medo do palco? – pergunto.

Ele faz uma pausa, como se eu estivesse fazendo uma pergunta importante que exige uma resposta precisa.

– Não, não exatamente. Só me sinto, sei lá, mais sozinho quando todo mundo está me olhando. É... um isolamento, acho. E é exaustivo.

– Eu achava que a maioria dos artistas sentisse o contrário. Que é o único lugar onde eles não se sentem sozinhos. Todo mundo quer ser o cara que está no palco.

Ethan dá de ombros.

– Quando eu vou a shows, o lugar está apinhado e ninguém me incomoda, e é tipo... só eu e a música... é *aí* que não me sinto sozinho. Acho que não gosto muito de gente.

– Sério? Diga isso a todo mundo do Wood Valley.

– Hein?

Ethan não percebe que todas as garotas da escola babam por ele? Que literalmente *fazem fila* para falar com ele?

– Qual é, parece que você tem um harém na hora do almoço!

De novo, falo demais. Sério, preciso de lições sobre como flertar.

– Ah, mas isso não tem nada a ver comigo. É por causa de... Deixa pra lá. Longa história.

Quero dizer algo do tipo *eu tenho tempo*, mas percebo que ele é bem direto: quando quer falar, fala. Quando não quer, não fala. Ainda não o conheço o suficiente para pressioná-lo.

– Quem escreve as letras da banda?

O que estou a fim de saber de verdade é quem escreveu "A garota que ninguém conhece", mas não quero admitir que já sei todas as músicas da Ópolis de cor. A Dri que me mandou tudo, mas eu fico ouvindo essa várias vezes, e agora o número de repetições dela é tão grande que eu morreria de vergonha se alguém soubesse. Na loja, o Liam só cantou o refrão, que é simples, gruda no ouvido e engana, porque o resto da música é totalmente diferente. Reflexiva, linda, desesperada.

Na verdade é um poema. Uma elegia.

– Depende da música. Geralmente eu. Algumas são do Liam. Ah, e tem um tal de Caleb, que na verdade não faz parte da banda mas fica por perto e dá uns toques.

Levanto a cabeça bruscamente. Caleb? Será que ele escreveu "A garota que ninguém conhece"? Nesse caso, tudo faz sentido. AN é do tipo que escreveria letras de música perturbadoras e melancólicas, mas não do tipo que subiria no palco para cantá-las em voz alta. Na frente de pessoas.

– Caleb é o cara alto, certo?

– É. Você conhece ele?

– Na verdade, não. Mais ou menos. Encontrei um dia desses no trabalho.

– É, ele e o Liam são unha e carne.

Acho que o Ethan sabe que eu trabalho na loja da mãe do Liam. Devo ter contado na semana passada, quando falei que conhecia o Liam. Ou será que o Liam mencionou? Ah, merda. Será que eles falaram sobre mim? As palmas das minhas mãos começam a suar: visualizo o Ethan e o Liam rindo de como dei a entender que o Liam e eu somos amigos íntimos.

Será que foi por isso que a Gem me chamou de piranha? Será que todo mundo acha que estou obcecada pelo Liam? Será que o Liam acha? Será que o Ethan acha? Será que o Caleb acha?

– Você acha que algum dia vou me adaptar a esse colégio? – pergunto ao Ethan.

É exaustivo pensar que todo mundo se conhece. O meu amigo mais íntimo aqui é AN, ou será que devo simplesmente chamá-lo de Caleb?, e o nosso relacionamento consiste apenas em mensagens de texto. Preciso contratar a Dri para me dar um histórico completo de todo mundo, para que eu possa parar de cometer gafes.

– Não – diz Ethan. – Eu não me adaptei, e estou aqui desde o jardim de infância. Mas sabe o que eu acho?

– O quê?

– Que você não precisa.

– Não?

– Não. Nem um pouquinho.

– Você acha mesmo?

Agora mexo o meu *latte*, que acabou, o que significa que estou mexendo numa xícara vazia. Preciso manter as mãos ocupadas. O desejo de tocar o cabelo do Ethan, até as suas mãos, ficou quase incontrolável. Quero morder o lóbulo da orelha dele, que parece que já usou um brinco inadequado. Quero perguntar como ele consegue ser tão quente e tão frio, como nesse momento pode ser tão tranquilizador, quase um amigo de verdade, e na festa eu não mereci tempo suficiente da parte dele para ouvir mais do que uma sílaba, aquele "ei" sem importância.

– Sim. Quem se importa com todos aqueles imbecis? Algumas pessoas são ótimas, a enorme maioria não é, e no fim das contas você só precisa ser você mesma. Se não gostam de você, que se danem.

– Jessie é Jessie é Jessie.

– Isso. Jessie é Jessie é Jessie.

Ótimo, vou admitir: fico triste quando o Ethan para de repetir o meu nome.

Estou em casa. Ou, mais exatamente, no lugar onde como e durmo. Sob a redoma: frango ao Marbella, Marsala ou alguma coisa com "M", aspargos, uma colherada de arroz selvagem.

AN: e o seu dia? conta.

Eu: na verdade foi ótimo. e o seu?

AN: memorável.

Só vi o Caleb uma vez hoje. Estava encostado num armário do corredor do colégio, e me cumprimentou com o celular quando me viu e depois sussurrou alguma coisa para o cara parado junto dele, um sujeito do último ano que tem a pele felpuda de um Muppet. Presumo que o cumprimento com o celular signifique algo como *Vamos continuar nos falando por telefone, e não pessoalmente*, já que não houve tentativa de tornar realidade a minha sugestão de um encontro. Mas trinta segundos depois o meu aplicativo de mensagem instantânea apitou.

AN: três coisas. (1) Hendrix foi o guitarrista mais incrível que já existiu. melhor ainda do que o Jimmy Page. (2) às vezes, quando escuto música, me sinto mais leve. (3) e às vezes, quando jogo Xbox, não sinto nada.

Eu: Do que você gosta mais? De música ou do Xbox?

AN: ah, essa é uma boa pergunta. sem dúvida o armário de remédios da minha mãe é como o Xbox dela, sabe? por isso vou dizer que é música, porque não há nada que me apavore mais do que virar a minha mãe.

mas sinceramente?

Xbox.

Acho que está ficando claro que o Caleb e eu nunca vamos conversar bebericando alguma coisa, nunca vamos dizer em voz alta que AN é Caleb e Caleb é AN, e talvez seja melhor assim. Talvez já tenhamos dito muita coisa apavorante pela internet, e saber o que já compartilhamos, toda aquela honestidade, torne impossível conversar pessoalmente.

Mesmo assim acho isso triste, porque estou começando a pensar que ele faz mais o meu tipo. Ficar sentada diante dele não me distrairia, como acontece com o Ethan. Caleb é uma tela mais vazia, mais simples, porém equilibrada. Como as paredes da Rachel: branco-sobre-branco.

Eu: Seu dia foi memorável? Memorável = bom? Ou memorável = ruim?

AN: bom. o que havia sob a redoma esta noite?

Eu: Frango metido a besta. E você? Por favor, diga que não era sushi do Whole Foods outra vez. Estou começando a me preocupar com a hipótese de você sofrer envenenamento por mercúrio.

AN: a minha mãe cozinhou, de verdade, o que, como você sabe, é esquisito. mas ficou bom. macarrão com queijo, caseiro. o meu prato predileto quando era criança. acho que ainda é.

Eu: Foi fofo da parte dela.

AN: é, pareceu um pedido de desculpas. como se ela soubesse que andou... ausente.

Eu: Ela pareceu... tipo, limpa?

AN: é difícil dizer, mas sim. estou me permitindo achar isso. pelo menos esta noite.

Eu: Bom.

AN: mas, voltando, você sabe qual é o primeiro sinal de envenenamento por mercúrio?

Eu: Qual?

AN: otimismo.

Nessa noite sonho com o Ethan e o Caleb, os dois no meu quarto e sentados no meu sofá-cama, só que um com a camiseta do outro. Ethan usa cinza e Caleb usa Batman, e nenhum dos dois fala comigo. Caleb mexe no celular, mandando mensagens para outra pessoa – talvez eu, mas não a eu que está neste quarto –, e Ethan toca guitarra, com o olhar perdido num dedilhado complexo, olhar perdido, como acontece quando ele olha pela janela da biblioteca. Estou sentada atrás deles, quieta, só olhando e admirando as nucas muito diferentes, tentando não me incomodar com o fato de que eles nem percebem que estou aqui.

Capítulo 21

– O que vocês acham de eu pintar uma mecha de pink? Um pouquinho descentralizada? – pergunta Dri, e passa os dedos pelo cabelo castanho desgrenhado.

Estamos sentadas do lado de fora durante o intervalo, os rostos inclinados para o sol como flores famintas de desenho animado. Agora tenho óculos escuros – a Dri e a Agnes me ajudaram a escolher um par genérico – e adoro o meu novo acessório. Parece transformador, como se de algum modo eu fosse uma pessoa diferente com grandes quadrados de plástico cobrindo o rosto.

– Pink? – pergunta Agnes.

– Pink com um ponto de exclamação em vez de um "i"? – também me manifesto.

– Talvez – responde Dri. – Tanto faz. Os dois.

– Não.

Agnes diz isso na lata, sem tentativa de preservar a possibilidade. Veto total, exatamente o que a Scarlett fez quando pensei em colocar um piercing na cartilagem na frente do canal auditivo. Bom, me vetou depois de me mandar procurar no Google como se chama de verdade essa parte do corpo, porque nunca mais queria ouvir as palavras "cartilagem na frente do canal auditivo" numa mesma frase. Não posso dizer que a culpo.

Por acaso o nome é trágus, algo que parece ligeiramente sujo. Ninguém deveria ter um piercing no *trágus*.

– Que tal todo pink? – pergunta Dri. – Tingir a cabeça toda.

– Não sei – digo. – Gosto do seu cabelo como ele é.

– Por quê? Por que você faria isso com você mesma? – reclama Agnes.

Apesar disso, nem a Dri nem eu temos coragem para comentar que o cabelo vermelho dela é tão artificial quanto o da Dri ficaria se fosse tingido de cor-de-rosa. Se bem que o vermelho da Agnes funciona de um modo que acho que o rosa da Dri não funcionaria. Não há um limite nítido entre vermelho e rosa quando o assunto é cabelo.

– Só queria mudar – diz ela.

– Ah, tipo quando você fez aulas de ukulele. Você só quer ser notada – diz Agnes, sem cerimônia mas não sem gentileza. – Saquei.

– Eu tenho me sentido... não sei, meio invisível ultimamente. Tipo, sabe, tirando vocês, ninguém notaria se eu não viesse à escola – diz Dri, e se inclina para trás até ficar deitada, olhando o vasto céu azul, tão aberto que nem há nuvens para serem vistas.

Penso em contar a ela que AN me disse para ser sua amiga, que ele obviamente notou como ela é gente boa e divertida, mas por algum motivo fico sem graça. Quero que ela pense que a nossa amizade foi totalmente natural.

– Honestamente, eu seria capaz de matar para ser invisível – confesso. – A Gem e a Crystal não me deixam em paz.

– Elas que se danem – reage Agnes. – Elas só queriam ser descoladas como você.

– Eu não sou descolada. Sou o oposto disso – reajo.

– É descolada, sim. Quero dizer, agora que te conheço, percebo que na verdade você é mais do que descolada. De algum jeito você emite uma vibração tipo de fodona, que não liga a mínima pra nada. E você é gata – elogia Agnes. – No mundo da Gem, ninguém além dela tem permissão pra ser gata.

– Fala sério! De quem você está falando? – pergunto.

– Elas só estão com ciúme porque o Liam gosta de você. Quer saber? Até eu sinto ciúme porque o Liam gosta de você – diz Dri.

– Ele não gosta de mim. Eu só trabalho na loja da mãe dele.

– Pois é – diz Dri.

– Não, sério, nós só trabalhamos juntos. E, só pra deixar claro, eu não gosto dele. Pelo menos não nesse sentido.

Espero que a Dri acredite em mim. Preciso que ela acredite em mim.

– Então você é maluca – diz ela. – Porque ele é gatésimo.

– Por favor, não pinte uma mecha de pink por causa do Liam Sandler – pede Agnes. – Ele não vale a pena.

Vejo o Ethan atravessando o gramado com um copo de café na mão, indo para o estacionamento, apesar de ser apenas meio-dia. E, como em todas as outras ocasiões em que o vi assim, *na selva* (é como acho que parece), fico com a impressão de que consegui conjurá-lo, como se ele só tivesse aparecido porque estou pensando nele. E estava mesmo, já que penso nele praticamente o tempo todo. Posso estar falando de cabelo rosa ou do Liam Sandler, mas a pessoa em que estou pensando de verdade é *Ethan é Ethan é Ethan.*

Eu me pergunto aonde ele vai e se vai voltar a tempo para a aula de inglês. Espero que sim. Nós não nos falamos muito na escola, mas gosto de saber que ele está sentado atrás de mim e que eu poderia me virar e sorrir se tivesse coragem. Não que eu já tenha tido coragem.

Saco. Ethan me pega olhando para ele. Espero estar suficientemente longe para que ele não veja o meu riso pateta. Ele me lança um rápido sinal de paz e amor antes de continuar a caminho do carro.

– Já o Ethan Marks, por outro lado... – digo, finalmente confessando a paixonite às minhas amigas.

Eu já contei a Scarlett, claro, mas ela não frequenta a mesma escola que ele desde o jardim de infância, portanto não faz diferença.

Será que eu deveria ter feito o sinal de paz e amor de volta para ele? Não, não consigo fazer esse gesto. É muito tipo "joinha".

– Sério? Você gosta do Ethan! Nós éramos amigos no final do ensino fundamental – guincha Dri, que se senta para segurar as minhas mãos, cheia de entusiasmo de menininha. Ou talvez só esteja aliviada porque não quero o Liam. Ela inclina a cabeça, reconsiderando. – Mas, sejamos honestas: ele não é a escolha mais original. E...

– E é meio danificado – diz Agnes.

– E nunca namorou ninguém na escola. Nunca. Jamais – conta Dri, e o meu coração se aperta um pouco.

Não que eu achasse que tinha chance, mas mesmo assim. Agora parece uma impossibilidade técnica.

– Mas ele é totalmente capaz de fazer calcinhas baixarem – comenta Agnes. – Sem dúvida.

AN: três coisas. (1) ouço a sua voz falando todas as mensagens que você manda. (2) se eu fosse um animal, seria um lêmure. certo, provavelmente não é verdade, mas senti vontade de usar a palavra "lêmure" hoje. e antes que você diga... sim, sei que sou esquisito. (3) falando sério? eu gostaria de ser um camaleão. mudar de cor para me fundir ao ambiente.

Eu: (1) Assisti a *Footloose* (a refilmagem, não o original) um número vergonhoso de vezes. Mas é tão comovente! UMA LEI CONTRA A DANÇA. E eles lutam e vencem. Quase desmaio. (2) Eu poderia dirigir melhor. Esse negócio de *virar à esquerda quando o sinal fica vermelho* aqui me deixa maluca. (3) Só pra você saber, retiro o lance do café.

AN: certo, sem açúcar pra você.

Eu: O quê?

AN: é uma piada. referência à série *Seinfeld.*

Eu: Não teve graça.

AN: é só café. relaxa.

Eu: Ótimo.

AN: desculpe, esqueci que você fica possuída quando eu digo para relaxar.

Eu: Não fico possuída.

AN: você está possuída agora. posso ouvir na sua voz virtual.

Eu: Quando você manda alguém relaxar, isso quer dizer que a pessoa está nervosa demais. Não estou nervosa demais.

AN: uau. isso é colocar muita pressão no meu "relaxa". só quis dizer para pegar leve. ou que não é grande coisa. você esquece que eu sou da Califórnia. aqui a gente fala merdas desse tipo.

Eu: Namastê.

AN: ah, agora você está pegando o espírito da coisa. agora pare de escrever pra mim e vá pra aula. vai se atrasar.

– Puta! – Gem finge que espirra quando entro na sala da aula de inglês. AN estava certo, eu me atrasei, e agora todo mundo está aqui com os laptops já abertos, observando enquanto recebo uma saraivada de ofensas e germes enquanto vou para a minha carteira.

– Piranha! – espirra Gem de novo, mas não sei bem por que ela precisa do disfarce elaborado. Todos conseguimos ouvir, até a Sra. Pollack, tenho certeza. – Vaca gorda e feia.

Só finja que você está usando os fones de ouvido do Theo, que servem para bloquear ruídos. Que você não vê a Crystal, a Dri nem o Theo olhando. Não, não levante os olhos, não veja que o Ethan também está aqui, de volta do lugar aonde foi, acompanhando você com o olhar que flameja com o que parece ser pena.

Não há nada pior do que a pena.

Estou quase chegando. Só preciso passar pela Gem. Eu consigo.

Mas não consigo. Porque a próxima coisa que percebo é que o meu nariz bate na carteira com um estalo alto e estou esparramada no chão: uma queda de barriga para baixo no linóleo. Agora a cabeça está a dois centímetros dos tênis All Star do Ethan.

– Você está bem? – pergunta ele.

Não respondo porque não sei. Estou no chão, o meu rosto dói, é muito pior do que quando o Liam me acertou com o estojo do violão, e a turma inteira está me olhando. A Gem e a Crystal estão rindo descaradamente, esganiçadas feito bruxas da Disney, e tenho muito medo de me levantar. Não sei se o meu nariz está sangrando, se nesse momento estou deitada numa poça de sangue aos pés do Ethan. Sei que a minha bunda está num ângulo ao qual ninguém deveria ser exposto, especialmente o Ethan.

Graças a Deus dói. Isso me ajuda a manter afastado o sentimento de humilhação.

Gem estendeu o pé. Claro que estendeu. Sou tão idiota que mereço estar aqui, cheirando o chão.

Ethan se agacha e estende a mão para me ajudar a ficar de pé. Respiro fundo. Quanto mais rápido me levantar, mais rápido isso vai acabar. Ignoro a mão dele – não consigo pensar em nada pior do que sujá-lo de sangue, não há nada pior do que um primeiro toque como esse –, por isso me firmo com o piso confiável. Lentamente fico sentada, depois levanto, e como a *vacafeiaegorda* que sou, me aboleto na minha carteira. Não há nada de gracioso nisso.

– Estou sangrando? – sussurro para Dri.

Ela faz que não, e a expressão chocada no seu rosto me diz que o que acaba de acontecer é tão ruim e embaraçoso quanto imagino. Não. É pior ainda.

– Precisa ir à enfermaria? – pergunta a Sra. Pollack, quase sussurrando, como se não quisesse atrair ainda mais atenção para mim.

– Não – digo, mas eu daria qualquer coisa por um saco de gelo e um analgésico.

Só que simplesmente não consigo me imaginar de pé outra vez, passando pela Gem e depois pelo corredor. Ouvindo os risos às minhas costas assim que a porta da sala se fecha. *Não, obrigada.*

– Certo, então, de volta a *Crime e castigo* – diz a Sra. Pollack, se dirigindo novamente à turma.

Mas sinto o Ethan atrás de mim e não posso me virar, nem murmurar um obrigada patético, porque estou morrendo de medo da aparência do meu rosto e morrendo de medo de chorar.

Por isso mantenho a cabeça baixa. Como se evitando o contato visual eu conseguisse ficar invisível. *Não há nada para ver aqui.* Penso em AN querendo ser um camaleão, fundindo-se ao cenário. De algum modo consigo chegar ao fim da aula, os olhos focados apenas na mesa à minha frente. Alguém raspou na madeira *Axel ama Wafer.* Sim, alguém dedicou um tempo para desfigurar a mesa com o objetivo de professar o seu amor por um biscoito. A não ser, claro, que realmente houvesse um estudante chamado Wafer, o que, considerando o fato de que temos três Hannibals, quatro Romeus e duas Apples, é totalmente possível. Assim que o sinal toca, pego a minha bolsa e corro para a porta. Nem espero pela Dri.

– Jessie, um minuto, por favor – diz a Sra. Pollack logo antes de eu sair.

– Agora? – pergunto.

Quero ir embora dessa sala, me afastar o máximo possível dessas pessoas, encontrar um lugar onde eu possa ficar sozinha e chorar, de preferência com um saco de gelo no nariz. Tento me concentrar em Axel e seu amor por Wafer, imaginar toda a história trágica dos dois, mas em vez disso as palavras da Gem ficam se repetindo: *piranha. Puta. Vaca feia e gorda.* Como letras de música penetrando no meu cérebro feito minhocas. Parecem boas para virarem versos: *piranha. Puta. Vaca feia e gorda.* Talvez eu devesse oferecê-las à Ópolis.

– Sim, se você não se importa.

Eu me importo. E muito, mas não tenho como dizer isso em voz alta. A Sra. Pollack indica uma cadeira na frente da sala, eu me sento e espero o resto da turma sair. Theo. Crystal. Gem. Dri. Percebo o Ethan esperando um segundo. Será que está decidindo se vai dizer algo a mim? À Sra. Pollack? Mas então ele dá uma batidinha na minha cadeira com o livro e sai também, e agora sou só eu e o rosto preocupado dela, e tudo que quero no mundo é passar os próximos cinco minutos sem chorar. *Por favor, Deus,* imploro, embora o meu relacionamento com Deus seja uma coisa que ainda não decifrei, *por favor, deixe que eu saia daqui sem passar ainda mais vergonha.*

Daqui não consigo ver a declaração de amor de Axel, então olho um pôster de Shakespeare, um homem vestindo camisa de gola franzida e uma legenda embaixo: *Ser ou não ser: eis a questão.*

Não, na verdade esta não é a questão, nem um pouco. Ser parece a única coisa que não controlamos.

– Não fiz nada – digo, o que percebo que não é o ponto.

Ela não está com raiva de mim, eu sou a vítima óbvia, mas estou optando pela raiva, em vez de pelas lágrimas. A raiva é ligeiramente menos humilhante e mais coerente com a vibração que, segundo a Agnes, eu emito: de fodona que não liga a mínima.

A Sra. Pollack puxa a cadeira dela e se senta, virada para o encosto. Também quer parecer descolada e casual, como se fosse aluna, e não professora.

– Eu só queria saber como as coisas estão indo. Se você quer conversar sobre algo – diz ela.

– Não. – Enxugo o nariz com as costas da mão. As lágrimas estão enchendo os olhos, mas não me traíram caindo. Esperam no limite. Se algum dia eu escrever um livro de memórias, o título vai ser este: *No limite*. – Tropecei. Acontece.

– Trocar de escola pode ser difícil.

– Estou bem.

– E odeio dizer, mas as garotas podem ser cruéis na sua idade.

– Estou bem.

– Não sei direito o que fazer. Quero dizer, posso falar com o diretor Hochman. Nós temos uma política de tolerância zero com relação ao bullying.

– Estou bem.

– Mas tenho a sensação de que isso pode piorar as coisas para você. O pai da Gem ajuda muito o colégio, e...

– Sério, estou bem.

Ela me olha cheia de expectativa. O que ela quer de mim?

Piranha. Puta. Vaca feia e gorda.

– Você fez algo que a levou a dizer aquelas coisas? Só estou tentando entender – explica ela, e se inclina no travesseiro que formou com os braços. Como se dissesse: *só estamos batendo um papo, sem problemas.*

– Está me perguntando se fiz algo para merecer que a Gem me fizesse tropeçar e me chamasse de piranha, puta, vaca feia e gorda? Sério? É isso que você quer saber?

Esqueço que essa mulher é responsável por um sexto da minha média geral e que ela pode impedir que eu consiga uma bolsa para a faculdade. Eu deveria bancar a boazinha, mas por acaso a raiva não só é preferível, como também surge mais fácil. Vem naturalmente.

– Eu não quis... Desculpe, só estou tentando entender...

Agora ela parece magoada, como se ela é que estivesse prestes a chorar. Como se ela é que tivesse caído de cara na frente da turma inteira.

– A resposta é não. Não encostei em nenhum cara nessa escola, e na verdade praticamente em lugar nenhum, o que não justifica uma colega me chamar de piranha ou puta. E quanto ao "vaca gorda e feia"? Suponho que seja subjetivo. – Se eu não estivesse tão chateada, aproveitaria um momento para curtir o fato de que pela primeira vez encontrei as palavras certas, que disse exatamente o que queria dizer. Mas não sinto vontade de curtir. Sinto vontade é de sair correndo. – A senhora precisa do meu índice de massa corporal? Tenho certeza de que posso conseguir isso.

– Não, você entendeu tudo errado. Eu não quis...

– Já terminamos? – pergunto.

Dane-se. As minhas notas não seriam estelares no Wood Valley, de qualquer modo. Tenho quase certeza de que o negócio da bolsa para a faculdade não passaria de um sonho bobo. E pelo menos um mistério foi solucionado: a Gem pode fazer ou dizer o que quiser porque o pai dela banca este colégio. Acho que é isso que um pouquinho de sonegação de impostos rende para a pessoa.

– Estou tentando ajudar – comenta ela. – Não quero piorar as coisas...

Mas não ouço o resto da frase da Sra. Pollack porque já saí pela porta.

Capítulo 22

Cabeça baixa. Dez metros até chegar ao meu carro. *Jessie, você consegue.* Seis metros. As minhas mãos estão tremendo, mas mantenho-as nos bolsos para que ninguém veja. Continuo andando. *Ninguém está olhando*, digo a mim mesma. *Ninguém pode ver você.* Cinco metros. *Quase lá.* Vou entrar no carro, colocar a chave na ignição, dirigir sem parar até a luz indicando pouca gasolina se acender. Vou para o leste, encontrar qualquer estrada principal que me leve a Chicago. Surgirei na casa da Scarlett a tempo de a mãe dela me servir *kimchi* caseiro.

– Ei. Você está bem?

Vejo os tênis antes de ver o rosto e a alça do violão atravessando o peito, mas isso é porque não quero erguer o olhar. Liam é a última pessoa que desejo ver neste momento, ou melhor, talvez a última seja a sua namorada horrível, mas pelo menos se eu visse a Gem arranjaria um modo de tirar sangue dela, arranhá-la, quebrar aquele nariz refeito cirurgicamente a um custo de seis dígitos e rachar o seu rosto de porcelana.

– Por favor. Só. Me. Deixe. Em paz.

As lágrimas são meio como xixi. A gente só consegue segurar por um tempo. O meu carro está a três metros. Três metros curtos, e então posso dirigir e chorar sem que ninguém saiba. Estou ansiosa para atravessar a fronteira dos estados.

Visualizo mentalmente a placa: VOCÊ ESTÁ SAINDO DA CALIFÓRNIA.

– Epa, espera aí. O que está acontecendo? – pergunta Liam, e segura o meu ombro para me impedir de ir embora. Encolho os ombros, mas ele segura com força. – Precisa que eu ligue para alguém ou coisa assim?

– Não. Sabe do que eu preciso? Que você e a sua namorada me deixem em paz, inferno!

Estou furiosa, talvez não com o Liam, se bem que isso não parece relevante no momento. Os ataques da Gem e da Crystal eram mais sutis e idiotas: contra as minhas roupas ou os adesivos no laptop. Tanto faz. Agora, depois de eu ter falado por dois minutos com o Liam numa festa, o bullying ficou totalmente diferente. Desculpe, mas esse papinho realmente não é nem um pouco empolgante. E de uma vez por todas não vale a pena.

Por um segundo faço o jogo que às vezes me acalma: *O que eu faria agora se estivesse em Chicago e não tivéssemos nos mudado?* Estaria numa reunião do jornal, ou talvez num encontro sobre o livro do ano, recortando fotos e escolhendo fontes. Não estaria feliz, não. Mas não estaria me sentindo assim.

– Do que você está falando? – Liam parece confuso.

Eu me pergunto se ele não é meio tapado. Segundo a Dri, ele e a Gem estão namorando há seis meses, ou cinco meses e 29 dias a mais do que ele deveria ter precisado para perceber que a namorada é uma vaca.

Liam tira o Earl do ombro, apoia-o no chão perto de um carro Tesla. Sério, algum aluno do Wood Valley dirige a porra de um Tesla. Quem são essas pessoas, cacete?

– Esquece. Por favor, só me deixe em paz. Está falando comigo? Isso é o oposto de ajudar – digo.

– Não estou entendendo.

– Quer saber por que estou chateada? Pergunte à Gem – peço, e finalmente, finalmente termino de dar os últimos passos até o meu carro.

– Espera! – diz ele. – Você vai... tipo... trabalhar hoje à tarde?

Claro que não vou de carro nem de avião para Chicago hoje. Não haverá placas, literais ou não. Fugir é mera fantasia. Primeiro preciso economizar, já que mal tenho dinheiro para encher o tanque de gasolina.

O meu corpo desinfla – não haverá fuga, nem há como me esconder.

Isto, bem aqui, é a minha vida.

Isto.

– É, vou.

Entro no carro, saio da vaga de ré tão rápido que me pergunto se deixei marcas de pneus.

Espero até que a escola esteja pequena, no retrovisor, antes de começar a chorar.

AN: assisti a *Footloose* ontem. as duas versões. em sua homenagem.

Eu: E?

AN: não fazem sentido. não é possível que exista uma lei local que proíbe a dança. seria uma restrição à liberdade de expressão constitucional, para não mencionar toda aquela coisa da separação entre estado e igreja.

Eu: Gemido.

AN: e ainda que a gente desconsidere a descrença nesse ENORME furo do roteiro... bem...

Eu: O QUÊ?!?!

AN: simplesmente não são filmes muito bons.

Eu: Diga como você se sentiu de verdade.

AN: mas, mesmo assim, de algum modo gostei da ideia de você gostar deles. faz sentido?

Eu: Nem um pouco, mas aceito. Estou tendo um dia de merda. Pensando em voltar para Chicago.

AN: NÃO!

Eu: Rá. Adoro quando usa maiúsculas. E o seu dia?

AN: a minha mãe não saiu do sofá nem uma vez. levei o almoço para ela. ela não comeu. até agora nem olhou para mim.

Eu: Sinto muito. Eu gostaria de poder ajudar. E o seu pai?

AN: está falando em mandá-la para uma clínica de reabilitação, mas, honestamente, o verdadeiro problema não são as drogas. quero dizer, são, mas são mais um sintoma do problema real.

Eu: Como assim?

AN: ela perdeu uma filha. a gente não supera isso com facilidade.

Eu: Mas ela ainda tem você.

AN: por que o seu dia foi tão ruim?

Eu: Nada importante. Só um daqueles dias.

AN: não vá embora de Los Angeles, por favor. você não pode. promete?

Faço uma pausa. O que significa fazer uma promessa a Caleb? Nós superamos sua rejeição ao meu convite para tomar um café, simplesmente mergulhamos mais fundo, como se isso jamais tivesse acontecido. Mesmo assim eu estaria mentindo se não admitisse que a total indisposição dele para sair comigo na vida real me magoa.

De novo hoje ele não me cumprimentou no corredor. Só outro aceno com o celular.

Digo a mim mesma que é porque ele tem medo de arruinar a nossa conversa interminável, mas me digo um monte de coisas em que não acredito de verdade.

Por isso minto.

Eu: Prometo.

Quando chego ao trabalho, a mãe do Liam está atrás do balcão. Fico aliviada por não ter de encarar o Liam. Em vez de dizer olá, ela me entrega uma caixa de livros e pede que eu os coloque na estante.

– Claro – digo, examinando a pilha.

Um monte de guias financeiros. *Milionário da noite para o dia. Vença o mercado. Dinheiro agora.* Vou até a estante que a mãe do Liam intitulou ENRIQUEÇA RÁPIDO! e começo separar os livros em ordem alfabética por sobrenome de autor. Por um segundo penso em pegar um para o meu pai, mas logo lembro que (1) nós não estamos mais nos falando e (2) o meu pai poderia escrever um desses livros, só que seria meio curto: *Case-se com alguém rico.*

– Gosto do seu espírito proativo – diz a mãe do Liam, depois que coloco tudo na estante rapidamente.

Faço qualquer coisa para me manter ocupada. Ela dá o sorriso do Liam para mim. Trabalho aqui há semanas e não consigo lembrar o nome dela. Só penso nela como a mãe do Liam ou, às vezes, acho, Sra. Sandler. Aposto que, se a encontrasse em outro lugar, não relacionado com a livraria, não iria reconhecê-la. Ela se parece bastante com as mães da minha cidade: cabelo simples, tudo maximizado para a eficiência, não necessariamente para a atratividade. Como uma mãe verdadeira, e não como uma atriz envelhecendo.

Tento pensar no sorriso de Caleb, mas não sei bem se já vi. O que faz sentido, pois AN não é exatamente do tipo risonho. Mas posso facilmente visualizar o sorriso do Ethan; ele se desdobra no rosto, da esquerda para a direita, como uma frase perfeita.

Sem dúvida preciso parar com essa obsessão pelo Ethan. Não está saudável.

– Você está bem? Você parece meio... borrada – diz a Sra. Sandler, me entregando um lenço de papel. – Quer falar sobre isso?

Droga. Esqueci que passei rímel hoje de manhã. Apesar dos meus protestos de que a maquiagem e eu não somos amigas, Agnes havia garantido que passar uma escovinha nos cílios mudaria a minha vida. Agora simplesmente não está claro o que é rímel e o que é hematoma.

– Na verdade, não.

Eu me pergunto se a Sra. Sandler gosta da namorada do filho, se conhece a Gem. Será que o Liam precisa manter a porta do quarto aberta quando ela vai lá? De algum modo, duvido. Essas são regras antiquadas do Meio-Oeste, não se aplicam a Los Angeles, onde os jovens fumam maconha de forma deliberada, dirigem carros recém-saídos da concessionária e têm pais que pagam para tirá-los de encrenca. A mãe do Liam provavelmente compra camisinha para ele, faz piadas enquanto come sushi, dizendo que não quer que ele faça nenhum Lianzinho.

Penso na mãe do Caleb, deitada no sofá, tão doidona que nem se preocupa em almoçar. O que ele levou para ela? Imagino como será a mãe dele, se ela também é alta e bonita. Se ela também prefere usar cinza.

– Está melhor? – pergunto depois de limpar o rosto, e me viro para a Sra. Sandler.

O lenço de papel está preto, provavelmente um pouco salgado agora, também.

– Muito. Você é mesmo uma garota linda. Por dentro e por fora. Sabia?

– Ah, obrigada? – digo, ou pergunto.

Penso que é estranho ser chamada de feia e linda, duas palavras que ouço raramente, no mesmo dia. A primeira porque a maioria das pessoas não é tão má nem tão sincera, a última porque nunca se aplicou a mim. Hoje a Agnes me chamou de gata – outra palavra que nunca tinha sido usada para me descrever –, mas penso em gata como algo totalmente diferente de linda. Gata parece ter a ver com os caras gostarem de você. Linda tem a ver com gostarem da sua aparência.

Claro, a mãe do Liam tem idade suficiente para achar todas as garotas de 16 anos lindas. Gem, por outro lado, me vê através de olhos mais límpidos.

– Pode tirar a tarde de folga, se precisar – diz a mãe do Liam.

Sua gentileza quase dói. Faz eu lembrar que, quando eu for para casa, será para a casa da Rachel. A minha mãe não estará lá para me acalentar e me tirar disso. Não existe mais uma pessoa no mundo que se interessa por tudo que eu tenho a dizer simplesmente porque as palavras saem da minha boca. Scar tenta, mas não é a mesma coisa.

A minha mãe não vai fazer uma xícara de chocolate quente com minimarshmallows e não vamos dividir cookies, mais de uma dúzia para as duas, uma recompensa reservada para os dias ruins. A minha mãe não era rigorosa comigo, então eu ganhava os cookies mesmo quando tirava um 8 num teste de matemática em que eu tinha achado que tiraria 10 ou perdia a minha pulseira predileta. Por outro lado, no caso dela, a gente só seguia o ritual da recompensa quando ela precisava de ânimo, nas piores ocasiões: um diagnóstico de câncer, ou mais tarde uma contagem baixa de células T. A palavra "metástase" usada por um médico depois de olhar uma foto em preto e branco das suas entranhas.

Às vezes eu fazia o chocolate e bebia por nós duas. Comia todos os cookies.

– Obrigada, mas, pra ser sincera, eu preciso do dinheiro.

Visualizo mentalmente o porão dos pais da Scarlett. Não é um lar, nem de longe, mas é mais próximo disso do que o que eu tenho agora. Um grande sofá em L e uma TV gigantesca, do século passado, tão profunda quanto alta. Uma levíssima sugestão de mofo no ambiente, quase encoberta pelo cheiro de roupa lavada. Não seria tão ruim. A escola seria familiar e fácil depois do Wood Valley. Eu teria a Scarlett de volta, talvez até o meu velho emprego no Rei das Vitaminas. O meu pai mal notaria a minha ausência. Eu poderia fazer isso. De verdade.

Eu: O sofá do porão dos seus pais estaria disponível, talvez no próximo semestre?

Scarlett: Sério?

Eu: Sério.

Scarlett: ABSOLUTISSIMAMENTE. Se bem que talvez você precise limpá-lo antes.

Eu: Por quê?

Scarlett: Digamos apenas que é onde Adam e eu gostamos de... bom... de brincar.

– Então está tudo bem? Você vai a algum lugar? – pergunta a mãe do Liam, interrompendo o meu intenso fluxo de digitação.

Sem dúvida eu deveria guardar o telefone e terminar de pôr os livros nas estantes. Hoje não é o dia para ser demitida.

– Desculpe? – pergunto.

Ela aponta para trás de mim, e só então, quando vejo para onde ela está apontando, noto que inconscientemente migrei para a seção de viagens.

Capítulo 23

Pai: Podemos conversar esta noite, querida?

Faço uma pausa. Desde a nossa briga das panquecas, há oito dias, tenho conseguido evitar o meu pai. Nem ao menos cruzei com ele nos corredores da casa da Rachel. Esta é a primeira iniciativa que ele toma em direção à paz, mas dane-se. Por que eu deveria sempre me adequar à programação dele? Estar disponível quando é conveniente para ele? Ser a boa filha que torna as coisas fáceis e simples? Ser companheira, aquela que tenta fazê-lo se sentir melhor com relação às próprias escolhas ruins?

Sem condições.

Ele se casou com a Rachel. Essa função é dela agora.

Não tenho nada para dizer a ele.

Eu: Desculpe, vou trabalhar até tarde.

Pai: Estou com saudade.

Não, não tenho nada a dizer.

Capítulo 24

Então chega o Dia da Doação do Wood Valley. Aceito a sugestão de AN e uso os meus tênis Vans, principalmente porque não tenho nada parecido com botas de trabalho e está quente demais para as minhas botas de inverno, que são confortáveis e feias como o diabo, e que certamente fariam a Gem chorar de alegria ao ver a facilidade com que me torno um alvo. Uso a velha camiseta da minha mãe da Universidade de Illinois, lavada tantas vezes que as letras estão desbotadas, e uma calça jeans rasgada, e prendo o cabelo num rabo de cavalo. Nem um pouco chique, mas acho que um dia dedicado ao trabalho físico e comunitário não exige nada sofisticado, nem mesmo no Wood Valley. Passo um pouco de corretivo na parte de cima do nariz, cobrindo o hematoma. Lição aprendida: nada de rímel.

Hoje a escola está fechada; em vez de irmos para as nossas salas normais, devemos nos apresentar para o trabalho na sede do Hábitat Para a Humanidade. Pela primeira vez, o Theo quis que fôssemos de carro juntos, já que estava preocupado com a hipótese de se perder e ser sequestrado, ainda que o bairro não pareça muito diferente do lugar onde cresci. Aparentemente esse local necessita com urgência de 200 jovens ricos que jamais encostaram a mão numa ferramenta.

A nossa tarefa é erguer a estrutura de uma casa.

Alguém não pensou nisso direito.

Gem está aqui. Sim, porque ela e a Crystal estão em todo lugar, e não posso fazer nada com relação a essa onipresença. Ela usa uma regata com buracos enormes para os braços, e por baixo um top de ginástica cheio de lantejoulas, uma dessas coisas que provavelmente não deveriam existir, mas pelas quais o um por cento mais rico da população está disposto a pagar enormes quantias de dinheiro. A blusa traz as palavras THUG LIFE, e não, não estou de brincadeira.

E ainda que o lugar seja bem grande – uma casa inteira será construída no terreno –, por algum motivo a Gem é atraída para o que odeia, então me encontra. Vem na minha direção, tão perto que eu não deveria ficar surpresa ao sentir o seu ombro trombar no meu. No entanto fico. A dor é aguda e perversa, e imagino que doa tanto nela quanto em mim.

Talvez mais, já que ela é ossuda.

– Com licença – diz ela, cheia de indignação justificada.

Theo e eu acabamos de chegar, por isso ainda não consegui encontrar as minhas amigas, para pelo menos me cercar da minha equipe feminina totalmente ineficaz. Não que a Dri e a Agnes pudessem fazer algo, mas enfim.

O que a Gem quer de mim? Uma cena? Um soco? Lágrimas? Ou será que estou lhe dando exatamente o que quer ao ficar parada e olhando de queixo caído para ela? Nenhuma palavra sai, nem mesmo as fáceis que ela gosta de jogar contra mim.

– É sério isso? – diz Theo, e a princípio acho que ele está falando comigo, e me sinto tão sozinha que sou capaz de chorar, aqui mesmo, agora mesmo. Finalmente fazer o que as pessoas querem. – Se encostar na Jessie de novo, juro por Deus que acabo com você.

O Theo está falando com a Gem, apontando o dedo na cara dela. Ele parece ameaçador, usando a própria versão de roupa para serviço comunitário: camisa de flanela xadrez tipo lenhador, calça jeans impecável de grife, tênis Timberland intencionalmente desamarrados. Ela simplesmente o encara, e vejo o chiclete parado idiotamente em sua boca.

– Pisque uma vez para mostrar que entendeu o que eu disse – ordena ele.

– Deixe pra lá – diz Gem, no instante em que o Liam se aproxima de nós, todo animado e sem perceber nada, bloqueando a saída dela.

– Oi, pessoal. Feliz Dia da Doação do Wood Valley!

Liam sorri para nós, para mim, como se o ontem jamais tivesse acontecido. E como se passar a manhã ao ar livre entre "amigos" fosse divertido. Ele já está segurando um martelo, pronto para construir. Quase consigo ouvir a mãe dele elogiando a atitude "proativa". No palco ele parece um astro do rock. Neste momento, parece um escoteiro. Não sou particularmente fã de nenhum dos dois looks, mas cadê a Dri? Ela adoraria ver isso.

– Liam, mantenha a sua garota na coleira, está bem? – diz Theo, e se afasta, pois o seu trabalho foi concluído, acho.

E apesar de apreciar o apoio, estou mortificada. E fico imóvel feito uma idiota.

– Do que ele está falando? – pergunta Liam a Gem, mas então noto que ele está olhando para mim.

– De nada – respondo, e então vejo Caleb do outro lado do gramado, olhando para o celular.

Dane-se. O meu primeiro instinto foi mandar uma mensagem para AN, já que ele sempre me anima, mas posso falar diretamente com ele. Estou abalada demais para alimentar esse anonimato absurdo. Também me ocorre que Caleb pode ser a única pessoa que saiba de verdade o que está fazendo. Ele construiu uma escola, afinal de contas.

– Até mais tarde, Liam.

Atravesso o gramado e ouço vagamente ele e a Gem começando a discutir.

– Oi! – digo assim que chego na frente de Caleb.

Em vez do uniforme de sempre, ele está usando um moletom da USC, jeans com manchas de tinta e um boné bem enfiado na cabeça, como se quisesse disfarçar a bela aparência. Ainda é um boneco Ken, só que na versão construtor. Comento com ele:

– Sempre ao telefone.

Sorrio, o mais perto que chego de flertar, que é uma forma de falar com duplo sentido, acho. Espero que ele não veja os meus hematomas.

– É – diz ele. – Ainda bem que o Liam achou o celular na festa. Não sei como eu viveria sem ele.

– Ufa – suspiro, e limpo a testa com a mão num gesto exagerado. Estou parecendo uma imbecil.

– Quanto àquele café... – diz ele.

– Como eu disse, não precisamos. Eu só...

Quero dizer: *gosto de falar com você todos os dias. Fico ansiosa pelas suas três coisas. Penso em você. Muito. Vamos tornar isso real.*

Mas, claro, não digo. Por algum motivo ele quer manter a separação virtual.

– Mas eu gostaria mesmo de sair com você. Vai ser divertido orientar uma novata. Que tal na quinta, depois das aulas?

– Claro – respondo.

– Ótimo – diz ele, e acena de novo com o celular, aquele estranho sinal de *vamos trocar mensagens depois.*

Fico me sentindo mal com o fato de ele ter me descartado. Ele obviamente não quer ficar batendo papo comigo. Mas um minuto depois o meu telefone vibra.

AN: salvando o mundo, um prego de cada vez.

Eu: Vou dormir bem esta noite sabendo que fiz a minha boa ação do ano.

AN: o seu sarcasmo é cativante.

Eu: É mesmo?

AN: é, é sim.

Dri me abraça como se não tivéssemos nos visto há menos de 24 horas e como se ela não tivesse me mandado dez mensagens na noite passada só para se certificar de que eu estava bem. Obviamente ela se sente mal por não ter me ajudado ontem, mas o que poderia ter feito? Eu é que me permiti levar uma rasteira.

– *Adoro* o DDWV. Prefiro isso a assistir às aulas – comenta ela, e olha para o Liam, agora sem camisa, numa escada exibindo uma impressionante barriga quase tanquinho e algumas sardas. – Não é uma paisagem ruim.

– Eu sei. Ela só tem um assunto – diz Agnes, com um olhar de desculpas. – Soube do drama com a Gem ontem. Quer que eu chute a bunda dela?

– Seria divertido ver isso, mas não, obrigada. – Penso em quantas pessoas se ofereceram para dar um chute numa bunda por mim desde que eu me mudei para cá, e fico agradecida. Mesmo desejando que não precisasse ser defendida, é bom saber que tem gente me apoiando. – Hoje o Theo foi o meu cavaleiro com armadura brilhante.

– Sério? O Theo? – pergunta Dri.

– É. Estou quase tão chocada quanto vocês.

– A família vem em primeiro lugar – aponta Agnes.

– Talvez venha – retruco, olhando para o Theo, que encontrou a Ashby, cujo cabelo não está mais cor-de-rosa, mas de um branco chocante, e os dois riem no limite da área de construção, totalmente despreocupados com relação a participar dos acontecimentos do dia. Na verdade tenho quase certeza de que ele está enrolando um baseado grande e grosso.

O almoço é um bufê completo, servido em bandejas de alumínio sobre rechauds. Nada daquela bobagem de lanche em sacolas. Quase parece que a Glória esteve aqui – talvez seja a doação da Rachel para o DDWV. Mas não, o responsável foi o pai da Gem. Há até um cartão na mesa dizendo *Obrigado à família Carter por este banquete orgânico!*

Merda. Eu me pergunto se isso significa que não posso comer.

– É isso aí. Não deixe que ela atrapalhe você – diz Ethan, e dou um pulo tanto pelo fato de não ter percebido que ele estava atrás de mim quanto pelo fato de ele ter lido a minha mente.

– Sei que é idiota, mas...

– Não, não é idiota, mas, se a comida for tão boa quanto no ano passado, garanto que você não vai querer perder. Mesmo se o motivo for orgulho.

– Não é orgulho, é não querer dar a ela outra razão para chegar perto de mim.

– Sério? Achei que você fosse mais forte – comenta ele, que em seguida pega dois pratos e os enche de comida. Entrega um a mim.

– O que fez você pensar isso? – pergunto.

Ele dá de ombros, sinaliza para eu segui-lo, e claro que sigo. Notei que o Ethan tem a capacidade de encontrar um lugar e torná-lo seu, e conseguiu fazer isso até aqui, apesar de só estarmos passando um dia no local da construção. Ele se senta no chão atrás da meia parede da futura cozinha e à sombra de um enorme pé de toranja. Longe do resto da turma, embora não totalmente fora do campo de visão, numa direção em que ninguém pensaria em olhar.

– Olha, sinto muito pelo que aconteceu ontem – lamenta Ethan.

– Por quê? Você não fez nada – digo, e também começo a comer.

Ele está certo: a comida é deliciosa. Cheeseburgers, se bem que o queijo não é amarelo nem processado, e provavelmente tem algum nome francês que não sei pronunciar, e o hambúrguer só parece um hambúrguer no formato. *Kobe beef*, segundo a bandeirinha minúscula enfiada no centro, como se essa designação fosse um pequeno passo para um homem, um salto gigantesco para a humanidade.

É o mundo da Gem, penso, não pela primeira vez. *O resto de nós só tem permissão de viver nele.*

– Exato. Eu fico aqui sentado ouvindo aquelas garotas dizerem merdas idiotas e só finjo que não ouço porque é tudo tão imbecil que não parece valer a pena. Mas não sei. Eu deveria ter dito alguma coisa. E queria ter visto o pé dela.

– Você não tem obrigação de me proteger – digo, e num reflexo levanto a mão e aperto o hematoma.

– Mesmo assim. Eu deveria ter ajudado. Dói? – pergunta ele, e a sua mão se move como se fosse tocar o meu rosto, então ele pensa melhor e a leva de volta para o lado do corpo.

– Um pouco – admito.

– Você merece... não sei... – Ethan dá de ombros, e por um momento acho que ele pode estar ficando vermelho. Ouço a Agnes e a Dri na minha cabeça: *Ele é meio danificado. Nunca namorou ninguém no Wood Valley.* – Não que...

– Sabe o que eu mereço? Um 10 em inglês – digo, e que a Gem se ferre, porque Ethan e eu brindamos com os nossos cheeseburgers gourmet.

– Obrigada – digo mais tarde ao Theo, voltando para casa, enquanto passamos por casas pequeninas e minishoppings com placas escritas em coreano, lava-rápidos e uma variedade enorme de franquias de lanchonetes. Um milhão de hambúrgueres não *Kobe* para escolher.

– Não foi nada.

– Bom, agradeço muito, não precisava.

Finjo estar concentradíssima enquanto faço uma curva difícil à esquerda, mas na verdade estou tímida. Esse agradecimento soa mais como se eu estivesse me desculpando, mas não sei por quê. Recentemente, a minha existência parece ser um fardo para todas as outras pessoas.

– Uma vez a Gem me chamou de bicha – conta ele, tão devagar que a princípio não sei se ouvi direito.

– Sério?

– É. Quero dizer, foi há um milhão de anos, e na verdade foi a primeira vez que ouvi essa palavra. Por isso fui pra casa e perguntei ao meu pai. Na verdade disse a ele: "Papai, o que é uma bicha?"

Theo olha pela janela, a mão encostada no vidro, como uma criança numa viagem longa, desesperada por uma conexão humana com os outros passageiros na estrada.

Não existe nada mais solitário do que uma mão no vidro. Talvez porque tão raramente haja reciprocidade.

– O que o seu pai respondeu?

Fico curiosa com relação ao pai do Theo, para saber se a Rachel tem algum tipo preferido. Imagino um cara maior do que o meu pai e mais bonito, vestindo camisa com pequeninos jogadores de polo e calça cáqui passada pela Glória. Não há fotos dele pela casa, o que seria esquisito, mas percebo que no geral não há muitas fotos. Como se o Theo tivesse chegado à vida quase adulta nessa forma atual, sem ter de provar que já foi um bebê sardento.

As paredes da minha casa antiga eram cobertas por fotos da minha família. Cada foto minha da escola era emoldurada e posicionada em ordem cronológica, até aquelas em que eu estava de olhos fechados, com rabo de cavalo malfeito ou naquela fase horrível em que eu usava aparelho e era gordinha. A minha própria linha do tempo levando ao andar de cima.

Mas, vai saber, talvez a Rachel ache que as fotos de família – assim como qualquer coisa que tenha cor – não combinam com a decoração.

– Na verdade o meu pai foi fantástico. Falou que não é uma palavra legal, que existem palavras melhores para garotos que gostam de garotos. E disse que não teria problema se um dia eu decidisse que gostava de garotos também, e que tudo bem se eu não gostasse. Que ele me amava de qualquer jeito... – A voz do Theo fica embargada. Não olho para ele, mantenho a atenção na estrada. Espero. – Eu tive muita sorte. Digo, nunca precisei me assumir para os meus pais. Eles sempre souberam, e sempre foi tranquilo, ou até melhor do que isso. Não era uma coisa que precisava ser avaliada. Simplesmente era. Tipo ter cabelo castanho.

– O seu pai parece ter sido um cara bem legal.

Theo confirma com a cabeça.

– Você já desejou que tivesse sido o contrário? – pergunta ele.

– Como assim?

– Quero dizer, se fosse o seu pai, em vez de a sua mãe?

– Honestamente, o tempo todo.

– O coração da minha mãe iria se partir, tipo, literalmente, se ela me ouvisse dizendo isso, mas ele me entendia. Em simplesmente tudo.

– O meu pai sabe que eu trocaria se pudesse, acho. Talvez por isso ele nunca mais queira passar um tempo comigo. Porque vê isso na minha cara.

Enquanto estou falando, percebo que não é bem verdade. Só penso que ele acha a Rachel mais interessante do que eu.

A minha mãe ficou doente mais ou menos na época em que eu deveria parar de querer ficar perto dos meus pais – quando o puxão deveria se transformar num empurrão –, e no entanto isso não aconteceu. Eu não só amava a minha mãe, eu gostava dela. E apesar de ela ser apenas geneticamente obrigada a me amar, tenho quase certeza de que ela também gostava de mim.

– Talvez você faça com que ele se lembre da sua mãe, e ele esteja tentando seguir em frente – sugere Theo, e é lindo ele defender o meu pai.

– Talvez – digo, mesmo não achando que isso seja verdade.

A minha mãe e eu não nos parecíamos nem um pouco. Ela era corajosa e falava o que pensava, mais como a Scarlett do que como eu. E costumava brincar dizendo que, se não tivesse me visto sair de dentro dela, não acreditaria que eu era sua filha. Nós éramos opostas em todos os sentidos.

Eu não faço o meu pai se lembrar da minha mãe, sei disso, mas pela primeira vez me pergunto se ele também não trocaria a mim pela minha mãe, se tivesse chance.

– Você e o Ethan são amigos, né? – pergunta Theo, aparentemente sem motivo, mas fico feliz com a mudança de assunto.

Não quero pensar nos meus pais nem no pouco controle que temos sobre a nossa própria vida.

– É, acho. Mais ou menos. Não sei – respondo.

– Vi vocês dois lanchando juntos.

– Estamos fazendo um trabalho de inglês em dupla. O negócio do *A terra desolada*.

– Certo. É só que... sem querer dar uma de irmão mais velho...

– Tenho quase certeza de que eu sou mais velha.

– Tanto faz. Mas tenha cuidado com ele. Não estou tentando criar climão nem nada, mas tenho a sensação de que ele é... encrenca.

– Tipo a música da Taylor Swift, "I Knew You Were Trouble"? Ou tipo sério?

"Danificado" foi a palavra que a Dri usou, o que o faz parecer um iPhone com defeito.

– Não sei. Podem ser só boatos. Mas acho que ele pode estar metido numa merda pesada. Tipo o irmão dele.

– Como assim? Com drogas?

O irmão do Ethan deve ser mais velho e morar em outra casa. Ethan nunca falou sobre ele. É engraçado como, já que não tenho irmãos, nem tios ou tias (meus dois pais eram filhos únicos), sempre me esqueço dos irmãos dos outros. Parece pouco natural para mim a ideia de uma família ter mais de três pessoas, moldada numa forma que não é um triângulo. Se bem que, pensando bem, agora a minha é 2D: uma linha.

– É.

– Duvido que o Ethan use drogas.

Claro, não tenho argumento para defendê-lo. Não sei o que ele faz nem aonde vai. Só nesta semana, três vezes o vi sair do colégio antes da hora do almoço, voltando bem a tempo para a aula de inglês. Ele chega atordoado e distante, mas, afinal de contas, sempre parece atordoado e distante. E no palco parecia um total desconhecido, alguém que poderia facilmente passar os dias e as noites ensaiando.

– Espero que esteja certa. Mas ele sempre parece bem estranho, e a família dele é completamente ferrada. Você não faz ideia.

– Estou tão cansada da curva de aprendizado sobre o Wood Valley! – digo, imaginando como seria diferente, como *eu* seria diferente, se tivesse crescido aqui com essas pessoas, se conhecesse a família de cada um, as suas histórias e fases desajeitadas tão bem quanto conheço a minha. Ficar correndo atrás de informações é muito ineficiente.

– Só estou dizendo para ter cuidado, só isso – conclui Theo.

Penso nos olhos do Ethan – as olheiras de um roxo brilhante embaixo, o inchaço das pálpebras, o centro azul luminoso – e me pergunto se sou capaz de ter cuidado. Porque penso naqueles olhos, abertos e me olhando, fechados e dormindo na festa da Gem; penso nas mãos dele preparando um prato para mim, quase tocando o meu rosto arrebentado, e só consigo pensar em quanto quero beijá-los: os olhos, as mãos também.

Ele inteiro.

As suas partes danificadas.

Ele inteiro.

Capítulo 25

Eu: Batata frita ou batata chips?

AN: fácil. frita, sempre. ketchup ou molho de salada?

Eu: Ketchup. Harry Potter: os filmes ou os livros?

AN: você não vai gostar da minha resposta... mas, honestamente? os filmes.

Eu: Sério?

AN: eu sei, eu sei. a gente nunca deve admitir que gosta mais do filme do que do livro, mas qual é? duas palavras: Emma Watson. Starbucks ou Coffee Bean?

Eu: Starbucks.

AN: eu também.

Eu: *Star Wars* ou *Star Trek?*

AN: NENHUM DOS DOIS.

Eu: ☺ Eu também.

Quando chego em casa e encontro a Rachel no meu quarto, lembro que este não é o meu quarto. É o quarto de hóspedes da Rachel, e o fato de eu dormir aqui confirma o que já sei: sou uma mera intrusa. Olho em volta, tentando lembrar se deixei o laptop aberto. Não preciso que ela veja as minhas trocas de mensagens com AN ou, Deus me livre, o meu histórico no Google, que tem um número alto demais de perguntas que começam com "É normal...". Ufa, ele está fechado, os adesivos visíveis mesmo da porta. Não, não há nada para ela ver aqui. Sutiãs e calcinhas nas gavetas, a roupa suja numa caixa de vime que Glória teve a consideração de providenciar. Os meus absorventes internos também estão escondidos. Até a escova de dentes está guardada no armário do banheiro, banida, com toda a minha maquiagem, de modo que as bancadas da Rachel permanecem vazias, a não ser pelos sabonetes metidos a besta.

– Ah, oi – diz ela, fingindo que não estava olhando a única coisa que tenho à mostra: a foto em que estamos eu e minha mãe. – Estava esperando você.

– Certo – falo, fria mas não sem educação.

Estou furiosa com o meu pai, o que agora, por extensão, pode incluir a Rachel, mas não sei como funciona essa coisa de madrasta.

Em geral, os meus pais eram uma unidade e tinham muito pouca paciência quando eu tentava jogar um contra o outro. Normalmente, se eu estava com raiva de um, ficava com raiva dos dois. Mas a Rachel ainda é uma estranha. Os seus votos matrimoniais não foram suficientes para mudar isso.

– Seu pai disse que você não está falando com ele – diz ela, e se senta na minha cama, ou na dela, sei lá.

Está sentada onde eu durmo, e eu preferiria que ela não fizesse isso.

– Não sei bem se esse assunto é da sua conta – comento, e me arrependo na hora.

Apesar dos acontecimentos recentes com o meu pai, não sou de confrontar. Quando alguém tromba comigo no corredor, o meu reflexo é pedir desculpas.

Mas talvez eu não tenha que pedir desculpas nenhuma. Quem é ela para se envolver nisso? Não fui eu que me casei com ela.

– Está certa. Isso é entre seu pai e você. Eu só queria lhe dar isto. Bom, nós queríamos entregar juntos, mas o seu pai achou que, se a ideia era minha, eu é que deveria... Bem, está aqui. – Rachel me entrega um pedaço de papel dobrado.

– O que é isto? – pergunto, imaginando se é uma carta de despejo ou algo assim.

Um olhar rápido deixa claro que não é um cheque. Droga. Poderia ser útil.

– Abra – ela pede, e eu abro.

É uma passagem de avião: de Los Angeles para Chicago, no próximo fim de semana. Ida e volta.

– Não entendi.

– Nós achamos que talvez você quisesse visitar sua cidade. Ver a Scarlett, passar uns dias com os seus velhos amigos. Ouvi dizer que você estava com saudade de lá – explica ela, e pega a foto, uma decisão consciente de olhar a minha mãe comigo e deixar claro que está olhando.

Ela examina os detalhes: eu me agarrando à perna de mamãe como a uma âncora. Ou talvez a Rachel não esteja olhando para mim, mas tentando ter uma noção de como era a minha mãe, a primeira mulher do seu marido. Quero que ela largue a foto – não gosto dos seus dedos deixando manchas minúsculas.

– Quem disse que eu estava com saudade de lá? – pergunto, e é uma pergunta idiota.

Claro que estou. Às vezes a saudade é tão grande que até fico maravilhada com a precisão da palavra, com a forma como o sentimento me domina como um vazio no estômago. Violento, implacável. Sem cura, só esperando que passe.

– Os pais da Scarlett ligaram para o seu pai – conta Rachel, e finalmente, finalmente, coloca a minha foto no lugar.

Preciso de toda a força de vontade para não virar o porta-retratos para a cama, em vez de para a porta. Limpar o vidro, apagar as digitais dela, reivindicar a foto como minha.

– Mas como poderia não estar? Isso tem demandado uma adaptação gigantesca. Para todos nós.

Será que o que passa rapidamente pelo seu rosto é arrependimento? Será que ela preferia não ter se casado com o meu pai, que houvesse um modo fácil de desfazer o erro dos dois?

– Espera aí, o quê?

Os pais da Scarlett ligaram para o meu pai? Contaram a ele sobre os meus planos de morar no porão deles? O que a Scarlett contou a eles? Não sei se eu deveria ficar com raiva ou empolgada, porque neste momento tenho nas mãos uma passagem de avião que vai me levar daqui para casa, para a Scarlett e para uma vida familiar, em menos de seis horas. Não viemos para cá de avião quando nos mudamos. Em vez disso papai e eu fizemos uma caravana com os nossos dois carros, passando por um número enorme de estados. Um mundo plano e desprovido de vida: quilômetros e quilômetros de nada além de poeira. Uma parada ocasional num McDonald's para comer e fazer xixi, um posto de gasolina para encher o tanque, um hotel barato para dormir. A minha mente em branco e vazia como as estradas. Entorpecida como AN se sente ao jogar Xbox.

O meu pai e eu mal nos falamos durante a viagem. Ele pode ter tentado, não sei. O assunto Rachel só foi abordado uma vez, num almoço como se ele estivesse respondendo a uma pergunta que eu não tinha feito.

– Rachel é uma mulher extraordinária. Você vai ver. Não se preocupe, você vai ver – disse ele, apesar de eu não ter dito que estava preocupada. Eu não tinha dito coisa nenhuma.

– Parece que a mãe da Scarlett disse que estava preocupada com você. E, francamente, eu também estou – comenta Rachel agora. – Vá. Aproveite, e depois volte para nós revigorada. O seu pai... Bom, ele salvou a minha vida. Ele é totalmente real, normal, e entende o que eu passei, e eu não poderia ser mais grata por isso. Nós somos muito diferentes, mas juntos ficamos mais fortes. Inteiros. Mas não quero que você pense que eu não sei que isso, tudo isso, teve um custo para você.

Ela está tranquila. Pela primeira vez a sua voz tem um nível normal de decibéis.

– Todo mundo nesta casa sabe como é difícil recomeçar – conta.

Olho a minha passagem. Parto na sexta-feira de manhã, volto no domingo à noite.

– E a escola?

– Theo vai mandar a matéria para você por e-mail, e vamos informar aos professores que é uma falta justificada. Você merece.

Rachel dá um tapinha ao seu lado na cama, me convidando para sentar. Agora percebo que eu já estava arrumando as malas, na segunda volta que dou pelo quarto.

Sento-me, olho para a passagem. Café com AN/Caleb na quinta-feira, tirando a máscara, espero, e depois vou embora. Vou perder o meu encontro semanal do *A terra desolada* com o Ethan, mas ele vai entender. Scarlett e eu vamos assistir a programas de TV ruins, fazer pipoca de micro-ondas e comer pizza de verdade, não essa bosta com massa integral da Califórnia. Vou falar e ela vai escutar, e não haverá necessidade de explicar tudo; nós nos conhecemos há tempo demais para isso. Até quero beber aquele chá-verde que a mãe dela sempre faz, que eu achava que tinha gosto de mijo mas que agora me faz lembrar de casa.

– Obrigada – digo, e me forço a encarar Rachel. O meu pai não teria essa ideia, percebo. Meu pai não costuma fazer gestos grandiosos, ou pelo menos não costumava antes de ele se casar com a Rachel. E uma passagem de avião nunca foi algo que pudesse ser comprado de modo casual. – Eu...

Os meus olhos se enchem d'água e olho direto para a frente tentando controlar as lágrimas. Aqui, não. Agora, não. Parece que as lágrimas só surgem quando são menos desejadas, quase nunca nas silenciosas profundezas da noite, quando o vazio é tão real que parece um fantasma. Quando as lágrimas se pareceriam um pouco com alívio.

– Sem problema – diz Rachel, que se levanta. – Mas, só para você saber, há uma condição.

Espero. O que ela pode querer de mim? Que eu pague aluguel? Que eu faça as pazes com o meu pai?

– Você precisa voltar.

Eu: Ai, meu Deus! Ai, meu Deus! Ai, meu Deus! Duas noites aí!

Scarlett: Uau! Uau!

Eu: O que você disse aos seus pais? Obviamente eles piraram.

Scarlett: Eles estavam falando em transformar o porão numa academia. Aí eu disse que talvez eles devessem esperar para ver se você iria voltar, e eles tipo: O QUÊ?

Eu: Tudo bem. Eu vou pra casa! Eu vou pra casa!

Scarlett: Mal posso esperar. Aliás, você não se incomoda se a gente ficar com o Adam enquanto você estiver aqui, né? Eu tinha planos com ele para o sábado, e...

Eu: Ah, tudo bem. Claro que não me incomodo.

Scarlett: Talvez eu devesse dar uma festa de boas-vindas.

Eu: Você sabe que eu não sou muito festeira.

Scarlett: Não uma festa-festa. Mais tipo uma reunião.

Eu: QUE MÁXIMO! Vou pra casa!

• • •

Eu: Adivinha só.

AN: adivinha o quê?

Eu: EU VOU PRA CASA. Só por três dias, mas mesmo assim.

AN: !!! fico muito feliz por você. mas...?

Eu: Mas o quê?

AN: VOCÊ VAI VOLTAR, NÉ?

Eu: ☺

AN: emoticons podem significar qualquer coisa. diga: "vou voltar."

Eu: Vou voltar. Na verdade não sei por que você se importa tanto. Não vamos parar de trocar mensagens só pelo fato de eu estar em Chicago.

AN: não é a mesma coisa. e eu gosto de ver você todos os dias.

Eu: Você me vê todos os dias?

AN: o seu rosto é muito expressivo, Srta. Holmes.

• • •

Eu: Oi, preciso remarcar o encontro de sexta-feira. Vou passar o fim de semana em Chicago.

Ethan: "Mas ao voltarmos, tarde, do Jardim dos Jacintos / Teus braços cheios e teus cabelos úmidos, não pude / Falar, e meus olhos se turvaram, eu não estava / Vivo nem morto, nada sabia, / Olhando para o coração da luz, para o silêncio."

Eu: Essa é a minha parte preferida. Entendo isso. Não poder falar. Não me sentir viva nem morta.

Ethan: Eu também.

Eu: Talvez se você dormisse mais...

Ethan: Rá! Você deve estar alucinada pra ir!

Eu: Estou. Mais do que alucinada.

Ethan: Bom. Coma uma fatia de pizza por mim.

Eu: Farei isso. Podemos nos encontrar na semana que vem, para compensar?

Ethan: Claro. Segunda-feira depois das aulas?

Eu: Claro. Até lá você já deve ter decorado tudo.

Ethan: Eu já decorei.

Será que um viciado teria tempo para decorar poemas? Theo tem que estar errado. Ethan não usa drogas. Só é insone e talvez danificado, o que quer que isso signifique. Mas eu sei o que isso significa, porque, quem estou querendo enganar?, eu também estou danificada.

Capítulo 26

Não consigo almoçar. Estou nervosa demais. Em poucas horas vou ter o meu primeiro encontro com Caleb, embora não seja um encontro de verdade, e não sei se pode ser chamado de primeiro, já que nos falamos pela internet o tempo todo. Ontem à noite trocamos mensagens até tão tarde que caí no sono com o computador no colo e acordei com as palavras dele piscando na tela: *três coisas: (1) bom dia. (2) estou com marcas de teclado na cara. dormi no "sdfgh". (3) você viaja daqui a 24 horas e eu vou sentir a sua falta.*

– Não estou engolindo que o Caleb seja o AN – diz Agnes, quando recuso a sua batata frita pela quinta vez, argumentando que estou preocupada com a hipótese de vomitar. – Quero dizer, a Dri está certa, ele é esquisito, mas não sei. Ele não é, sabe, tímido. É tipo o cara mais direto que já conheci.

– Mas eu contei a ele onde eu trabalhava e ele apareceu lá. Eu o vi superdigitando na festa da Gem no momento exato em que estávamos trocando mensagens. E, sempre que falo com ele, ele faz um negócio esquisito de sacudir o celular, tipo "Escrevo pra você", e um segundo depois ele escreve. E ele me disse algo que eu tinha dito. Só pode ser ele.

– Sem dúvida é ele – pondera Dri. – E estou impressionada por você ter dado o primeiro passo. Corajosa. – A Dri não está olhando para nós. Está encarando o Liam, sentado do outro lado do refeitório, longe da Gem. – Será que eles terminaram?

– Não faço ideia – respondo e dou de ombros. – E não me importo.

– Talvez você tenha destruído o Gemian.

– Gemian?

– Gem e Liam. Gemian.

Reviro os olhos para a Dri.

– Quero falar de Jessaleb. Acho que eu saberia se a irmã dele tivesse morrido – diz Agnes, e o meu estômago se aperta.

– Você disse que ele nunca falava sobre ela. – Dri dá uma de multitarefa: fala com a gente e ao mesmo tempo assiste ao show do Liam. Eu me preocuparia com a hipótese de ela estar se expondo demais, só que o Liam não está nem aí. Só espero que a Gem não repare. – E houve boatos.

– Quero dizer, é, eu ouvi dizer que ela era uma gracinha e que tinha um problema alimentar grave, então quem sabe? Mas pensei que os pais a tivessem mandado para um hospital psiquiátrico na Costa Leste, não que ela, tipo, tivesse se matado ou algo assim – relata Agnes.

Seu tom é casual demais, como se estivéssemos conversando sobre um personagem de livro, não sobre a vida de alguém real. Fico pasma pensando em como todos somos insensíveis, como nos sentimos confortáveis diminuindo os problemas dos outros. *Uma gracinha. Problema alimentar grave.* É tão fácil falar!

Eu gostaria de nunca ter falado sobre a irmã dele. Agora sinto que traí o Caleb, que contei segredos que eu não tinha o direito de expor. Fico feliz por nunca ter falado nada sobre a mãe dele.

– Será que ele disse isso metaforicamente? Como se *parecesse* que a irmã dele tinha morrido – sugere Dri, mas faço que não com a cabeça. Caleb não foi nem um pouco vago. – Ou talvez só tenha dito isso para criar uma identificação contigo, sabe, por causa da sua mãe.

Pego a batata frita da Agnes, mordisco devagar e deliberadamente. Mais tarde vou perguntar ao Caleb, se tiver coragem. Nunca desejei que alguém estivesse morto, mas não seria nem um pouco legal se ele tivesse inventado a coisa toda. Não, Caleb perdeu alguém próximo. Nós somos uma equipe secreta, o clube dos parentes mortos, e acho que sei identificar quem está falando a verdade. Ele conta os dias, sabe, *desde*, como eu.

Ninguém conseguiria fraudar uma contagem de dias.

Na aula de inglês, a Gem ocupa o seu lugar sem olhar para mim. Simplesmente vejo as costas eretas, o rabo de cavalo balançando em desaprovação e a ponta da sobrancelha arqueada. A beleza dela é tão clássica, tão unânime, que é quase impossível não olhar. Eu me odeio por isso, mas queria me parecer com ela, encantar sem ao menos abrir a boca. Ter um corpo igual ao dela, com partes esguias e proporcionais, como se fosse sonhado e organizado pelas fantasias de todos os homens.

Eu me pergunto se o Ethan está olhando para ela também. Se ele consegue evitar.

Se, à noite, o Ethan pensa na Gem como eu penso nele.

Tento não fazer isso. Quero dizer, pensar nele. Tentei fazer uma troca, colocar o Caleb onde o rosto do Ethan aparece, mas não funciona. Posso passar os dias trocando mensagens com o Caleb, mas os meus sonhos são com Ethan. Neles, ele está acordado, as mãos ansiosas, os olhos voltados para os meus, neles não tenho medo de sexo, de intimidade, de coisa nenhuma. Neles não me sinto feia nem comparo o meu corpo com o da Gem. Eu me sinto linda, forte e corajosa.

De manhã acordo vermelha, triste, quando o sentimento é varrido pela realidade do dia. Quando lavo o rosto diante do espelho, vejo espinhas, manchas vermelhas, bochechas redondas de bebê.

– Srta. Holmes? – chama a Sra. Pollack, e me pergunto há quanto tempo ela está falando meu nome.

– Ah, sim?

– Poderia responder à pergunta?

De repente lembro que ela estava andando pela sala. Tive avisos suficientes, sabia que eu era a próxima, mas ainda assim de algum modo me perdi em pensamentos. Olho para a Sra. Pollack; ela é bonita, talvez tenha se parecido bastante com a Gem quando estava no ensino médio. Aposto que nunca teve espinha.

– Desculpe, eu... – A turma inteira olha.

A Gem e a Crystal soltam risinhos em dueto e o meu rosto fica quente, uma gota de suor ameaçando escorrer pela têmpora direita. Dou um peteleco nela, tento acalmar o coração acelerado. Em Chicago, o inglês era a matéria em que eu me saía melhor.

– Quero dizer, eu não estava prestando...

– A cena com Raskolnikov em casa com a mãe e a irmã. Como ele é capaz de agir como se tudo estivesse normal, apesar de estar ficando louco por dentro – intervém Ethan.

Apesar de eu não fazer ideia do que ele está falando, o seu comentário satisfaz a Sra. Pollack, que vai para a frente da sala escrever algo no quadro negro.

– Exato – diz ela, lançando um último olhar para mim, me pegando de surpresa.

Porque não é maldade. Nem pena. É uma coisa totalmente diferente: empatia.

– Obrigada – digo ao Ethan depois da aula, assim que estamos em segurança no corredor. – Você me salvou.

– Foi um prazer, Tuberliciosa.

– Espero não arruinar a sua nota com o nosso trabalho. – Ajeito a minha bolsa, que parece pesada demais no ombro. – Especialmente depois de eu meio obrigar você a trabalhar comigo.

– Não estou preocupado.

Ele sorri, por isso me forço a olhá-lo direto nos olhos, banhar-me no azul. Não, não são como os de um serial killer, como pensei a princípio. É mais complexo do que isso. É como uma reunião de muitos. Ouço o alerta do Theo na cabeça e procuro pupilas dilatadas, mas elas me parecem de tamanho normal.

– Que bom – digo.

Não é esperteza. Não é um flerte. Não é nada. Talvez dentro de uma hora eu pense numa frase melhor. Algo engraçado e leve para pontuar a minha saída.

Mas agora: nada.

Ethan coça a cabeça, como se tentasse acordar o cabelo. Sorri de novo.

– Boa viagem amanhã.

– Obrigada.

– Não se esqueça da gente – diz ele, antes mesmo que eu possa ao menos articular uma pergunta.

O que ele quer dizer com a gente? O Wood Valley? Los Angeles? Ele e eu? Ethan já saiu pela porta da frente e está na metade do caminho até o carro.

Espero o Caleb perto da entrada da escola, parada à toa junto à escada. Ele disse para nos encontrarmos às 15 horas; agora são 15h15 e finjo que não estou nervosa com a hipótese de ele não aparecer. Olho a tela do telefone como se estivesse imersa em pensamentos, como se a minha vida dependesse do que estou digitando. Mas na verdade não estou mandando mensagem para ninguém, porque a pessoa com quem normalmente troco mensagens em ocasiões assim é o Caleb. Por isso só estou dedilhando a tela repetidamente. *Por favor, não me dê bolo. Por favor, não me dê bolo. Por favor, não me dê bolo.* Penso em quanto tempo eu deveria esperar e em que momento vai ficar óbvio que sou uma idiota.

Gem passa por mim, porque, claro, se alguém precisa assistir à minha humilhação, tem que ser ela. Por um momento o meu estômago dá um nó com a ideia de que AN seja a Gem, que ele tem sido uma piada às minhas custas, o tempo todo, mas então me controlo e afasto o pensamento. Não, a Gem tem coisas melhores para fazer do que ficar trocando mensagens comigo tarde da noite, mesmo que fizesse parte de uma pegadinha elaborada. A minha amizade com AN é real, mesmo que o Caleb ainda não esteja preparado para me encarar.

– Eu queria que você voltasse para o lugar de onde veio – diz Gem enquanto desce rapidamente a escada, as palavras jogadas por cima do ombro, afiadas como dardos.

– Eu também – retruco, suficientemente baixo para que ela não ouça.

– Eu também o quê? – pergunta Caleb, e agora ele está ao meu lado, e não consigo deixar de sorrir de orelha a orelha.

Ele não me deu bolo. Está aqui, com as chaves do carro penduradas nos dedos compridos, pronto para ir. Vamos tomar café e finalmente conversar, e vai ser fácil como é com os meus dedos rápidos. Por mais estranho que seja confiar nele, eu confio. *Três coisas*, começo a escrever na mente: *(1) Você me entende. (2) Me conte do Kilimanjaro. (3) Você sentiu medo lá em cima?*

– Nada – digo. – Só estava falando sozinha.

– Faz isso com frequência?

– De vez em quando.

Caleb é tão alto que preciso levantar a cabeça para olhá-lo, e o meu pescoço fica arqueado para trás num ângulo infeliz. Talvez mais tarde eu tire uma selfie para saber como ele me vê lá de cima, todo o plano e os declives do meu rosto. Totalmente queixo e sobrancelhas. Não pode ser bonito. Não sou uma Barbie para aquele Ken humano.

– Escute, com relação ao café – diz ele, e o desapontamento me acerta com força total, antes mesmo de ele dizer as palavras.

É isso que você ganha quando é corajosa. É ridículo eu ser tão otimista e desprendida, presumir que isso iria acontecer. Fico me permitindo ser levantada e largada, como um bicho de pelúcia numa daquelas máquinas antigas, com uma garra. Nunca vou ser escolhida, especialmente por alguém com a aparência dele.

– Acho que a gente não deveria.

– Tomar café? Certo. – Quero pegar o meu celular de novo. Mandar mensagem para AN. Escrever o que é tão difícil dizer: *Por que não? Por que ao vivo não sou boa o suficiente para você?*

Penso na espinha no meu queixo, que cobri com maquiagem há apenas meia hora. Penso nos meus braços, moles e branquelos, e não bronzeados e tonificados como os da Gem. Nas minhas sobrancelhas, que, não importa o tempo que eu passe na frente do espelho, sempre ficam ligeiramente diferentes. Nas minhas roupas, que são quase tão indefinidas quanto as de Caleb, mas acho que as garotas não deveriam buscar a indefinição. Na largura do meu nariz – que nunca tinha me incomodado até agora –, no esmalte de unha lascado e até nos lóbulos das orelhas, flácidos demais, como uma fruta pendurada. E, claro, nos meus peitos eternamente frustrantes, que de algum modo conseguem ser ao mesmo tempo pequenos e moles; funis idiotas, tristes, chatos.

Caleb não me verá desapontada. Incorporo o seu jeito casual. Dou de ombros, como se não fosse problema. Impeço que o sorriso se desfaça. Finjo que não sinto o nó no meu estômago, como se alguém tivesse enfiado a mão dentro de mim e apertado-o com uma força hedionda. Rio através da dor – uma dor de verdade, literal, visceral.

– Sabe, por causa do Liam – diz Caleb, e não entendo nada.

Está falando uma língua estrangeira que nunca ouvi. Uma língua exageradamente agressiva e com muita pontuação, maligna simplesmente por causa dos sons das suas letras duras, cruéis.

– Liam? Quero dizer... Espera aí, o quê?

– É que acho que ele vai me levar a mal. E ele é o meu melhor amigo, então, sabe... – diz ele.

Mas não sei. O que o Liam tem a ver com esse encontro?

– Eu ainda... quero dizer, estou confusa. O que ele vai levar a mal? O que o Liam tem a ver com o café?

O meu cérebro emperra de novo. Talvez o Caleb esteja certo, afinal de contas; vamos manter tudo na forma de palavras numa tela, onde é muito mais fácil se expor. Onde as palavras ficam claras e podem ser gravadas, podendo ser examinadas mais tarde, para o caso de um mal-entendido.

– Você sabe que ele terminou com a Gem, né? Por sua causa.

O tom dele é muito casual, como se a notícia fosse um conhecimento básico do Wood Valley. E também como se tivesse pouca coisa a ver com ele.

– Ah, não. Eu não sabia disso, e, bom, se eles terminaram, eu não tive nada a ver com isso. – Engulo em seco, recomeço, vejo que o meu tom de voz parece defensivo, mas não sei por quê. – Quero dizer, ela é uma vaca do cacete, e talvez ele tenha percebido que ela tem sido, sabe, muito cruel, então, indiretamente, acho que isso pode ter, de longe, algo a ver comigo. Mas espera aí, o quê?

Estou tagarelando porque estou nervosa. Paro, deixo o cérebro me alcançar. Ele não está dizendo o que eu acho que está, né? Não. O Liam não pode ter terminado com a Gem porque gosta de mim.

Não, isso é impossível.

Ai, meu Deus. Seguro o papel dentro do bolso. A minha passagem para Chicago. Mal posso esperar por amanhã. Preciso ir para longe, muito longe deste lugar. Penso na Dri ouvindo isso de algum modo, através daquela estranha rede de informações do Wood Valley, da qual não faço parte, e nela pensando que eu traí a nossa nova amizade. Ela sabe que não tenho interesse no Liam, certo?

Nada disso faz sentido. Gem é o tipo de garota que faz *homens*, não somente garotos, mas *homens*, gaguejarem. Não existe um universo em que alguém terminaria com ela por minha causa. A não ser... Será que, de algum modo, o Liam é o AN? Será que temos algum tipo de conexão intelectual que faria com que ele atravessasse aquele abismo intransponível entre mim e a Gem?

Não. Liam é filho único. Não tem irmãs mortas, verdadeiras ou não. E nós não temos uma conexão verdadeira quando conversamos ao vivo. Pelo menos eu acho que não.

Um dia desses, na loja, ele disse que "era fácil conversar comigo" e que eu era "uma boa ouvinte". Pareceram palavras jogadas ao acaso, a coisa certa para dizer a alguém que é meio tímida. Honestamente, não sou tão boa ouvinte assim. Apenas boa em deixar que as pessoas falem.

Não, o Caleb deve ter entendido mal a história.

– Certo, tudo bem, mas não posso me envolver – diz ele, e começa a se afastar.

– Espera – digo, querendo fazer um milhão de perguntas mas percebendo que provavelmente deveria mandar uma mensagem para ele.

É mais direto e eficiente.

– O quê? – Caleb olha de volta.

Está balançando aquele celular idiota outra vez, como se apenas isso me satisfizesse: a promessa de uma mensagem futura.

– Nada – digo. – Só estava falando sozinha.

AN: empolgada com a viagem?

Eu: MAL POSSO ESPERAR PRA SAIR DAQUI.

AN: o dia foi tão ruim assim?

Eu: Eu só... Quer saber? Deixa pra lá.

AN: há algo que eu possa fazer?

Eu: Não, na verdade, não.

Então eu estava errada. Não é mais fácil pôr para fora através de palavras escritas: *Hoje você magoou os meus sentimentos. Não gosto do Liam. Os meus dedos estão cansados disso. Era só um café.*

Ou: *Como você pode gostar tanto de mim nas mensagens e se importar tão pouco comigo pessoalmente?*

Ou talvez, só para ter cem por cento de certeza: *Você é o Caleb, né?*

Eu me deito na cama. Não deveria ser surpreendente que AN não queira ficar comigo na vida real. O meu próprio pai mal queria falar comigo antes mesmo de eu parar de falar com ele.

A autopiedade vem chegando, lenta, furtiva, faminta, o monstro embaixo da cama. Tento não pensar na minha mãe, que sempre se mostrava tão disponível em momentos assim. Um modo de justificar a pena que sinto de mim mesma: a fracassada com a mãe morta. Um atalho tão degradante para ela quanto para mim.

Dri: Ai, meu Deus! Ai, meu Deus! Ai, meu Deus!

Eu: ?

Dri: Eu estava certa! Gemian ACABOU.

Eu: Uau. Que ótimo.

Dri: Acho que esse momento merece mais entusiasmo. E olha isso: ELE QUE TERMINOU COM ELA.

Eu: Hummm. Acho que ele percebeu quem ela é de verdade.

Ela ainda não ouviu a segunda parte. Talvez o Caleb esteja errado. Talvez eu não tenha tido nada a ver com isso. Talvez eu tenha entendido mal o que ele disse. Faria muitíssimo mais sentido. De qualquer modo não vou ser a portadora dessa fofoca ridícula, especialmente porque espero que não seja verdade.

Há apenas dois meses, quando eu almoçava sozinha naquele banco solitário, a ideia de um cara do último ano, qualquer um, me convidando para sair seria não somente inconcebível como empolgante. Mais do que simplesmente lisonjeiro: material para as minhas fantasias de otária. Afinal de contas, ele é o vocalista da banda mais legal da escola. Mas agora o Liam pode ferrar tudo: minha amizade com a Dri, o meu emprego, talvez até as coisas com o Ethan, que sempre fica esquisito quando falo sobre o Liam. E, claro, o Caleb, que agora encontrou uma desculpa conveniente para manter o nosso relacionamento apenas por mensagens.

Essa nova Jessie, a Jessie da Califórnia, vive em terreno instável. Preciso da Dri, do AN e até da Atenção, Lombadas!. Dri se preocupa com a invisibilidade. A minha preocupação é o primo distante da invisibilidade: o fato de que, sem essas três coisas que compõem a minha vida aqui, eu possa simplesmente desaparecer.

Dri: COMO FOI O CAFÉ? Desculpe demorar tanto pra perguntar. Eu estava pirando por causa de L e G.

Eu: Não rolou. Ele cancelou.

Dri: Que pena. Você está bem?

Eu: As coisas são o que são.

Dri: Que zen...

Eu: Sou una com o universo e o universo é uno comigo.

Dri: Dane-se ele.

Eu: Isso também.

Capítulo 27

O meu celular está desligado, enfiado no bolso com zíper da minha bolsa de lona. E apesar de só fazer alguns minutos, sinto falta dele. Preciso lutar contra o reflexo de pegar o aparelho. Olho pela janela, vejo Los Angeles ficar cada vez menor, uma coleção de prédios, casas e carros na via expressa que, daqui, parece inofensiva e neutra, como qualquer outro lugar do mundo que não seja o meu lar. O meu livro com as matérias para as provas está aberto no colo, mas não consigo ler. Em menos de quatro horas a Scarlett vai me pegar no aeroporto e vamos direto para o DeLucci's, pedir duas fatias de pizza para cada uma e Coca Zero gelada em grandes copos, e toda a nossa história compartilhada, a nossa vida inteira de piadas particulares, virá à tona de novo por cima daquelas mesas dobráveis sujas. Esses dois meses longe serão apagados. Vou contar a ela a confusão que fiz, como a minha vida nova parece à beira de se desfazer, e ela vai me dizer como consertar. Como manter a amizade com a Dri, como fazer com que o Caleb queira, sabe, *estar comigo pessoalmente*, como não perder o emprego. Como me livrar da minha paixonite ridícula e inoportuna pelo Ethan, que segundo todos os relatos é danificado e possivelmente perigoso, e além disso inalcançável.

E ela vai me lembrar de que tudo o que é novo sempre parece tênue, e que muito disso, talvez até a maior parte disso, deve ser coisa apenas da minha cabeça.

Em menos de quatro horas estarei em casa de novo. E mesmo que a minha mãe não esteja lá, pelo menos, finalmente, estarei num lugar que reconheço.

Estou tão aliviada que deixo as lágrimas caírem, agora que não há ninguém para ver. Até deixo que elas turvem as palavras do livro, deixo que sangrem em manchas gordas e molhadas na página.

Mais tarde, no carro, olho de lado para a Scar. Ela parece diferente, de algum modo mais velha, como se as suas feições tivessem se assentado. O cabelo agora está curto, um corte bagunçado, assimétrico. Ela não contou que havia cortado. Eu me pergunto se primeiro ela fez um painel de opções no Pinterest, como a gente costumava fazer, ou se foi uma decisão de momento. De qualquer forma ela está o máximo. Scar dá batidinhas no volante do velho Honda dos pais acompanhando uma música que não conheço. A música e o aquecimento estão no máximo. O casaco e o cachecol são necessários do lado de fora, mas no carro, vestida para Chicago e com o cinto de segurança preso, estou com muito calor. Deveria ter tirado um pouco de roupa antes de entrar.

Penso no clima da Califórnia, em como nunca preciso verificar a previsão do tempo. Céu azul, mangas curtas, todos os dias. Uma brisa tão leve que faz cócegas.

– Estou me sentindo como se tivesse saído da cadeia – digo, e abro um pouquinho a janela e baixo o volume do rádio, para podermos conversar. Sinto o cheiro familiar da Scarlett: coco e manga do hidratante que usa e algo não identificado e picante. – De verdade.

– Se para você a prisão é uma mansão alucinante em Beverly Hills, com empregada e chef de cozinha pessoal, tudo bem. Você está totalmente fora da prisão – comenta Scarlett, e não consigo definir se ouço um leve tom de algo novo na sua voz.

Uma falta de paciência comigo.

– Em primeiro lugar, não moro em Beverly Hills. Você sabe que não é assim.

– Relaxa, estou brincando – responde ela, e mexe no rádio. Não tão alto quanto antes, mas ainda irritante. – E o que você quer fazer?

– Honestamente? Só ficar com você. Comer pizza. Falar. Rir. Senti falta, sabe, de nós.

– Sim. É engraçado como eu não percebia quanto tempo passávamos juntas, até que você foi embora.

Ela mantém o olhar na estrada, e de novo não sei se estou paranoica. Será que a Scar está com raiva de mim por causa de alguma coisa? Claro que costumávamos passar o tempo todo juntas. É o que as melhores amigas fazem.

– Adorei o seu cabelo. Está muito legal.

– Eu precisava mudar – explica ela, e aumenta o som do rádio outra vez.

Comendo pizza no DeLucci's, que pelo menos é uma coisa que continua tão boa quanto eu me lembrava, conto tudo o que anda acontecendo em Los Angeles; toda a história, do início ao fim. Que deduzi que AN é o Caleb, o Liam e a Dri e até o que o Theo falou, que o Ethan é viciado em drogas, coisa que a princípio tive medo de contar porque quero que ela goste dele, mesmo que nunca se encontrem. Mas conto mesmo assim porque nunca escondi nada da Scar. Tagarelo um pouco, estou nervosa. É a cafeína, provavelmente. Tomei uma xícara de café no avião. Puro, um tributo patético ao Ethan.

– O que eu devo fazer? – pergunto, porque Scar sempre sabe o que fazer.

Ela é uma daquelas pessoas velhas e sábias presas num corpo de jovem. O seu nome do meio é... e não estou brincando... Sage, "sábia" em inglês.

– Como assim? – pergunta ela, e chupa o limão da Coca Zero. – Um cara terminou com a namorada e quer convidar você pra sair? Parece um problema de alto nível.

– Bom, eu só... não quero...

– Acho que você está pensando demais, J.

Ela fica um momento me olhando de cima a baixo, para ver o que mudou em mim nesses dois meses, avaliando as diferenças. O meu cabelo está mais comprido, porque não me preocupei em cortar, e estou um pouco mais magra, principalmente porque a Rachel não é fã de carboidratos. Tirando isso, estou exatamente igual.

– Talvez. É só...

Scar me interrompe no começo da frase:

– Aliás, o Adam vem mais tarde. E a Deena também.

– Você é amiga da Deena agora?

– Ela não é tão ruim.

– Certo.

Mordo a pizza, evito olhar para ela. Scar sabe que eu sempre odiei a Deena. Ela tentou sabotar a minha amizade com a Scar há alguns anos. Disse que eu estava falando merda sobre Scarlett quando, claro, não estava. E sempre soltou uns comentários que eram socos disfarçados de brincadeiras. Não era o bullying elevado à forma de arte que a Gem pratica, mas mesmo assim estava no espectro da garota má.

– Sabe, isso não foi difícil só pra você. – Scar pousa a Coca Zero, que espirra no prato. Ela não comeu nenhum pedaço de pizza. – Quero dizer, também tive que fazer novas amizades.

Por um momento inverto os papéis: penso em como seria se a Scar tivesse ido embora e eu é que ficasse para trás. Como seria recomeçar com todas as pessoas que nós conhecemos desde sempre. Todas as pessoas que já havíamos escolhido, por um motivo ou outro, para *não* ser amigas. Até agora nunca havia me ocorrido que a minha partida afetasse alguém além de mim.

– Desculpe. Eu não tinha pensado desse ponto de vista.

– É? Não brinca.

– Scar!

Olho nos olhos dela, tento avaliar o que está acontecendo. Estamos brigando? Scar e eu nunca brigamos. A nossa amizade não é assim: não temos aqueles climões de adolescente nem disputamos atenção. Sempre fomos as preferidas uma da outra. A situação de agora é nova, e o choque por Scar estar com raiva de mim, talvez até por ter deixado nossa amizade para trás, me faz sentir a dor da solidão.

– O que está acontecendo?

Os olhos dela se enchem de lágrimas, e os meus também. Eu queria muito voltar para casa, ficar nesse reservado onde já nos sentamos centenas de vezes, simplesmente relaxar, talvez pela primeira vez em meses. E em vez disso, agora, de repente, quero estar em qualquer lugar, menos aqui.

Não, a verdade é que não quero estar em lugar nenhum, porque onde quer que eu vá estarei comigo. Estou presa neste cérebro, neste corpo, nesse terrível pântano de humanidade.

Como é que eu consigo ferrar tudo?

O meu primeiro instinto é mandar uma mensagem para AN, desabafar e dizer a ele como a coisa está ruim aqui, como tudo está de pernas pro ar, como o lar não parece o lar, mas então me lembro de ontem e de que ele não quis tomar nem uma xícara de café comigo.

– Nada. Esquece. – Scar se ocupa com a pizza, põe queijo ralado, pimenta, sal.

Mesmo assim não morde.

– Scar.

A minha voz implora: *vamos recomeçar*. Não tenho energia para lutar contra isso. Não, o problema não é energia. É coragem. Não suporto a ideia de nós duas gritando uma com a outra, dissecando as fraquezas uma da outra, dizendo em voz alta coisas que as pessoas que mais amam a gente jamais deveriam dizer. Coisas como a que ela acabou de sugerir: *você só pensa em si mesma*. Não consigo nem pensar na ideia de que possamos deixar de ser amigas depois desse tipo de acusação.

– Só não vamos falar nisso, certo?

Scarlett morde o limão de novo, e uma gota de sumo azedo escorrega pelo queixo. Estendo um guardanapo.

– Certo. – Termino as minhas duas fatias, mas Scar simplesmente pega as dela, temperadas e não comidas, e as joga no lixo.

Scar está sentada ao lado do Adam no sofá, as pernas no colo dele. O irmão da Deena, Joe, que está no primeiro ano da faculdade comunitária e é tão chato quanto a irmã, trouxe um engradado de cerveja, talvez o novo preço para ser admitido no porão dos pais da Scar, e a Deena distribui as latas, apesar de estarem quentes. O melhor amigo do Adam, Toby, também está aqui, e apesar de nos conhecermos desde o jardim de infância, não sei se já tivemos uma conversa de verdade.

Todo mundo parece diferente e ao mesmo tempo igual. O rosto do Adam está mais limpo – Scar tinha razão – e ele parece menos desajeitado e infantil, e a ideia de ele ser namorado de alguém já não parece ridícula. Nem o fato de a Scar ter escolhido ficar com ele. Visualizo Adam levantando pesos encomendados pela internet, num porão exatamente igual ao da minha antiga casa – coberto de linóleo, de pé-direito baixo e perfeito para esse tipo de procedimento sigiloso. Deena também parece mais velha, mas talvez seja só porque está sentada mais ereta, com a escoliose menos pronunciada, e fica sussurrando coisas no ouvido da Scar e depois rindo. *Certo, saquei*, tenho vontade de dizer. *Agora vocês são melhores amiguinhas.*

– Como é Los Angeles? – pergunta Adam, e então todo mundo se volta para mim, e apesar de apenas um minuto atrás eu ter me sentido excluída, de repente sou o centro das atenções.

Falar sobre Los Angeles talvez deixe a Scar até com mais raiva de mim, especialmente quando as perguntas vêm dele: namorado? Amigo colorido?

– Você sabem – digo, e tomo um gole de cerveja. – Ensolarada.

– Scar disse que você, tipo, mora num palácio e coisa e tal – observa Toby, e bate a sua cerveja na minha, como se a minha mudança de cidade tivesse sido uma espécie de golpe, como entrar para a melhor faculdade.

– Bom, na verdade, não. Quero dizer, é uma casa legal, mas não é minha. Sinto falta daqui.

Tento atrair o olhar da Scar, mas ela não está me olhando porque está ocupada demais se aninhando no Adam. Penso na casa da Rachel, nas janelas panorâmicas que imploram para a gente olhar para fora, e depois olho este porão. Lembro-me de que estamos no subsolo.

– Ela disse que você estuda, tipo, numa escola particular chique, onde todo mundo é super-rico e seguido por paparazzi.

A voz do Toby me surpreende; é mais profunda do que eu imaginava.

Reconheço o sotaque de Chicago, que eu nunca tinha considerado um sotaque até agora. É assim que minha voz soa para todo mundo no Wood Valley? Toda grave, gutural?

– Não sei. Sem dúvida o pessoal é diferente.

Será que a Scar achou todo esse tempo que eu estava fingindo humildade sempre que descrevia o meu mundo novo e fofo? Nós duas sempre falamos a mesma língua. Sem dúvida ela deve ter entendido que eu preferia muitíssimo estar aqui, neste porão, talvez sem beber cerveja quente com a Deena, o Adam e esse pessoal estranho, mas comendo pipoca e assistindo ao Netflix com ela. Que as coisas que fazem o Wood Valley parecer interessante e legal são exatamente as que o tornam tão solitário. Não fico impressionada com as cercas-vivas altas e o *kobe beef*.

Penso nos meus novos amigos saindo em Chicago e me pergunto se eles conseguiriam fazer parte da minha vida antiga como tentei fazer parte da deles. Apesar do dinheiro de sobra para comprar café, dos professores particulares e do fato de nunca terem colocado o pé numa loja de departamentos, a Dri e a Agnes adorariam uma lata de cerveja barata e bater papo para decidir se a Scar deve deixar o cabelo crescer de novo. Caleb poderia ficar aqui também, porque ele se mistura. Mais ou menos. Todos se adaptariam.

Ethan é o único que não consigo imaginar neste contexto, talvez porque eu tenha dificuldade para visualizá-lo em qualquer lugar que não seja um de seus esconderijos. Ele é mais parecido comigo, acho: carregado com a percepção de que o que se passa na sua cabeça é diferente do que está na de todas as outras pessoas. Até das mais próximas.

E também penso que não dá para imaginar essas coisas por muito tempo, porque é difícil demais suportar essa ideia: a verdade do nosso próprio isolamento.

Estou bêbada e a cerveja quente chacoalha azeda no meu estômago. Scar e Adam estão na lavanderia, com a porta fechada, e me ocorre, baseada nos sons que vêm de lá, que devem estar fazendo sexo, e provavelmente não pela primeira vez. Talvez ela tenha contado todos os detalhes a Deena, e a sua nova amiga pôde lhe dar dicas, as informações pertinentes que parecem incrivelmente complicadas no pouco de pornô que vi pela internet. Não só o que aprendemos na palestra com a camisinha na banana que tivemos na aula de educação sexual, mas os comos, os porquês e o que é bom, que eu ainda não sei. Talvez por isso a Scarlett não queira mais ser minha amiga, porque não posso dar esse tipo de conselho útil. E porque uso expressões como "conselho útil" quando estou bêbada.

Pensando bem, nem eu quero ser minha amiga.

Deena e Toby estão se beijando no canto do sofá em L dos Schwartz, o local exato sobre o qual fantasiei há cerca de apenas uma semana, quando me mudar para cá e dormir no porão pareceu a solução para todos os meus problemas. Joe – que depois de eu ter ido embora fez uma tatuagem de fones de ouvido em volta do pescoço, a tatuagem mais idiota de todos os tempos, já que a tecnologia vai progredir e logo isso vai ser o equivalente a uma tatuagem de telefone de disco – fica tentando falar comigo, chegando mais perto a cada pergunta. Claro, ele faz perguntas idiotas como "Você viu Brad e Angelina?" e "Dá pra sentar nas letras da placa Hollywood?". Acho que ele presume que nós deveríamos ficar juntos pelo processo de eliminação e que eu escolho com quem fico por um algoritmo descomplicado que mostra quem sobra num cômodo.

Pego o celular e não consigo evitar. Mando mensagem para AN.

Eu: Está acordado?

AN: sempre ao seu dispor. como está Chicago?

Eu: Honestamente? Uma m*rda.

AN: ?

Eu: É que... Em primeiro lugar, estou bêbada e tem um cara idiota que não larga do meu pé.

AN: sério? você está bem? devo chamar a polícia?

Eu: NÃO! Não quis dizer isso. Não. Ele é legal, só está me perturbando.

E a Scar está com raiva de mim, mas não sei por quê. Deena é a nova melhor amiga dela ou sei lá o quê. E eu simplesmente me sinto tão...

AN: sozinha.

Eu: Sozinha.

AN: estou aqui.

Eu: Mas não está. De verdade, não.

AN: estou.

Eu: Você não está aí nem quando eu estou aí.

AN: você sempre fica existencial desse jeito quando está bêbada?

Eu: Você nem quis tomar café comigo. Era só um café.

Agora estou chorando, e é isso – as minhas lágrimas, e não o fato de estar digitando ou de eu empurrar a mão dele para longe da minha perna – que finalmente faz o Joe desistir e se afastar. A segunda opção dele, depois de transar comigo, parece que é curtir joguinhos no celular. Ouço bips intervalados. Pelo menos as minhas lágrimas são silenciosas. Todos os outros estão ocupados demais para notar.

AN: do que você está falando?

Eu: VOCÊ SABE DO QUE ESTOU FALANDO.

AN: não, não sei.

Eu: PARE DE FINGIR QUE NÃO SEI QUEM VOCÊ É.

AN: espera aí, Jessie, de verdade, estou confuso. você sabe quem eu sou? quero dizer, outro dia achei que você talvez soubesse, mas aí concluí que não tinha como. e eu ia contar, mas...

Eu: Era só um café. Será que eu sou... não sei, tão horrível que... Deixa pra lá.

AN: não sei do que você está falando. sério. será que não deveríamos esperar até você ficar sóbria pra termos essa conversa? eu não queria que isso acontecesse desse jeito...

Eu: É. Nem eu.

Desligo o celular. Subo correndo a escada até o pequeno banheiro. Vomito a minha pizza do DeLucci e as seis latas de cerveja, e não sinto nem o mínimo de alívio nostálgico quando vejo a cortina do banheiro da Scar com o mapa-múndi ou mesmo o frasco de sabonete líquido do Gato do Chapéu, que está ali desde que consigo me lembrar. Sento-me no tapete azul felpudo da banheira e tento permanecer parada enquanto o mundo continua girando.

Capítulo 28

– Acorda, dorminhoca – diz Scar. Abro um olho. Ela está usando um pijama de flanela, o cabelo preso num minirrabo de cavalo, e não parece nem um pouco de ressaca. Há um chupão óbvio no seu pescoço, que espero que ela cubra antes de encontrar os pais. Está sentada de pernas cruzadas na beira da sua cama, onde parece que eu dormi, ainda que não me lembre de como cheguei aqui. Estende um copo d'água para mim. – Por favor, diga que você não pegou o Joe.

– Eca! Não, claro que não.

– A minha cabeça lateja, uma dor que se irradia de dentro para fora, como se o meu cérebro estivesse apodrecendo. Eu me sento e volto a me deitar em seguida. Depressa demais. Muitíssimo depressa.

– Bom, eu estava pensando em voltar antes.

As palavras saem antes que eu pense direito. Simplesmente não consigo ficar perto da Scarlett nesse clima. Imagino que esta seja a sensação de quando a gente termina com alguém.

– Não. J. Sério. Assim, não.

– Não sei por que você me odeia tanto.

Meus olhos estão fechados, então é mais fácil dizer as palavras, jogá-las direto no escuro. Devo ter esgotado todas as minhas lágrimas ontem à noite, porque nenhuma sai agora. Só o que surge é um sentimento de perda avassalador.

– Não odeio você. – Scar se arrasta pela cama, e agora está sentada perto de mim com o braço em volta do meu ombro. – Meu Deus, você está fedendo!

Começo a rir.

– Muito obrigada. Eu vomitei.

– Fala sério!

– Scar...

– Não odeio você. – Ela faz uma pausa. Procura as palavras. – Mas você foi embora. Não eu. Foi você quem foi embora.

Olho pela janela, atrás da cabeça da Scar, e vejo que as árvores já estão quase desfolhadas apesar de ainda ser outono. As folhas caíram, uma a uma, deixando os galhos nus e desprotegidos no frio. Tremo e puxo o cobertor.

– Isso não é justo. Eu não queria ir. Você sabe.

– Mas você mal perguntou como eu fiquei. Você não foi simplesmente embora, você... sabe, foi embora.

– Eu só... acho que presumi que você ficou na mesma. Tem tanta coisa acontecendo comigo! Eu queria te contar tudo sobre a minha vida. É isso que a gente faz – digo, e agora começa um tremor familiar no meu lábio inferior.

Pode ser que ela esteja certa e eu, errada, e tudo seja minha culpa. Scarlett, meu pai, AN e logo Dri. Até a minha mãe, de algum modo estranho e cósmico. Talvez as narcisistas autocentradas como eu não mereçam ter mães.

– Você sabe como tem sido difícil pra mim? Acha que eu queria ser amiga da Deena? Quando você foi embora eu fiquei sem ninguém. Ninguém – conta Scar. – Você nem perguntou... tipo, sei lá. Nada.

– Desculpe. Você está certa. Eu estava com a cabeça cheia.

– E me sinto mal por ter ficado com raiva de você, porque tipo... a sua mãe morreu, aí você precisou se mudar e morar com a nova família maligna. Eles não parecem tão ruins, aliás. Mas ainda preciso da minha melhor amiga, sabe? Nem tudo gira em torno de você.

Scar se dobra ao meio e começa a chorar com tanta intensidade que o seu corpo todo treme. Abraço-a por trás, com a barriga nas suas costas, mas não tenho ideia do que está acontecendo.

– Scar, tudo bem. Vai ficar tudo bem. Fale comigo – digo, mas ela não está em condições de falar.

Lágrimas demais e coriza demais. Por isso espero. Posso fazer isso, posso esperar e depois posso ouvir.

– Adam vai terminar comigo – conta ela, depois de eu ter saído da cama e entregado um monte de papel higiênico para que limpasse o rosto.

O chão parece ondular, mas consigo suportar essa ressaca pela Scar.

– Por quê? Quero dizer, por que você acha isso? Ele parece amarradão em você – comento, porque é verdade.

Antes que eles escapassem de forma não muito sutil para a lavanderia, o Adam ficou olhando para ela, verificando cada reação depois de ele fazer uma piada. Ele queria vê-la rir e adova ser responsável pela alegria dela.

– É que... não sei. Em parte é o lance do sexo.

– Que lance do sexo?

Será que ela nem se dá conta de que ainda não me contou que os dois transam? Será que nos afastamos tanto assim, sem que eu ao menos notasse?

– É, sabe, porque a gente ainda não está fazendo. Tipo... Ano passado a Deena levou um susto enorme achando que tinha ficado grávida, e eu, tipo, não estou preparada. É constrangedor, mas morro de medo. Não sei o que estou fazendo.

– Ninguém sabe o que está fazendo na primeira vez, não é?

– E eu estou tão...

Ela para e puxa o cobertor para cima da cabeça. Essa nova Scar está irreconhecível. A que eu conheço é destemida, certamente não é como eu, com medo das coisas corriqueiras da vida, tipo os caras e as suas partes penduradas idiotas.

Tiro o cobertor de cima dela e a obrigo a me encarar.

– Conta.

– Eu sou tão a fim dele que não consigo suportar. Não esperava gostar dele nem um pouquinho, mas agora, puta que pariu. Não sei o que fazer comigo mesma. Só penso nele – confessa ela, e eu sei exatamente como é a sensação.

Penso assim no Ethan, no danificado Ethan, impossível de namorar. O tempo todo, mesmo quando não quero. Mesmo quando ele não tem a menor relação com o que estou fazendo, tipo bebendo com o chato do Joe e imaginando se ele se enturmaria com os meus amigos. Ethan jamais viria para Chicago. Jamais veria o porão da Scar. Mas ele estava ali de qualquer modo, na minha mente.

E, por mais idiota que seja, admito que também penso no AN dessa maneira. Não no Caleb, não na versão do AN da vida real, mas no da minha tela. No que está sempre disponível para mim.

Ele não é real, claro. Todos somos versões melhores de nós mesmos quando temos um tempo extra para bolar o texto perfeito. O AN que eu conheço e por quem sou obcecada não pode se traduzir na vida real. É uma alma gêmea virtual, não alguém de verdade. Tenho essa noção.

– Scar, isso é maravilhoso.

– Não, é horrível. Eu me sinto uma idiota. É o Adam, pelo amor de Deus. O seu antigo vizinho e pior beijador do mundo. Se bem que agora ele beija superbem. – Ela puxa o cobertor para cima da cabeça de novo, e eu o tiro.

– Olhe pra mim. Ele está a fim de você. Sério, ele andou malhando, dá para perceber. Por que outro motivo ele começaria a malhar? E não consegue parar de tocar em você, olha pra você o tempo todo. Isso mesmo: O. Tempo. Todo.

Dou um abraço nela, porque estou feliz demais. Ela merece um bom namorado e tudo o mais que possa querer. Certamente merece o final feliz da comédia romântica sobre o garoto da casa ao lado, ainda que, tecnicamente, ele fosse o meu vizinho, não o dela. Mas ele mora perto.

E ela está certa: eu fui embora e nem por um segundo me preocupei com o que a minha mudança significaria para ela. Nem perguntei direito sobre o Adam, sobre a sua vida nova, só me concentrava em reclamar da minha própria vida.

– Desculpe não ter ficado disponível pra você. Eu fui uma escrota. Mas agora estou aqui, certo?

– Certo – diz ela, e funga no meu ombro.

– Então me conte tudo – peço, e ela começa.

Mais tarde tomamos a sopa de macarrão com tofu e molho picante da mãe dela, que a Scar jura que é um remédio antigo para ressacas. A comida está quieta dentro de mim, o que considero uma vitória.

– Adam quer que eu faça uns adesivos de tatuagens para o computador dele – conta ela, e eu sorrio.

Ela está realmente caidinha. Não importa o assunto da conversa, a Scar sempre encontra um modo de falar no cara.

– Eles são incríveis. Você deveria vender.

– É, ele já escolheu o que vai querer, se um dia fizer tatoos de verdade, mas quero fazer uma que signifique algo. Que simbolize o que ele é, ou o que nós somos. Mas não sei. Provavelmente é cedo demais para isso.

Tomamos a sopa e olhamos para as tigelas turvas. Não sei se é cedo demais. Essa não é a minha área de conhecimento, e não quero estragar as coisas para ela.

– É o seu telefone que está tocando o tempo todo? – pergunta Scar.

Desde que nos sentamos eu contei pelo menos dez mensagens, mas pode ser mais.

– É – respondo.

– E você não quer ver o que é?

Deixei de propósito o telefone dentro da bolsa. Um desligamento intencional, e não imposto pelos Viciados em Celular Anônimos. Quando o carreguei pela manhã, já havia várias mensagens que eu estava com muito medo de ler. Algumas da Agnes e da Dri, mas acho que se elas quiserem terminar a nossa amizade isso pode esperar até segunda-feira. Mas o mais aterrorizante de tudo talvez sejam as mensagens do AN. Não acredito que fui idiota de mandar uma mensagem enquanto estava bêbada. Preciso arrumar um bafômetro que bloqueie o telefone. Isso existe? Se não existir, vou inventar, *esfacelar* o setor e ganhar um trocilhão de dólares.

– Na verdade, não.

– Pode ser uma emergência – sugere ela.

– Que emergência? Se o meu pai precisar falar comigo, ele tem o número fixo daqui. Neste momento sou toda sua, não de uma merda qualquer do Wood Valley.

– Eu gostaria de ouvir sobre a merda qualquer do Wood Valley. Sério – diz Scar, e se levanta, se espreguiça de um modo que me faz achar que ela andou fazendo ioga. – Só preciso falar sobre mim às vezes.

– Desculpe.

É o meu novo mantra. Espero que a repetição da palavra (eu já falei umas cem vezes hoje) não acabe com o valor dela. Quando a minha mãe morreu, "meus pêsames" era a expressão que eu mais odiava, porque parecia um modo fácil de as pessoas lidarem comigo e irem em frente, uma caixa de presente lindamente embrulhada e sem nada dentro. Nenhum reconhecimento de que o fato de ela ter morrido significava que agora ela estava morta, todos os dias, para sempre.

– Vou pegar o seu celular.

– Não. Por favor, não.

– Isso precisa ser feito. – Ela pega o telefone na minha bolsa e passa o dedo na tela. – Qual é a senha?

A minha língua queima e os olhos ardem por causa do molho picante. Mesmo assim tomo outro gole de sopa. Evito os olhos dela. Mexo o macarrão e as algas num nó embolado. Ela continua:

– Ótimo. Eu sei mesmo.

– Não sabe – digo, mas é claro que ela sabe.

– Um-dois-três-quatro. Isso, na mosca. Quantas vezes eu já disse que você precisa trocar essa senha?

Acho graça, mas estou apavorada. O que há no meu telefone? O que AN tem a dizer? Por que a Dri e a Agnes estão me mandando mensagens se sabem que estou longe? Rezo para que tenham escrito para contar que o Liam voltou a si e está namorando a Gem de novo, e não porque estão furiosas. É estranho que o Wood Valley tenha vazado até aqui, do outro lado do país.

– Mentira! – Scar dá um gritinho e bate palmas. – Eu queria muito que não fosse ele!

– Do que você está falando?

– Olha! – Scar me entrega o telefone, aberto para uma troca de mensagens entre mim, Agnes e Dri.

Agnes: GRANDE NOVIDADE. Acabo de ver o Caleb no Barney's.

Dri: E daí?

Agnes: ELE ESTAVA COM A IRMÃ!

Dri: Ela não morreu?

Agnes: Não. Está viva, bem de saúde e comprando uma bolsa de mil dólares.

Dri: JESSIE!!!! AI, MEU DEUS!!! AI, MEU DEUS!!!

Agnes: Eu disse que o Caleb não era o AN.

– Espera aí, o quê?

Olho para a Scarlett. Estou confusa. Claro que AN é o Caleb. Quero dizer, só pode ser. O modo como ele se veste, como alguém que quer permanecer anônimo. O fato de estar digitando durante a festa. E ainda apareceu na Atenção, Lombadas! depois de eu dizer que trabalhava lá. Ele sempre manda mensagens minutos depois de nos falarmos pessoalmente. Aquele aceno com o celular. Será que ele inventou a irmã morta?

E AN e eu não falamos certa vez sobre o meu convite para o café, no dia em que eu voltei atrás?

Procuro a mensagem. E ali está:

Eu: (3) Só pra você saber, retiro o lance do café.

AN: certo, sem açúcar pra você.

Eu: O quê?

AN: é uma piada. referência à série *Seinfeld*.

Eu: Não tem graça.

AN: é só café. relaxa.

Devolvo o meu celular a Scar, como se fosse uma coisa tóxica. Será que eu entendi tudo errado? Será que o AN achou que era outra coisa? Que eu estava dizendo que ia passar a tomar café puro? Achei que ele queria dizer que era apenas um café, que o encontro ao vivo não era grande coisa.

– É! Eu estava torcendo para não ser o Caleb. Ele parece meio babaca, sem ofensa. Apesar do Kilimanjaro. Tipo, se ele passava tanto tempo trocando mensagens com você, deveria ter vontade de ficar junto.

– Espera, então você acha que não é ele? Sério?

A minha cabeça está girando de novo. Scar estava errada. Essa sopa não cura ressaca. Sinto o molho picante no fundo da garganta, queimando, queimando, queimando.

– Claro que não. Quem inventa uma irmã morta?

– Esquisitões que mandam mensagens anônimas para as colegas do colégio.

– De jeito nenhum. É oficial. AN não é o Caleb.

– Então quem ele é, cacete? – pergunto.

– Olha – mostra Scar, que me devolve o telefone.

AN: estou preocupado. você está bem? você pode estar com raiva, mas diga que está bem.

AN: olá?

AN: certo, estou tentando me acalmar, apesar de ser impossível pensar com clareza no meio da noite. só vou dizer a mim mesmo que o seu celular está descarregado ou que você o desligou porque não queria falar comigo, e tudo bem, apesar de eu não entender, mas você não está na sarjeta, bêbada em algum lugar com o babaca idiota que não deixa você em paz.

AN: já é de manhã. você está bem, certo? certo. CERTO?

AN: três coisas: (1) eu só contei uma mentira pra você. o resto, todo o resto, foi verdade. e apesar de ser uma mentira grande, acho que você vai entender o motivo. bom, espero que sim. (2) ISTO é mais importante do que todo o resto. isto é real. ainda que todo o resto pareça não ser na maior parte do tempo. (3) fiquei pensando nisso a noite toda, e tenho quase certeza de que sei quem você acha que eu sou, e você está errada.

AN: só por hoje, vou dizer a quarta coisa: vamos nos encontrar.

– Então é *mesmo* o Caleb. Porque ele disse que mentiu. Só pode ser o Caleb – digo. – Ele mentiu sobre a irmã e todo o resto é verdade.

– De jeito nenhum. Ele mentiu sobre outra coisa. Ou talvez tenha mentido sobre a irmã, mas não é o Caleb. Simplesmente não é ele. Eu sei disso – argumenta Scar, e por algum motivo, apesar de nunca ter se encontrado com nenhuma dessas pessoas, acredito nela. Caleb tem me dispensado demais, nunca quer jogar conversa fora. AN é o oposto: sempre quer ouvir mais, todos os detalhes que compõem a totalidade do meu dia. – Acho que é o Liam – sugere Scar.

– Sem chances – digo.

– Isso explica por que ele largou a Gem por sua causa.

Sorrio para a Scar, mas não porque qualquer parte minha espere que AN seja o Liam. Isso seria horrível por muitos motivos, e um dos principais é a Dri.

– Você estava prestando atenção – digo, e me sinto muitíssimo grata porque ela ainda é minha amiga e vai ser para sempre, espero.

Ela conhecia a minha mãe e como eu era antes. Isso não é pouca coisa.

– Claro que estava prestando atenção.

Eu: Desculpe por ontem à noite. Eu não era eu. Longa história. Mas sim... vamos nos encontrar. Acho que chegou a hora.

AN: definitivamente, inequivocamente, chegou a hora.

Capítulo 29

– Sabe o que é esquisito? Há uma tonelada de gente estranha na escola. AN pode ser qualquer um. Como aquele cara, o Ken Abernathy, que, tipo, tem problema de peidos. Isso é triste. Pode ser até o Sr. Shackleman!

Scar e eu estamos dando uma volta de carro, sem nenhum destino em mente. Só percorrendo as ruas porque são familiares. Diferente dos meus antigos colegas de turma, o ambiente aqui parece o mesmo de antes: as árvores podem estar com poucas folhas, mas estão do mesmo jeito que estavam no outono passado e no anterior. Até a minha casa está quase exatamente como eu lembro, apesar de ter sido ocupada por outra família. A única diferença é que agora há um velocípede com fitinhas coloridas no guidom no gramado e uma bola de futebol pousada num arbusto. Quando passamos, fecho os olhos para que esses acréscimos sejam apagados da imagem.

É a minha casa mas não é a minha casa.

Mãe, cadê você? Idiotice minha achar que você estaria mais aqui do que lá.

– Quem é o Sr. Shackleman? – pergunta Scar.

– O professor de educação física. É um tarado.

– Ai, meu Deus. Não seria engraçado se o AN fosse um cara velho com, tipo, barba até o pescoço?

– Eca. Ele está ficando careca e tem barriga de chope.

– Acho que você vai ter que embarcar no trem do Liam, porque ele é totalmente o AN. – Scar entra no estacionamento da loja de conveniência e nós ficamos sentadas, só olhando a fachada com vitrines enormes, as luzes fluorescentes, as prateleiras com comida processada e reluzentes salsichas de cachorro-quente em espetos. Gosto de ficar no carro. Um casulo de plástico e metal.

Mãe, sinto saudade. Eu te amo.

– É que não... Sei lá – digo, e me concentro. – Não vejo o Liam *desse* jeito. Ele é bonitinho e coisa e tal, mas... fico meio incomodada perto dele. Ótimo. Sei que estou parecendo esquisita e uma doida exigente demais. Eu deveria ficar feliz porque alguém gosta de mim...

– Qual é, isso é ridículo. Se você não é a fim dele, não é. Não estou dizendo que você deveria ficar *desesperada*. Só que talvez você não esteja vendo o que está bem na sua frente. Tipo o Adam e eu. – Não consigo segurar a risada. Adam e Scar. Scar e Adam. A coisa toda é meio fofa. – Certo, ótimo. Pode rir. Desembucha agora.

– Com quem será, com quem será, com quem será que a Scar vai casar? Vai depender, vai depender, vai depender se o Adam vai querer. Ele aceitou, ele aceitou, tiveram dois filhinhos...

– Deus me livre!

O que eu quero dizer é o seguinte, mas parece estranho, até mesmo na minha cabeça: *às vezes o Liam faz com que eu me sinta notada, mas nunca vista de verdade. Eu quero ser vista.* E talvez esse seja outro motivo para eu crer que o Liam não é o AN. Porque o AN me vê de verdade. Acredito nisso. Ele entende o que eu passei. Nós nos conectamos.

– E o negócio do sexo, quer falar sobre isso? – pergunto.

Sexo, a questão do *fazer ou não fazer*, é a única parte do relacionamento dela com o Adam que ainda não dissecamos em detalhes minuciosos.

– Eu quero fazer. Ou melhor, as minhas partes femininas sem dúvida querem. Mas e se eu for ruim nisso, se ele ficar com nojo ou, você sabe, eu engravidar?

– Lembra das aulas de educação para a saúde no ano passado? Das camisinhas? Banana. Pênis. É a mesma coisa, certo? E de jeito nenhum ele vai ter nojo de você.

– Mesmo que eu consiga deduzir tudo, como colocar a camisinha nele, ela... tipo... pode estourar, ou simplesmente não funcionar, ou sei lá o quê. Eu poderia tomar pílula, mas não sei como fazer isso sem falar com a minha mãe, e ela iria pirar de vez.

Scar olha para a frente. Essa conversa acontece melhor com as nossas cabeças em paralelo. Sem contato visual.

– Adam está pressionando? Você já conversou com ele sobre isso?

– Na verdade, não. Mas sei que ele totalmente... faria comigo, só que não falaria a respeito. Se bem que ele falaria também.

– Por que não esperar e ver no que dá? Ele provavelmente também é virgem. E se a sua mãe vê vocês juntos o tempo todo, talvez puxe o assunto.

– Você conhece a minha mãe, né?

– Você não precisa deduzir tudo agora.

– Acha que eu não deveria fazer? – pergunta ela.

É estranho vê-la desse jeito. Tão vulnerável, em dúvida. Apaixonada. Penso no que a minha mãe diria, já que imagino que nós duas seríamos suficientemente íntimas para ter esse tipo de conversa se ela ainda estivesse viva. Mas provavelmente não seríamos. Acho que acontece alguma coisa quando a gente faz 16 anos. Os pais se tornam menos parceiros e mais como os maiores obstáculos. Sou a única adolescente que eu conheço que adoraria que a mãe proibisse de sair de casa. Ficar presa seria o oposto de um castigo.

– Não importa o que eu acho. Você deve fazer o que te deixa confortável.

– Resposta evasiva, Jess.

Eu rio e dou uma leve cotovelada nas suas costelas. Chego à conclusão de que a Scar precisa agora de uma amiga igual a ela mesma: alguém para dissecar a coisa e dizer como é.

– Honestamente, e sei que é engraçado eu dizer isso, mas você está pensando demais. Relaxa. Faça o que quiser fazer quando quiser. Se estiver preparada, vá em frente e aproveite. Se ainda não estiver, tudo bem, também. Agora isso parece uma coisa gigantesca, mas talvez não seja. – Pareço sensata e segura, palavras que nunca apliquei a mim antes, especialmente nesse contexto. – Você só precisa entender se está com medo porque é a primeira vez. A primeira vez deve ser meio apavorante mesmo, né? Ou se é porque ainda não está preparada. Não existe resposta certa.

– Você está falando igual a mim – diz Scar, que por fim vira a cabeça. Ela está com lágrimas nos olhos, o que me deixa triste, porque ela deveria estar feliz. Ela conseguiu o que sempre quis, amar e ser amada, ainda que não seja exatamente como tinha planejado.

– Aprendi com a melhor – digo, e sorrio.

Então, ao mesmo tempo, sem combinar nada antes, como as antigas Scar e J., abrimos as portas do carro e entramos na loja de conveniência. E, como nos velhos tempos, muito antes de tudo ficar tão complicado, vamos direto para os fundos, para a sempre confiável máquina de sorvete.

Dri: Liam pediu pra sair com você?

Eu: Não!

Espera aí, eu menti? Se ele é o AN e nós vamos nos encontrar, isso conta? E, presumindo que o Caleb tivesse razão e eu seja o motivo para a separação da Gem e do Liam – não consigo chamá-los de Gemian –, será que tenho obrigação de contar a Dri?

– Não conte a ela! – diz Scar, lendo a minha mente enquanto lê a mensagem por cima do meu ombro. Estamos de volta ao porão, e na televisão vampiros lindos estão salvando adolescentes de vampiros assassinos. Estamos comendo pipoca. Eu não poderia estar mais feliz. – Sério, isso só vai ferir os sentimentos dela. E não é mentira. Liam não convidou você pra sair.

Dri: Acho que vai convidar. Ele gosta de você.

Eu: Não estou interessada.

Dri: E se ele for o AN?

Eu: Ele não é o AN.

Dri: Mas e se for?

Eu: Dri!

– Ela quer que você diga que não vai sair com ele. Você não pode dizer isso. Se ele for o AN, você precisa dar uma chance. De verdade – sugere Scar, e a sua confiança está de volta. Esta é a melhor amiga que eu reconheço: que diz a verdade, sem enfeites. – E se ela é mesmo sua amiga, vai entender.

– Ela *é* minha amiga, mas há pouco tempo. É diferente. Ainda não criamos confiança, sabe?

– Mesmo assim.

– Liam não é o AN.

– É totalmente ele.

Sorrio para a Scar, porque é engraçada a forma de ela falar dos meus amigos do Wood Valley como se fossem personagens de um seriado de TV, como se estivesse apostando na próxima reviravolta do enredo. De certa forma eu também faço isso. Às vezes o Wood Valley parece a minha vida de mentira.

Dri: Liam não tem irmã.

Eu: Tá vendo?

Dri: Não sei. Ainda acho que o Liam é o AN. E sim, vou admitir: estou morrendo de ciúme.

Eu: Por favor. Não. Morra.

Dri: Tudo bem. Te amo mesmo assim. Vou ouvir "A garota que ninguém conhece" várias vezes e sentir pena de mim mesma.

• • •

Theo: QUE NEGÓCIO FOI ESSE? O Liam terminou com a Gem pra ficar com você?

Eu: Quem te contou isso?

Theo: TODO MUNDO. O Liam é um G-A-T-O. O que você fez pra conseguir isso?

Eu: Não fiz nada.

Theo: Garota, você é uma caixinha de surpresas.

Eu: Não mesmo.

Theo: Ele está dizendo pra todo mundo que você é um "sopro de ar puro".

Eu: É muito fofo da parte dele, mas me faz parecer um desodorante.

Theo: Aliás, o seu pai me obrigou a te buscar no aeroporto, então é melhor não despachar nenhuma bagagem. Não me faça esperar.

• • •

Eu: Três coisas. (1) Não sei quem você é. Gostaria de saber, e a Scar tem algumas teorias, mas simplesmente não sei. Achei que você fosse uma pessoa, mas agora sei que estava errada. (2) Nunca menti pra você, acho que não. Bom, a não ser naquele primeiro dia, quando falei que sou faixa-preta em caratê. Nunca fiz caratê. Sou uma péssima mentirosa. Acho fácil falar com você porque não sei quem você é. Será que é diferente pra você? (3) Não sei mais onde é o meu lar.

AN: talvez o lar não precise ser um lugar.

Eu: Talvez.

Capítulo 30

Voando de novo. Desta vez é Chicago que vai ficando para trás, cada vez menor, até que não consigo ver cidade nenhuma. O meu lar sumiu num piscar de olhos e agora só há enormes vastidões de verde e marrom, uma colcha de retalhos de terra. De novo, o livro está no colo, aberto mas não lido, e olho pela janela, tentando decidir para onde preferiria estar viajando: para o leste, de volta para a Scar, que agora tem a própria vida e menos espaço para mim, ou para o oeste, de volta para a casa da Rachel e para o meu pai distraído, onde coisas apavorantes me esperam. Vou ter que encarar o Liam e o AN, se ele não der para trás. Quanto ao meu pai, ignorei os telefonemas e as mensagens dele na última semana. O nosso silêncio está ficando alto demais, o meu mau humor se tornou uma coisa tangível, dura e maligna.

Espero até a hora de poder soltar o cinto de segurança para pegar o envelope que a Scar me entregou quando eu estava embarcando. *Um presente de despedida*, disse ela. Viro-o na mão, nervosa com a ideia de abri-lo. Espero que ela tenha escrito palavras sábias, o tipo de conselho previdente que a Scar sempre conseguiu compartilhar de graça. Quando a minha mãe morreu, Scar e eu nos sentamos na minha cama e, antes de ela começar o trabalho em tempo integral de me distrair da dor – que realizou de modo admirável e com tanta habilidade que nem notei quanto esforço ela deve ter feito –, Scar disse a única coisa que fez sentido na época, talvez a única coisa que fez sentido desde então: *Só para você saber, sei que o que aconteceu não é nem um pouco normal, mas acho que vamos ter que fingir que foi.*

Porque não foi normal e nunca vai ser. Nós vamos superar; eu vou continuar a superar – todo o sofrimento estagnante, que esmaga a alma –, mas nunca vai ser normal o fato de a minha mãe não estar aqui; de não estar na minha formatura do ensino médio; de nunca me passar o sermão sobre sexo, e não vou poder entrar no jogo e fingir que estou sem graça e dizer: *Qual é, mãe*; de não estar presente quando eu abrir as cartas de aceitação (ou rejeição) para as universidades; de não presenciar quem eu serei quando crescer... o grande mistério de quem eu sou e quem deverei ser finalmente perguntado e respondido. Vou marchar sozinha rumo ao grande desconhecido.

Abro o envelope e dele escorre um novo adesivo de tatuagem para laptop, maior do que os outros que Scar fez para mim. O desenho é em preto e branco. Um ninja com uma espada de samurai, os olhos grandes, vazios e ferozes. Junto há um bilhetinho: *Queria que você se visse como eu vejo você: uma lutadora. Forte e furtiva. Totalmente fodona. Completa e absolutamente filha da sua mãe. Amo você. Scar.*

Abraço o adesivo, aceito-o como um presságio, o único caminho à frente. Vou parar de ter medo de tudo. Do sofrimento e da rejeição. Da ambivalência do meu pai com relação a mim. De ferir os sentimentos da Dri. De enfrentar o Liam e a Gem, também. De encontrar o AN ao vivo, cara a cara. De ir em frente, dia a dia, nua e desprotegida.

Capítulo 31

Theo está usando um blazer risca de giz cinza chumbo com bermuda combinando e um quepe de chofer, e segura uma placa escrita à mão, com o meu nome. Não pela primeira vez, fico maravilhada com o fato de ele ter um figurino para cada ocasião. Será que conseguiu montar essa roupa a partir da enorme coleção que tem no armário ou comprou o figurino perfeito para "buscar Jessie no aeroporto"? De qualquer modo adoro o empenho, mesmo que ele não tenha feito isso por mim.

– Olá, senhora. A sua carruagem a aguarda – anuncia Theo, que em seguida pega a minha bolsa de lona e a joga no ombro. – Foi só isso que trouxe? E os sapatos?

Aponto para os tênis Vans nos pés.

– Você é um caso perdido – diz ele, e me leva para fora do terminal com ar-condicionado, para a tarde suave e quente de Los Angeles. – Então... eu só me ofereci para fazer isso porque achei que você iria desembuchar. Portanto... desembuche.

– Ah, então foi você que se ofereceu? Achei que o meu pai tinha te obrigado.

– Tanto faz. Às vezes eu sou legal, mas não conte a ninguém. Agora desembuche.

– Desembuchar o quê? Não tenho nada pra contar – falo, e evito o olhar dele, mesmo tendo dito a verdade.

O negócio de o Liam terminar com a Gem por minha causa é só um boato. Nunca dei motivo nenhum para ele achar que deveríamos ficar juntos e pretendo manter a situação assim. Os motivos para o término deles são um mistério tão grande para mim quanto os que fizeram os dois se juntarem, para começo de conversa. E o Liam e eu nem sequer tivemos uma relação que não fosse profissional. A não ser que ele seja o AN. E não é, apesar da grande teoria da Scar.

– Certo, então vou dizer o que sei. Parece que o Sr. Liam está louquinho por você. Um caso sério de tesão. Ele acha que você é "uma ouvinte muito boa" – conta Theo, articulando aspas no ar, e me leva por um caminho congestionado de gente até o estacionamento, chegando ao ponto de estender o braço para me proteger do fluxo de pessoas.

Tenho que admitir: o Theo é cavalheiro.

– Isso não faz sentido – retruco. – Quero dizer, ele tinha a garota mais bonita da escola. Eu soube que ela ganhou o prêmio de Mais Atraente do ano passado.

– O mundo é um lugar maravilhoso e misterioso. E o gosto pessoal é uma coisa inexplicável. – Ele olha mais uma vez para os meus tênis.

Coço o queixo com o dedo médio, olhando para ele, para revidar a insinuação.

– Não quero que o Liam me convide pra sair. – Theo me leva ao seu carro e até abre a porta do lado do carona para mim, com uma pequena reverência. O interior do carro é impecável, completamente diferente do Honda dos pais da Scar, cheio de embalagens de bala e recibos de postos de gasolina. – Ainda que eu devesse estar... sabe, lisonjeada.

– Por que não? Ele é um cara legal. Talvez não seja o mais inteligente, mas mesmo assim... – Theo sai da vaga e segue para fora do estacionamento até a via expressa. Dirige melhor do que eu, indo de pista em pista como se fosse o dono da estrada e só tivesse a gentileza de deixar que os outros carros a compartilhem. – Ah, porra, não me diga que é por causa do Ethan.

– Não é por causa dele. E ele não é quem você pensa – argumento, odiando o tom obviamente defensivo da minha voz.

– Você tem o maior tesão por ele.

– Ele é meu amigo.

– Você não estava aqui. – O rosto de Theo fica sombrio, e a princípio acho que ele só está representando, experimentando um novo papel: perturbado. – Acredite quando digo que você não vai querer entrar nessa.

– Como assim eu não estava aqui?

– Quando o Xander morreu. Assim, todo mundo sabia que ele usava drogas, mas heroína? Esse negócio é louco e perigoso demais. E ele era tipo um deus na escola, por causa da Ópolis. – Theo ultrapassa uma mãe numa minivan e ignora as buzinadas dela. – Eles iam começar a fazer shows de verdade, tipo na Sunset. Todos ficamos chocados quando ele teve a overdose. Mas não de verdade, entende?

– O que isso tem a ver com o Ethan? Quero dizer, é, eles estavam juntos na banda, mas isso não significa que o Ethan também seja viciado.

Eu me pergunto como deve ter sido para o Ethan ver um dos seus colegas de banda se matar aos poucos. Se ele se sentiu tão impotente quanto eu, quando vi a minha mãe lutar contra um exército invisível de células cancerosas se espalhando.

– Xander era o irmão mais velho do Ethan.

– O quê? – pergunto, ainda que, claro, eu tinha entendido. É que eu nunca havia dado um nome àquilo que reconheci de mim mesma nos olhos do Ethan, aquela expressão quando ele olha pela janela, o choque absoluto, a insônia. O sofrimento. – O irmão do Ethan morreu? De overdose de heroína?

Digo isso em voz alta, de modo que a coisa se assenta e começa a fazer sentido. Porque um pensamento está se formando na minha mente, e, se eu estiver certa, vai mudar tudo. Eu sou um ninja, e vou ser furtiva, lenta e deliberada. Lutar pelo que desejo. Mas não sou um ninja, e estou confusa e tonta. As informações estão começando a se juntar depressa demais e o meu coração quase não bate, ficou lerdo, e pego rapidamente o telefone porque quero perguntar ao AN na lata, sem esperar até o nosso grande encontro.

Três palavras simples: "Voce é Ethan?"

Ethan, Ethan, Ethan.

O novo mantra na minha cabeça, substituindo feliz o *piranhaputavacafeiaegorda.*

Será que a mentira foi tão simples assim? Uma irmã substituindo um irmão? E como pude nem ter pensado nisso? Como fui tão cega para todos e tudo ao meu redor?

Ethan, Ethan, Ethan.

Eu nem ousava ter esperança. Mal ouso ter esperança agora.

Guardo o telefone. Balanço a cabeça para redirecionar os pensamentos. Errei uma vez. Não devo me precipitar. Espere. Veja.

Mas. Ethan.

– Você está bem? – pergunta Theo. – Você parece meio verde.

– Sim, estou bem.

AN: sabia que não existe uma confeitaria especializada em waffles em todo o estado da Califórnia? precisamos ir ao Arizona.

Eu: Por que precisamos fazer isso?

AN: WAFFLE. a sua palavra preferida. minha comida preferida. é o destino. achei que haveria um certo charme poético se nos encontrássemos num lugar assim.

Eu: É, agradeço a intenção, mas não vou pro Arizona com você.

AN: tudo bem. então vamos nos encontrar no IHOP. podemos comer panquecas, que nada mais são que waffles em outro formato.

Eu: Você é esquisito assim pessoalmente?

AN: espere só pra ver.

Eu: Tenho esperado. Tenho teorias sobre você, aliás. Teorias novas.

Você é o Ethan? Por favor. Seja. Ethan. Mas não escrevo. Quando paro pra pensar, percebo que nós ficamos muito bons em fazer rodeios, jamais indo direto ao ponto. Penso nos estudos com o Ethan, nas conversas no Starbucks, tentando lembrar se ele deu alguma dica. Não, nada que eu possa considerar.

Busco uma das mensagens do Ethan. Droga. Ele põe maiúscula no início de cada frase.

Fico deitada na cama, fecho os olhos. Mando um desejo para o universo. Não para Deus, porque, se ele existe, já me ignorou muitas vezes.

AN: é mesmo? espero que eu não seja uma decepção.

Eu: Rá. Também espero.

AN: você sempre disse que esse acordo era injusto – eu saber quem você é mas não o contrário –, mas, quando nos encontrarmos, não sei. acho que tudo vai dar uma repentina cambalhota.

Eu: E quando vamos dar essa cambalhota?

AN: Amanhã depois da aula?

O meu coração se aperta. Já tenho planos com o Ethan amanhã depois da aula, para trabalhar no *A terra desolada*. Será algum tipo de truque? Para ver que versão dele vou escolher? Não, talvez eu tenha entendido tudo errado. Talvez o Ethan não seja o AN, afinal. A frustração começa a brotar lentamente.

Eu: Não posso. Já tenho planos para um negócio da escola. Preciso trabalhar na terça. Quarta?

AN: é uma mulher ocupada, mas sei que vale esperar por você.

Eu: E por você?

De novo, aí está. Aquele esquisito tom de flerte que eu usava quando começamos a trocar mensagens mas que depois abandonei. A voz que não é minha, que só aparece quando estou me esforçando demais. Será que já perdemos a nossa relação confortável? É que estou muito nervosa para agir naturalmente perto de um cara de quem eu posso gostar. Não. Esfrego o dedo no ninja que agora está grudado na parte de trás do meu laptop. Não vou sentir medo. Esse é o AN. Isso, o que quer que seja, quem quer que seja – Ethan-ou-não-provavelmente-não –, é algo pelo qual vale a pena lutar.

Capítulo 32

– O quê? – pergunta Ethan, depois de me entregar o meu *latte* e eu não me oferecer para pagar, como tinha treinado antes.

Estamos sentados nas cadeiras estofadas do Starbucks, o Ethan à minha frente. Tenho dificuldade para formar palavras porque estou ocupada demais tentando encontrar pistas. Sinto-me uma idiota por ter presumido que AN era Caleb. Não quero cometer o mesmo erro duas vezes.

– O que o quê? Eu não disse nada.

– Você está me olhando de um jeito engraçado. Estou com alguma coisa na cara?

Ethan começa a limpar os lábios, que têm uma pequena migalha do muffin de mirtilo, mas não é para isso que estou olhando.

– Desculpe. Só estou meio desligada. – Seguro com firmeza a minha xícara, as duas mãos aninhando-a como se fosse uma coisa frágil: um passarinho ferido. – Acho que estou cansada do fim de semana.

– Como foi por lá? – pergunta Ethan, e sorri, como se quisesse mesmo saber.

O que me faz pensar que ele é o AN, porque o AN sempre quer saber tudo. E o que, claro, me faz pensar que definitivamente ele não é o AN, porque o AN sabe como foi o meu fim de semana.

Mas acima de tudo acho que ele não é o AN porque quero que ele seja o AN, e esse é o modo mais rápido de isso não acontecer: eu *querer* tanto.

– Ótimo. Quero dizer, foi meio difícil no início. Longa história. Mas depois ficou ótimo, foi até difícil vir embora – conto, o que é verdade e mentira ao mesmo tempo.

Foi difícil vir embora, mas seria difícil ficar. Sentir que não pertenço a lugar nenhum me fez ansiar pelo movimento constante; ficar no mesmo local ainda parece arriscado, como pedir para virar alvo. Pensando bem, deve ser por isso que o Ethan não dorme. Oito horas num mesmo lugar é perigoso.

– É, aposto que sim. Esse adesivo é novo? – Ethan aponta para o meu ninja, e percebo que, mesmo tendo ficado com aquilo no meu computador o dia inteiro na escola, ele é o primeiro a notar. Nem a Gem viu, porque o seu único trabalho hoje foi me chamar de "suada". Não é muito criativo, já que faz 32 graus em novembro.

– É. A minha melhor amiga de lá, Scarlett, fez pra mim. Deveriam ser como tatuagens. Sou meio apaixonada por eles.

– Todos são muito legais. Ela deveria vender.

– Foi o que eu disse! – levanto os olhos, e então, quando vejo o seu olhar, baixo os olhos de novo.

Isso tudo é demais para mim. Só preciso avançar rápido para a quarta-feira, encontrar o AN, seguir em frente. Se ele não for o Ethan, vou largar essa paixonite idiota. Theo está certo e errado: isso é brincar com fogo. Gosto muito de ficar perto dele.

Agora ele também está aninhando a xícara de café. Li em algum lugar que, quando a pessoa espelha a sua linguagem corporal, significa que ela gosta de você. Mas, se isso fosse verdade, eu estaria sentada com as pernas cruzadas, e há muito tempo teria pegado o hábito nervoso do Ethan, de esfregar o cabelo. Em vez de imitar os seus gestos, quero me arrastar para o seu colo. Pousar a cabeça no seu peito.

– Grandes mentes, cara.

– Grandes mentes.

Você é o AN?

Por que usa uma camisa do Batman todos os dias?

Por que não dorme?

– Por que você não dorme? – pergunto, porque parece a pergunta mais fácil.

A menos invasiva, se bem que talvez já tenhamos ultrapassado essa barreira. Eu gostaria que as conversas viessem com sinais de trânsito: um sinal claro de quando você precisa parar, seguir ou avançar com cautela.

– Não sei. Nunca fui particularmente bom em dormir, mas nesse último ano o meu sono se comportou como um trem que passa rápido e só chega... tipo, duas vezes por noite, mais ou menos, e, se eu não correr muito para pegar, perco totalmente. Eu sei. Sou esquisito.

Ele olha pela janela, e esse "esquisito" falado de modo tão casual poderia ser uma referência às nossas mensagens, ou pode ser simplesmente que ele também use a palavra "esquisito". É uma palavra comum, não quer dizer nada.

– Isso é muito poético. Uma metáfora de trem. Talvez você devesse tomar alguma coisa. Quero dizer, pra dormir.

Ethan me olha com uma pergunta no olhar, ou uma resposta. Talvez as duas coisas.

– Não, não gosto de tomar nada.

– Você realmente decorou o poema inteiro?

– A primeira parte, sim. Gosto da ideia de ele falar com tantas vozes diferentes. Num volume meio alto, sabe?

Visualizo o Ethan ensaiando com a Ópolis, tocando guitarra e cantando o mais alto possível. O som alto é um bálsamo. Todos os dias coloco os fones de ouvido e ouço as músicas da banda, depois das aulas. Tento reconhecer a voz do Ethan, como uma garota obcecada por uma boy band. A voz dele é mais forte, mais áspera que a do Liam. E mais grave, com raiva e resignação na mesma proporção.

– Sinto muito pelo seu irmão – desembucho, e ele parece tão surpreso quanto eu mesma por ter tido a iniciativa de mencionar isso. – Quero dizer, sei que "sinto muito" é uma coisa inútil, mas acabei de descobrir isso. Estou tipo um ano e meio atrasada em tudo o que tem a ver com o Wood Valley, e, como você disse há algumas semanas, eu não queria ser uma daquelas pessoas que não dizem algo só porque é desconfortável. De qualquer modo é uma merda, e nada que eu diga vai tornar melhor. Mas..., sinto muito.

Paro o discurso, mesmo tendo mais a dizer. Quero falar que ele vai dormir de novo, que vai ficar mais fácil, mais ou menos, apesar do fato de que nunca vai ser como antes. Que aquelas mensagens tipo *o tempo cura todas as feridas* começam a parecer um pouquinho mais verdadeiras e ainda assim nem um pouco verdadeiras. Quero dizer que entendo, mas tenho quase certeza de que ele já sabe.

– Obrigado – diz ele, de novo atraído pela janela.

Agora o Ethan está distante demais, e sinto que, mesmo se eu cedesse à tentação de tocar nele (a minha mão no seu braço, os meus dedos no seu cabelo, a palma da mão no seu rosto), ele não sentiria. E continua:

– Você é a única pessoa que não me conhecia antes. Todo mundo presume que sou igual a ele ou se pergunta por que não consigo voltar a ser como era. Mas não sou ele nem sou o mesmo, entende?

– Ethan é Ethan é Ethan. Quem quer que ele seja agora – digo.

A cabeça dele salta para trás, como se ele tivesse voltado a si, esquecendo a janela. Ele me olha; os olhos dele se cravam nos meus, quase implorando, mas não sei o quê. Meu Deus, quero tocá-lo, mas nem saberia por onde começar. E se ele não quiser que eu faça isso? E se ele só precisa ocasionalmente tomar café com uma pessoa que não o conhecia antes? Talvez eu seja só isso.

Consigo entender. A ideia de sair de Chicago – de não estar cercada todos os dias pelas pessoas que sempre me conheceram, que esperavam que eu continuasse a mesma Jessie – um dia pareceu a resposta, até que, por acaso, não era.

– Exatamente. Você entende. Eu sou quem eu sou, quem quer que eu seja agora.

– Eu gostaria de poder recitar *A terra desolada*, porque sinto que seria muito adequado agora. – Sorrio, o que é quase o mesmo que sentir a pele dele contra a minha, mas não, não é a mesma coisa, de jeito nenhum.

– O Liam vai convidar você pra sair. Achei que você deveria saber.

– O quê?

Eu ouvi o que ele disse, claro que ouvi, mas não sei o que dizer. Liam não tem nada a ver com o que está acontecendo aqui. Ainda não tenho certeza se o Ethan é AN, mas também não tenho certeza de quanto isso importa. Ethan é real e está bem à minha frente, não é apenas um monte de palavras cuidadosamente escritas numa tela.

Eu estava errada. Não vou abandonar essa paixonite idiota, porque isso não é idiota, nem um pouquinho. Talvez a minha paixonite por AN é que seja ridícula. Ele pode ser qualquer um. Digitar é fácil, mas falar assim? Isso é difícil.

Ethan dá de ombros. Ele sabe que eu ouvi.

– Eu... eu não quero que ele faça isso – digo.

Agora são os meus olhos que estão implorando, mas de novo não sei pelo quê. Que ele me toque? *Por favor, me toque. A sua mão está muito perto.*

A xícara de café voltou a ser interessante para ele; ele mexe o café puro. Não me toca, mas diz:

– Então acho que você deveria dizer não.

Mais tarde fico deitada na cama relembrando a conversa várias vezes. *Acho que você deveria dizer não.* Meço mentalmente o espaço que havia entre nós – não mais de 30 centímetros, provavelmente menos – e imagino como será, caso aconteça, quando atravessarmos essa barreira.

AN: menos de quarenta e oito horas. estou nervoso.

Eu: Eu também. Mas acho que, se for um desastre, podemos simplesmente voltar para cá. Ser amigos aqui.

AN: você acha? não sei.

• • •

Scarlett: Sabia que é possível encomendar pílula pela internet?

Eu: NÃO compre remédios pela internet. Se quer tomar pílula, VÁ AO GINECOLOGISTA.

Scarlett: Eca. Odeio ficar naquela posição. A coisa toda é muito humilhante. Tantas perguntas pessoais...

Eu: Qual é, vista as suas calcinhas de adulta. VOCÊ CONSEGUE. Talvez eu precise começar a fazer tatuagens de computador que façam você se sentir poderosa, porque do nada eu virei você nesse relacionamento.

Scarlett: Andei escutando a Ópolis.

Eu: E AÍ?

Scarlett: HUMMM.

• • •

Ethan: Acho que precisamos começar a escrever o trabalho. Não ficar só discutindo.

Eu: Acha mesmo?

Ethan: Sim. Sei que é só pra primavera, mas é um poema longo e precisamos começar. Talvez a gente devesse se encontrar mais de uma vez por semana.

Será que estou dançando pelo quarto nesse momento, no maior pique, o corpo inteiro sorrindo? Talvez. Talvez esteja.

Eu: Concordo. Totalmente.

Ethan: Legal.

Eu: Joinha.

• • •

AN: fato interessante do dia: no tempo do telégrafo as pessoas também escreviam em código. como a gente faz com abreviações. tipo kd vc, essas coisas.

Eu: Não sabia.

AN: não sei por quê, mas achei que você gostaria dessa informação aleatória.

Eu: É legal o fato de existirem tantos modos diferentes de se comunicar.

AN: EXATAMENTE.

Capítulo 33

– Então, você precisa falar com o seu pai – diz Theo enquanto me joga um suco verde da geladeira, antes de irmos para a escola.

Passei a gostar dessas poções, ainda que não tenha virado fanática por sucos e não os tenha adotado como estilo de vida. Diferentemente do Theo, ainda preciso de comida, motivo pelo qual isso não é o meu café da manhã, mas um aperitivo.

– Por quê?

Estamos sozinhos na cozinha enorme, as únicas pessoas em casa. A Rachel e o meu pai saíram há horas. A Rachel faz pilates antes de trabalhar e o meu pai está no turno da manhã. Logo ele vai fazer a prova e ser promovido para o posto que ocupava em Chicago.

– Porque ele é o seu pai.

– E daí?

– Quantos anos você tem?

– Quem está falando isso é o Sr. Chilique?

Theo deixou mesmo uma mancha de molho shoyu na cadeira de jantar quando jogou o garfo. Não importa: ela está sendo estofada de novo.

– Uma vez, garota. Não lido bem com mudanças.

– Por que você se importa comigo e o meu pai?

Tomo um gole de suco, imagino-o limpando as minhas entranhas, como um desinfetante de intestino.

– Você está trazendo energia negativa pra esta casa. Não precisamos de mais um vodu pra cima da gente.

– Falo sério.

– Você não sabe o dia de amanhã. Quanto tempo eles vão durar juntos. Só é possível ter dois pais, e nós só temos um. É melhor sermos bons com eles enquanto podemos.

Theo pega uma colher de pau e batuca na bancada. Ele tem ritmo. Me pergunto se existe algo em que ele não seja bom.

– Quem se importa...

– Sério, você está começando a parecer um de nós, um moleque do Wood Valley.

– Ótimo.

Claro, o Theo está certo, como a Scar estava. Preciso ser melhor, mais forte, mais corajosa. Uma ninja, mas não de verdade, já que precisamos conversar, e não lutar.

– Ótimo o quê?

– Ótimo, vou falar com ele.

– Que bom! Fico feliz por termos tido essa conversa.

Ele aperta o meu queixo, como se estivéssemos na década de 1950 e eu fosse o filho dele que tivesse feito pontos num jogo da liga infantil.

– Você é um ser humano ridículo, sabia? – digo.

– Já fui chamado de coisas piores.

Eu: Ótimo. Vamos conversar. Usar o Theo foi uma bela jogada.

Pai: Não usei o Theo, mas fico feliz por querer falar. Isso tem sido uma TORTURA. SINTO A SUA FALTA.

Eu: Agora você é que está sendo meio melodramático.

Pai: Li um livro sobre criação de filhos, esperando que pudesse ajudar. Uma bela porcaria.

Eu: O que dizia?

Pai: Para dar espaço a você.

Eu: Humm. Provavelmente não levou em conta o tamanho da casa.

Pai: Quando podemos conversar? Onde?

E a coisa chegou a esse ponto: o meu pai e eu precisamos marcar a nossa conversa. Eu me lembro de como as coisas eram normais entre nós. Não somente normais, mas naturais. Antes, sabe, *antes*, a minha mãe fazia o jantar todas as noites – uma coisa simples – e nós nos sentávamos em volta da mesa para conversar. Tínhamos um jogo em que cada um contava uma coisa que havia acontecido desde a noite anterior, e eu lembro que costumava contar fatos curiosos – que o Sr. Goodman tinha me feito uma pergunta na aula de química e eu não soube responder, que o Bandido das Vitaminas tinha voltado ao Rei e derrubado a bebida de um garoto, que a Scar e eu íamos fazer um trabalho juntas para a feira de ciências e queríamos construir um vulcão porque é divertido ser clichê de vez em quando. Lembro que eu repassava mentalmente o dia, como se escolhesse um filtro para uma foto, e escolhia a história que queria apresentar aos meus pais como um presente. Pensando bem, não era muito diferente de AN e as nossas três coisas.

O que a minha mãe iria querer saber sobre as últimas 24 horas? Talvez eu contasse sobre o suco de couve ou a mensagem de AN hoje de manhã, contando quanto tempo faltava para o nosso encontro. Ou, melhor de tudo, o *acho que você deveria dizer não*, do Ethan, que não parei de repassar na cabeça. Seis palavras perfeitas.

Mas talvez não contasse. Talvez eu guardasse essa pérola só para mim.

Eu: Não sei. Mais tarde?

Pai: Combinado.

– Jessie, poderia ficar um minuto? – pergunta a Sra. Pollack depois da aula de inglês, e o meu estômago embrulha.

O que eu fiz dessa vez? Segundo a Crystal, a Gem está de cama com um problema de barriga e está "tipo, sabe, pondo os bofes pra fora, hashtag inveja", então o dia foi tranquilo, o que é um alívio, já que estou com um vestido de algodão listrado que tenho certeza que me tornaria um alvo perfeito. Estou um pouco mais menininha do que costumo ficar, mas, dane-se, está calor.

E assim fico na minha carteira enquanto o resto da turma sai. Ethan me lança um olhar curioso e dou de ombros. Ao sair, ele sorri e diz *Boa sorte* sem som, e quero guardar esse sorriso e as palavras, carregá-los comigo como um talismã. O meu sorriso pateta se demora no rosto por tempo demais, mesmo depois de ele sair. Culpa do Ethan.

– Só queria conversar com você sobre semana passada. Eu lhe devo um pedido de desculpas – diz a Sra. Pollack, que desta vez não se senta com a cadeira virada. Fica atrás da mesa, como uma professora de verdade. Abandonou aquela coisa de amiguinha, que não foi o real problema. O que me chateou foi a culpa que ela demonstrou. – Passei o fim de semana todo pensando na nossa conversa e percebi que fiz tudo errado.

Encaro-a, pensando nas palavras certas para dizer. "Obrigada"? "Sem problemas"? "Não foi nada"?

– Tudo bem. Não é culpa sua se a Gem é uma vaca – digo, depois levanto a cabeça horrorizada.

Eu não queria dizer essa segunda parte em voz alta. A Sra. Pollack sorri, o que é um alívio, porque eu não saberia como explicar ao Ethan que levamos um zero no trabalho do *A terra desolada* porque tenho a boca suja. Até a semana passada a Sra. Pollack era a minha professora preferida, e não só porque eu me sentia grata por ela não ter me obrigado a ficar de pé diante da turma no primeiro dia de aula.

– Quando estava no ensino médio, eu não era exatamente popular. Na verdade isso é mentira – diz ela, e dá de ombros. – Eu fui torturada, sofri bullying de verdade. E quando vi o que a Gem fez, não soube o que dizer. Eu só queria ajudar.

Os olhos da Sra. Pollack parecem meio marejados. Talvez ninguém jamais supere o ensino médio. Agora ela tem cabelos brilhantes e é linda, uma Gem adulta. É difícil acreditar que já foi algo diferente.

– Eu só... De qualquer modo, só queria pedir desculpas. Tenho observado o seu comportamento, e você já sabe quem você é. A maioria das garotas da sua idade não tem essa coisa de se sentir confortável na própria pele, e provavelmente é isso que a torna ameaçadora para a Gem – diz ela, e me pergunto de que diabo ela está falando. Não sei nada de nada. – Enfim, o ensino médio é simplesmente... a pior coisa.

– Engraçado a senhora ter se tornado professora do ensino médio, então – comento, e ela ri de novo.

– Eu deveria conversar sobre esse assunto com o meu terapeuta. Por falar nisso, você pode falar com a conselheira estudantil se quiser. Temos um psiquiatra aqui no colégio. Um coach, também.

– Sério?

– São modos de tentar justificar o preço das mensalidades. De qualquer forma, se não for com eles, sinta-se à vontade para falar comigo quando quiser. Alunos como você são o motivo para eu ter escolhido lecionar.

– Obrigada.

– Aliás, estou ansiosa para ver o seu trabalho do *A terra desolada* com o Ethan. Vocês são dois dos meus melhores alunos, então tenho grandes esperanças.

– Pretendemos alcançar o topo do morro dos ventos uivantes – digo.

Quando me levanto para ir embora, ela levanta a mão, e não consigo evitar (otários unidos jamais serão vencidos! Todo poder aos nerds!): dou um tapinha tipo “toca aqui” na mão dela.

Mais tarde, na Atenção, Lombadas!, que está sem clientes, fico sentada atrás do balcão trocando mensagens com AN. Consegui evitar o Liam desde que voltei de Chicago e estou aliviada por ele não ter vindo trabalhar hoje. Se está mesmo planejando me convidar para sair, não faço ideia de como dizer não.

Eu: Tem certeza de que a gente deve se encontrar?

AN: acho que tenho. por quê? está querendo desistir?

Eu: Não. É só que... você pode ser qualquer um. Pra você é diferente, você sabe quem vai aparecer.

AN: bom, prometo que não sou um serial killer nem nada disso.

Eu: Em geral os serial killers não confessam que são serial killers. Na verdade essa não seria a primeira coisa que um serial killer faria? Tipo, dizer: "Não sou um serial killer. Não, eu, não."

AN: verdade, desconsidere o que eu disse. vamos nos encontrar num local público. não vou levar o meu assustador furgão branco nem doces.

Eu: E onde vamos nos encontrar, Dexter Morgan? Na lanchonete IHOP, sério?

AN: sim. eu adoro a IHOP. eles servem panquecas em forma de carinha feliz. eu tenho um lance às 15 horas, então que tal marcarmos às 15h45?

Eu: Certo. Como vou saber quem é você?

AN: eu sei quem você é, lembra?

Eu: E?

AN: vou me apresentar, Srta. Holmes.

Eu: Corajoso.

AN: ou corajosa.

Eu: !!!

AN: brincadeirinha.

O sininho toca; levanto a cabeça. Isso virou um reflexo pavloviano. *Por favor, não seja o Liam*, penso.

Felizmente não é.

Infelizmente é o meu pai.

– Então é aqui que você trabalha – diz ele, e olha ao redor, com o dedo passando pelas lombadas, como eu faço. Ele não é tão leitor quanto a minha mãe era, mas mesmo assim aprecia a magia dos livros. Quando eu era pequena, ele lia para mim o tempo todo. Foi ele quem me apresentou a Nárnia. – Não poderia ser mais perfeito. Fico muito feliz por você.

– Eu gosto daqui – falo, e me pergunto como serão as coisas entre a gente. Para começo de conversa, vamos fingir que nunca brigamos e que não passamos umas duas semanas sem nos falar.

– É muito melhor do que fazer vitaminas, espero.

Ele está usando um crachá plastificado, com o nome impresso sob as palavras *Em que posso ajudar?*. O modo como aquilo está pendurado no prendedor de aço me faz sentir ternura em relação a ele, como se meu pai tivesse chegado aqui com um bigode de leite.

– É. Se bem que o Rei das Vitaminas tinha a Scar, e sinto falta dela.

Ele confirma com a cabeça.

Nem conversamos sobre a minha viagem a Chicago. Ele não perguntou. Bom, isso não é exatamente verdade; ele me mandou uma mensagem e eu o ignorei, e ainda não agradeci. Talvez o Theo esteja certo: estou ficando mais Wood Valley do que consigo perceber. Eu me pergunto se a mãe da Scar ligou para ele depois, passando informações. Acho que ela não me ouviu vomitando nem sabe que bebemos no porão. Nas poucas vezes em que a vi, ela me deu abraços apertados e disse "Senti falta da minha outra filha", o que foi uma fofura, de modo que não importa de fato se o que ela falou era só um pouquinho verdade.

– Eu sei. – Ele olha rapidamente ao redor, vê que estamos sozinhos. Assente como se dissesse *Então podemos conversar.* – Sinto falta de tudo.

"Tudo" significa a minha mãe. É engraçado o fato de não conseguirmos simplesmente dizer essas palavras em voz alta. Mas não conseguimos. Algumas coisas são mais difíceis de serem ditas do que outras, não importa quanto sejam verdadeiras.

– Dá pra acreditar que aqui faz 31 graus em novembro? Isso não é normal – diz meu pai, que se acomoda no chão com as costas apoiadas na prateleira do *Enriqueça depressa*, os joelhos dobrados à frente do corpo. – Nunca pensei que sentiria falta do frio, e não sinto, na verdade. Mas o clima daqui é... inquietante. E a pizza é uma porcaria. As pizzas não deveriam ser feitas sem glúten. É simplesmente errado.

– Teremos que nos acostumar com muita coisa – digo.

Será que devo dar mais confiança? Será que devo começar essa conversa? Dizer: *pai, você fez a gente se mudar sem me perguntar. Simplesmente me jogou num colégio novo, numa vida nova, disse "Tchã-rã!" e me largou à própria sorte.*

Fico quieta. Deixo que ele tome a iniciativa.

– Escuta, sei que tem sido difícil. E fiquei tão envolvido na tentativa de me ajustar, de fazer com que isso funcionasse para nós, que não cumpri a minha função de pai. Achei que seria mais fácil, sei lá. Tudo. Fui ingênuo. Ou desesperado. É, é isso. Não ingênuo, desesperado.

Ele diz isso para a estante à frente, a seção infantil, o que sempre me pareceu uma arrumação estranha, mas ao mesmo tempo é bem Los Angeles: o dinheiro bem à frente das crianças. O meu pai está olhando a capa de um livro sobre a greve dos lápis de cera, as cores primárias chateadas por serem muito usadas pelo dono.

Dou de ombros. Eu preferia que tivéssemos essa conversa por escrito ou, melhor ainda, pela tela, em mensagens trocadas como faço com o AN. Seria muito mais fácil e mais limpo. Eu diria exatamente o que quero, e se as palavras não saíssem corretas eu poderia simplesmente trocá-las, até saírem.

– Você quer voltar pra Chicago? Se é isso que você quer, podemos fazer. Eu não queria que morasse na casa da Scar. Alugaríamos um lugar, ou algo assim, e você poderia terminar o colégio, e aí eu voltaria pra cá quando você entrasse na faculdade. Se concordasse com isso, claro. A Rachel e eu daríamos um jeito. Você é a coisa mais importante do mundo pra mim. Se não está feliz, eu também não estou. Sei que não foi isso que dei a entender nos últimos meses, mas é verdade.

Penso no fim de semana passado. Na Scar e no Adam, na nova vida deles sem mim. Em como todos seguimos em frente e como, em certo sentido, voltar para lá seria dar um passo atrás. A minha mãe não está lá, e acho que as lembranças, por mais que possam ser algo em que se agarrar, são portáteis. Certo, em Chicago eu jamais seria vítima de bullying, o que é um bônus enorme, mas a Gem não é apavorante o suficiente para me fazer fugir do estado.

Penso na vida que construí aqui. O AN e o Ethan, ou talvez o AN/Ethan, a Dri e a Agnes, até o Theo. O Liam também, acho. E tem a minha nova professora de inglês, que disse que sou uma das suas melhores alunas, o que é um elogio imenso, considerando que frequentei uma escola que manda *cinco* alunos para Harvard todo ano. O Wood Valley pode estar cheio de moleques riquinhos, mas também tem uma biblioteca linda, e eu trabalho numa livraria e estou lendo poesia de nível universitário com um garoto capaz de recitá-la de cor. De um modo estranho, graças à Rachel, Los Angeles acabou se tornando o paraíso dos nerds.

Penso no sorriso do Ethan, em como quero vê-lo todos os dias. Não, não quero me mudar de volta.

– Não. Quero dizer, penso em Chicago o tempo todo, e, enquanto estava lá, por um minuto tudo o que eu quis foi voltar para casa, mas não é bem assim. De qualquer modo, lá eu não me sentiria em casa. Só acho, sabe...

Os meus olhos se enchem de lágrimas e eu olho para a caixa registradora. O botão do 9 está gasto. Odeio não saber como dizer o que quero.

– Você sabe que pode falar sobre qualquer coisa comigo, não sabe? Não quero que se sinta sozinha.

E pronto, ele disse por mim, então agora posso falar em voz alta.

– Pai, você me deixou meio órfã. Como se eu tivesse perdido vocês dois, e também a Scar. Você me deixou com a obrigação de resolver tudo sozinha.

E resolvi mesmo.

Pelo menos a maior parte. Talvez a Scar esteja certa: sou mais fodona do que consigo admitir.

– Pai, dá pra imaginar como tem sido solitário para mim? Agora, não. Quero dizer, agora estou bem. Mas há pouco tempo eu me sentia como se não tivesse ninguém no mundo. E você saía todas as noites com a Rachel ou ficava entocado com o seu laptop. Não é que eu odeie a Rachel nem nada. Quero dizer, eu nem a conheço, na verdade. Acho... Agradeça a ela pela passagem, por favor. – Paro, respiro fundo. Claro que eu mesma deveria fazer isso, e vou fazer. – E tipo... eu me mudei pra essa casa e tenho... tipo... um quarto esquisito com pinturas enormes na parede, como se uma criança da terceira série tivesse pintado. O que é isso? De qualquer modo, o problema não é a arte nem mesmo o sabonete com aquelas letras estranhas, que fazem as minhas mãos ficarem com um cheiro bom, verdade, não é um cheiro familiar mas é legal, mas simplesmente não é meu, entende? E eu simplesmente... Foi horrível, pai. Quero dizer, foi horrível demais – finalizo.

Não, as lágrimas não recuaram; estão de volta, escorrendo pelas bochechas, e estou no trabalho, e só espero que o sininho da porta não toque tão cedo. Acho que falei mais para o meu pai nos últimos 30 segundos do que nos últimos três meses. Às vezes, quando começo, quando as palavras finalmente se acham, não consigo segurar o ímpeto.

– Ah, querida. – O meu pai se levanta, e acho que ele vem me dar um abraço, por isso balanço a mão dispensando-o. Não quero chorar no ombro dele. Agora, não. Ainda não estou pronta. – Desculpe – diz ele.

– Não quero um pedido de desculpas, não quero nada. Estou furiosa com você e tenho o direito de estar, mas isso logo vai passar. Você é meu pai, então é claro que vai passar. Nosso mundo explodiu, e você simplesmente não tinha o que me oferecer. Eu fiz mais ou menos a mesma coisa com a Scar, e gostaria de ter sido mais forte, melhor ou sei lá o quê, para não precisar de você. Mas não sou. E preciso. E seria bom se pudéssemos ter feito isso juntos. Mas não fizemos, e está feito. Estamos aqui agora, e estamos fazendo com que dê certo. Mas foi horrível demais.

– Acho que "horrível demais" é um eufemismo enorme. Foi "horrível pra caralho" – diz meu pai, e meio que sorri, e não consigo evitar: sorrio de volta. Ele odeia palavrões; se essa conversa tivesse acontecido há dois anos, de jeito nenhum ele teria usado essa palavra. – Certo, você pode estar furiosa comigo. É justo. Mas não pode parar de falar comigo de novo, não vou aceitar isso. Sinto falta de contar a você alguma coisa que tenha acontecido no dia, e até venho anotando coisas para poder contar quando você voltar a falar comigo. E precisamos começar a passar um tempo juntos.

– Eca, não. Estou com 16 anos, não posso passar tempo com o meu pai. – Sorrio quando digo isso. Sinto falta dele, provavelmente mais ainda do que ele sente falta de mim. – Isso seria tipo... pouquíssimo bem-visto.

– Deixe-me dar um conselho paterno, se é que posso. Ser bem-visto é uma coisa superestimada.

– Falou o cara usando crachá plastificado.

– Exato.

– Você a ama, né? – pergunto, a propósito de nada, mas no fundo quero saber.

– Rachel? É, amo. Quero dizer, eu mergulhei meio rápido nesse relacionamento, e nós estamos nos ajustando, mas sim, eu a amo. Mas isso não significa...

Sorrio para ele, descarto as suas palavras. Ele não precisa terminar a frase. Não sou mais criança; sei que o que ele sente por ela não tem nada a ver comigo nem com a minha mãe, a propósito.

Sei que o amor não é finito.

Também sei de outra coisa: vou embora para a faculdade em menos de dois anos. Parte de mim vai ficar aliviada por saber que ele não estará sozinho.

– Entendi.

O meu pai olha ao redor outra vez, respira o cheiro de papel.

– A sua mãe adoraria este lugar, até o nome bobo. Se bem que provavelmente implicaria com o ponto de exclamação.

– Eu sei.

– Eu te amo, batatinha.

– Eu sei.

O meu telefone toca. Mensagem da Scarlett.

Scarlett: Puta que pariu. A gente fez.

Eu: Sério? Fizeram... aquilo?

Scarlett: É.

Eu: E?

Scarlett: Dou um 7, talvez um 8, o que não é nada mau para a primeira vez. Doeu um pouquinho. E o negócio da camisinha foi complicado, mais complicado do que com uma banana, e foi esquisito, sabe. Mas mesmo assim foi bom. Acho que vamos fazer de novo daqui a um minuto.

Eu: ONDE VOCÊ TÁ?

Scarlett: No banheiro. Precisava contar agora mesmo, e também mijar, ou seja, estou tipo multitarefa.

Eu: Então O ADAM AINDA TÁ NA SUA CAMA?!?!

Scarlett: Sim. ☺

Eu: Você acabou de me mandar um emoji?

Scarlett: O que posso dizer? Estou muito apaixonadinha. Vou começar a tomar pílula na semana que vem, para garantia total.

Eu: Estou felicíssima por você, sua vagabundinha!

Scarlett: Te amo.

Eu: Te amo também. Beijão. Dê os parabéns ao Adam por mim.

– Do que você está rindo? – pergunta o meu pai, já que, aparentemente, estou rindo feito uma pateta para o meu telefone. *Scar perdeu a virgindade!*, quero dizer em voz alta, porque é empolgante demais e estou feliz por ela, mas não, não vou dizer.

– Nada. Foi só uma coisa engraçada que a Scar mandou.

– A mãe dela disse que ela está namorando – conta o meu pai, e eu rio, imaginando a Sra. Schwartz e meu pai fofocando sobre a Scar e o Adam.

– É.

– Ela está mesmo namorando o Adam Kravitz? Ele sempre foi meio raquítico.

– Mas andou malhando.

– Bom pra eles.

– Estão felizes.

– Tem algum cara na sua vida?

– Pai – respondo, e fico vermelha.

Percebo que, mesmo se quisesse contar ao meu pai sobre o Ethan, sobre o AN, sobre tudo, seria muito confuso e complicado.

– Certo – diz ele. – Lembra de quando você era pequenininha e a gente perguntava como você tinha crescido tão depressa, e você dizia "eu grandeci!"?

Ele olha para as mãos, que não estão segurando um telefone, como as minhas, e não têm nada em que liberar a energia nervosa. Os meus pais falavam o tempo todo sobre a minha infância – começavam as histórias com "Lembra?" e depois me contavam algo que eu fazia, e depois sorriam um para o outro, como se aquilo não tivesse nada a ver comigo, como se quisessem dizer *Olhe o que a gente fez!*.

Nego com a cabeça. Não lembro.

– Bom, querida. Você grandeceu mesmo. Desculpe se não estive aqui, mas tenho muito orgulho de você. E a sua mãe também teria. Você sabe, né?

Sei? Sei que ela não ficaria desprovida de orgulho, o que não é o mesmo que ficar orgulhosa. Não sei se já estou preparada para pensar nela desse jeito, para encarar a parte do "ficaria".

– Sim – respondo, principalmente por causa das mãos vazias, do crachá e da expressão dele. Pode ser que essas mudanças todas tenham sido mais difíceis para ele do que para mim. – Claro que sei.

AN: o que tinha embaixo da redoma esta noite?

Eu: Uma espécie de peixe delicioso e aquele cuscuz grande. De onde, mesmo?

AN: Israel.

Eu: Rá, eu sei. Só queria que você usasse uma maiúscula. Quero lhe dar uma camiseta com a frase: "Nenhum nome próprio ficará sem maiúsculas".

AN: E eu é que sou esquisito.

Quando subo, a Rachel está esperando no meu quarto, sentada na cadeira, de novo olhando a foto da minha mãe.

– Ela era muito linda – diz Rachel, em vez de olá.

Esta noite ela parece triste, abatida, e está segurando uma enorme taça de vinho tinto. De novo, o volume da voz foi diminuído.

– Sim – concordo, mas não estou pronta para conversar sobre a minha mãe com a Rachel. Não sei se algum dia terei forças para fazer isso. – Ei, você tirou os quadros das paredes.

Olho em volta. As pinturas de jardim da infância – que agora percebo que são obra de algum artista famoso que eu deveria conhecer – estão empilhadas num canto, e tudo está branco, com alguns pregos sobressalentes parecendo pontos de exclamação.

– Desculpe, eu nem tinha prestado atenção neles. O meu ex-marido, o pai do Theo, era o encarregado de decorar a casa, e foi ele quem escolheu. Provavelmente não são a melhor opção para um quarto de adolescente. – Rachel toma um gole de vinho e esfrega os braços, que estão cobertos por uma linda blusa de caxemira. – Você deveria pôr as suas coisas nas paredes. Pôsteres ou o que quiser. Transforme esse quarto em algo seu.

– Obrigada pela passagem para casa. Digo, para Chicago. Foi muita gentileza sua.

Rachel balança as mãos, como se isso não tivesse sido grande coisa. E talvez não tenha sido para ela, mas para mim foi.

– E vamos arranjar uma cama nova pra você. Tamanho *queen*, pode ser? Só esta noite percebi como essa aí é ridícula. Ah, e eu disse aos dois professores particulares do Theo que você vai estudar com ele para o vestibular. Não sei como não pensei nisso antes. Desculpe.

Ela fica sem graça e vejo que também está à beira das lágrimas. O que aconteceu? Não sei se tenho condições de lidar com isso.

– Obrigada. Na verdade a cama é mais confortável do que parece. Quero dizer, você está bem?

Não posso deixá-la chorando sem perguntar nada. Seria errado.

– Dias ruins, dias bons. Você sabe como é. Só porque encontrei o seu pai, que é maravilhoso... quero dizer, de verdade, ele é o melhor que existe...

não significa que isso tudo não seja difícil, complicado ou que eu não sinta falta... – Ela respira fundo, o tipo de respiração que começa na barriga, aquele que só dá para aprender numa aula de ioga na Califórnia. – E sei que o Theo sente falta dele, e que eu não sou suficiente. Simplesmente não sou, então às vezes é difícil. Desculpe de novo por todas as pisadas na bola. Eu não deveria estar aqui.

– Tudo bem – digo, apesar de estar completamente passada. Esta é uma casa cheia de dor, de vodu, como disse o Theo, mas também é uma casa de recomeço. Talvez a gente precise acender umas velas. Melhor ainda, começar a pôr coisas em todas as paredes brancas. – Sabe, este lugar é lindo, mas talvez você também devesse colocar umas fotos. Do seu marido... Digo, do seu... é... outro marido, do pai do Theo, e do Theo quando era pequeno. Para que ele possa lembrar.

Rachel me olha, enxuga as lágrimas com a manga da blusa, e eu tento não me encolher, porque ela está usando rímel e a blusa deve ser do tipo que só deve ser lavado a seco.

– Ótima ideia! – diz ela, e olha direto para mim. Quase sorri. – Isso é complicado, né? Você e eu.

– Acho que sim.

– Tenho me esforçado para não me esforçar demais com você, e depois me preocupo achando que não me esforcei o suficiente, entende? – Ela se levanta e vai para a porta. Vira-se para me encarar de novo. – É – finaliza. – Vamos chegar lá.

Capítulo 34

Cheguei cedo, por isso me sento no primeiro reservado, uma opção covarde para garantir que vou ver o AN antes que ele me veja. As minhas costas estão viradas para o resto da IHOP e as suas montanhas de panquecas, e olho o estacionamento pela porta dupla de vidro. Em apenas 15 minutos vou conhecer o AN. Ele vai se sentar à minha frente e se apresentar, e todo o nosso relacionamento virtual vai se tornar real. Será trazido à luz e ao aqui e agora, baseado em algo mais ou menos tangível: palavras faladas.

Claro, isso pode ser um desastre. Talvez a gente não tenha nada para dizer um ao outro pessoalmente. Talvez ele não seja o Ethan. Percebo isso agora, sentada com as mãos suadas e as axilas quentes. Acho que isso... seria bom demais para ser verdade.

O meu cabelo estava solto e agora está preso, e acho que eu deveria soltar de novo. Passei boa parte da noite pensando no que usar.

Dri disse: *Seja casual.*

Agnes disse: *Seja fabulosa.*

De madrugada decidi que seria esquisito usar algo diferente das minhas roupas normais; não quero que pareça que estou me esforçando muito.

Scar disse: *Seja você mesma.*

Mas agora a minha calça jeans idiota com camiseta parece normal demais. Eu deveria ter me maquiado mais, feito alguma coisa – qualquer coisa – para ficar mais bonita. E se o AN só me viu de longe e ficar desapontado quando se sentar à minha frente? Será que sou uma daquelas garotas que de longe enganam?

Fico sentada listando os meus pontos fracos, magoando os meus próprios sentimentos. Tenho espinhas no queixo e cravos salpicados pelo nariz. As minhas coxas se expandem nesse banco de plástico. Não, isso não está ajudando com o nervosismo.

A garçonete me traz uma xícara de café e eu arranco as tampas de todos os potinhos de molhos, faço uma pilha de embalagens, derrubo e empilho de novo. Penso em me levantar e ir embora. Não preciso conhecer o AN. Vamos continuar como estamos. Mais fácil mantê-lo como o meu melhor amigo fantasma, ainda que seja um amigo fantasma para quem gosto de dar mole.

Dri: BOA SORTE! E se por acaso o AN for o Liam... então... vai fundo.

Eu: Sério?

Dri: Sério. Eu só tenho uma paixonite por ele. O que você e o AN têm é real.

Eu: Estou apavorada. Mas acho que ele não é o Liam.

Dri: Concordo.

Eu: Você é uma amiga de verdade.

Dri: Não se esqueça disso quando você e o AN estiverem mortalmente apaixonados e não tiverem tempo pra mais ninguém, certo?

Eu: Rá!

Dri: Ele já chegou?

Eu: Não.

Dri: Ele já chegou?

Eu: Não.

Dri: Ele já chegou?

Estou prestes a digitar *Não* de novo – gosto desse jogo, distrai e é meio engraçado –, mas então ele chega e o meu estômago está nos pés. Sinto a garganta apertar e os olhos marejarem, e me sinto mal por me sentir assim. Não quero me sentir assim, mas me sinto. Como posso ter errado tanto?

É o Liam.

Certo.

O AN é o Liam.

Tento me recuperar, ver sentido nisso tudo. Pelo menos ele não é o Sr. Shackleman ou o Ken Abernathy. O Liam é um cara legal, desejado pela garota mais linda do colégio. Sem dúvida isso é bom.

Ele ainda não me vê. Está no caixa, comprando uma bala de hortelã, do tipo que, segundo dizem, tem alta concentração de coliformes fecais, mas o reconheço de costas. Liam.

Liam é Liam é Liam.

Ele gira e o seu rosto se transforma ao me ver. Sorri, um sorriso tão radiante que me pergunto o que fiz para merecer essa alegria.

Todo esse tempo: Liam.

– Que bom ver você aqui, estranha – diz ele. – Posso me sentar?

Estou muda. Quero pegar o telefone e mandar para o AN: *Claro. Vá em frente.* E isso: *Não entendo.* Acabo confirmando com a cabeça. Pelo menos sei que a Dri não vai ficar furiosa comigo. Pelo menos isso.

Quero mandar *Você não é o Ethan. Queria que você fosse o Ethan.*

Mas sei que isso seria cruel. Como se ele me dissesse *Queria que você fosse mais bonita.*

– Que bom ver você! – exclama Liam, que se enfia no reservado, à minha frente.

Hoje ele está uma graça, como é no palco: confiante e espontâneo. Um origami humano.

– É, também acho – digo, e sorrio de volta.

O sorriso não chega exatamente aos meus olhos.

– Isso é totalmente estranho, e talvez não seja a hora certa, mas eu queria perguntar se você quer, sabe... jantar comigo uma hora dessas.

E ali está: Liam me convidando para sair. De verdade. Na vida real. AN não na tela, mas em carne e osso.

Mas tudo que consigo escutar é a voz do Ethan, as palavras *dele*, que também foram ditas em voz alta: *acho que você deveria dizer não.*

Mesmo assim, isso foi antes de o AN ser Liam e Liam ser o AN. Foi antes dos últimos dez segundos, quando tudo mudou. E se essa for a realidade: eu e o Liam, e não eu e o Ethan? Talvez, de novo, eu tenha entendido tudo errado. E daí se às vezes a situação fica meio incômoda na loja, se eu não sinto que o Liam e eu temos muita coisa a dizer um ao outro? E daí se ele namorou alguém como a Gem? As pessoas tomam decisões ruins o tempo todo.

– Eu...

Tomo um gole do café, olho para dentro da xícara, empurro para baixo o terror que está se espalhando dentro de mim, o desejo de fugir do reservado. Preciso do tempo extra que o meu telefone me cede. Uns poucos segundos para organizar os pensamentos seriam suficientes. Tento imaginar o que digitaria agora. Digitar facilitaria as coisas. Usar os polegares em vez da boca. *Sim*, eu escreveria. Ou talvez *Claro*. Ou *Legal*. Ou...

Mas antes que eu decida o que dizer, vejo uma sombra sobre a nossa mesa. O meu primeiro instinto é de que a Gem está aqui e vai me dar um soco, e é assim que tudo isso vai acabar. Eu nocauteada no chão. O que é ridículo, porque não é a Gem, e dar socos não é do feitio dela. Ela é mais sutil do que isso.

É o Ethan.

Ethan é Ethan é Ethan.

Ethan está aqui também, e agora estou confusa e não sei o que fazer. Ele vê o Liam sentado à minha frente e o seu rosto fica sombrio, depois inexpressivo. Quero ver o sorriso dele, ouvi-lo dizer aquelas seis palavras mais uma vez: *acho que você deveria dizer não.*

Sem dúvida isso vai me ajudar a entender toda essa situação. Vai me dar um bom motivo para me afastar do AN, me afastar das "três coisas", das deliciosas conversas à meia-noite e de tudo o que me manteve seguindo em frente nos últimos meses.

AN é Liam. Liam é AN. Uma equação simples. Matemática terapêutica. É hora de aceitar.

– Oi! – diz Ethan, e há um pedido nos seus olhos.

Ele está dizendo aquelas seis palavras sem dizê-las. E assim não respondo ao Liam – pelo menos por enquanto – e me viro para o Ethan. Vou ganhar tempo de outro modo.

– Oi – respondo.

Então tenho certeza de que entendi tudo errado, que na verdade estou sonhando, porque de repente o Caleb também está no IHOP, logo atrás do Ethan, e, claro, os três estariam aqui para a grande revelação do AN. Isso é um sonho. Precisa ser, porque o AN não pode ser os três ao mesmo tempo, e eu tive sonhos assim, com os três ali: o Liam, o Ethan e o Caleb se metamorfoseando um no outro, trocando de camisetas.

Mas, não, o Caleb está de cinza, o Ethan é o Batman, e o Liam está usando uma camisa de botões, porque, diferentemente dos amigos, ele escolhe outras roupas no armário. Um ponto para o Liam.

Se isto é um sonho, em seguida eles vão começar a cantar. Uma serenata com "A garota que ninguém conhece".

Ninguém está cantando.

Isto não é um sonho.

Cravo as unhas nas palmas das mãos, só para me certificar. Dói.

– E aí? – diz Caleb, que olha do Liam para mim e de volta para o Liam, e sorri, como se dissesse: *vai fundo, cara.*

Será que ele e o Ethan sabem que o AN é o Liam e vieram aqui para ver o que ia acontecer? Ou talvez todos estejam juntos nisso, compartilhando a senha do AN e se revezando escrevendo para mim. Será que essa coisa toda foi uma enorme piada? É essa a mentira? Eles são três?

Penso rapidamente na oferta do meu pai para voltarmos a morar em

Chicago, imaginando se tudo vai terminar assim. Eu num avião, humilhada e de coração partido.

– Espera – pede Ethan, que dá um passo à frente e depois um atrás. É uma dança desajeitada, e o seu rosto fica vermelho. – Você chegou cedo.

– Cara, nós estamos no meio de uma coisa aqui – avisa Liam, que me olha de novo, como se fosse repetir aquela pergunta.

Certo. Jantar. Se eu não estivesse tão decepcionada, seria bonitinho, o AN começando a nossa primeira conversa me convidando para um encontro de verdade.

– Liam – diz Ethan, que põe a mão no ombro dele.

Liam sacode o ombro, afastando-a com raiva. Sou idiota demais. É óbvio que esses dois têm problemas. *Rolou um drama durante um tempo*, disse a Dri uma vez. Liam substituiu o irmão do Ethan na banda.

Acho que você deveria dizer não.

Entendi tudo errado: aquelas seis palavras não tinham nada a ver com o Ethan me querer. Ele simplesmente odeia o Liam. Perceber isso é devastador.

– Por que você vive que nem uma sombra? – Liam se levanta para encarar o Ethan.

Meses, talvez anos, de agressividade contida estão brotando, e tenho a infelicidade de estar no meio disso.

Os punhos do Liam estão cerrados, como se ele estivesse pronto para dar socos bem no meio do IHOP, que, claro, é um lugar idiota para alguém brigar. Há crianças aqui, reservados de plástico e panquecas com carinhas sorridentes. Vários tipos de calda, e algumas bebidas até vêm com cerejas ao marrasquino.

Caleb se posiciona entre o Liam e o Ethan, que levanta as mãos bem alto. Não tem interesse em dar socos nem em levar. Talvez não tenha interesse em mim.

– Você entendeu tudo errado, cara. Não é isso – explica Ethan, que em seguida baixa as mãos, as enfia no bolso e pega o celular. – Só um segundo.

O olhar de Ethan está fixo em mim, não no Liam, e ele está falando comigo sem falar comigo. Não sei o que está querendo dizer. Só sei que quero ficar olhando para ele. De novo, tudo é rápido demais para eu entender, e ao mesmo tempo lento demais, porque consigo ouvir as batidas do meu coração e o sangue correndo nas orelhas, sentir o calor da xícara de café nas mãos trêmulas.

O meu telefone toca. Chegou uma mensagem. Olho para baixo. Pego o aparelho.

AN: sou eu.

Levanto os olhos de novo. Ethan está sorrindo nervoso para mim, digitando sem olhar.

AN: eu. não ele. eu.

AN: deixe-me dizer em maiúsculas: EU.

– Você? – pergunto, em voz alta, sem as mãos, as palavras exatamente onde eu preciso. Finalmente, finalmente percebendo. O meu olhar está fixado no de Ethan. Não consigo evitar; estou rindo. – Sério, é você?

– Sim – responde Ethan, que levanta o telefone. – Você chegou cedo. Tivemos uma reunião da Ópolis lá nos fundos e demorou demais, e então ele chegou primeiro perto de você.

Olho para o Liam, que está se balançando nos calcanhares, confuso e ainda irritado. Observando a nossa conversa, mas sem entender nada. Como poderia? Eu mesma quase não entendo.

Ethan é Ethan é Ethan.

Ethan é o AN.

– Liam, desculpe. Não posso. Quero dizer, é o Ethan. É ele – digo, o que não faz absolutamente nenhum sentido para ele, mas isso parece não importar, porque agora o Ethan está sentado à minha frente no reservado.

E estamos sorrindo um para o outro, patetas e alegres, e é fácil, muitíssimo mais fácil do que deveria ser.

Liam parece mais confuso do que furioso. Caleb dá de ombros e depois revira os olhos na direção da porta, como se dissesse: *Deixe pra lá, cara. Ela não vale a pena.*

– Tudo bem – diz Liam, aproveitando a deixa do Caleb, as palavras jogadas casualmente por cima do ombro enquanto sai pela porta.

Caleb balança o telefone para mim e para o Ethan, porque aparentemente essa é a sua despedida genérica, e corre para alcançar o Liam.

– Você? – pergunto de novo ao Ethan, porque preciso que isso seja dito uma última vez para ter certeza de que não estou me precipitando e que não estou sonhando.

– É um prazer conhecer você de novo, Jessie, Jessie Holmes. Eu sou o esquisito que andou mandando mensagens pra você. – Ethan parece nervoso, com um olhar interrogativo. – Hoje não rolou como eu pretendia.

Acho graça, porque o que estou sentindo é uma coisa muitíssimo maior do que alívio.

– Por quê? Você não esperava quase se meter numa briga?

– Não, não, não esperava.

– Não acredito que é você – digo, soltando a respiração que nem percebi que estava prendendo.

O meu telefone toca.

AN: Decepcionada?

Eu: NÃO!!!

AN: posso me sentar ao seu lado?

Eu: SIM!!!

Ethan troca de lado no reservado, e agora a sua coxa está encostada na minha. Sinto o cheiro de Ethan. Aposto que ele tem gosto de café.

– Olá – diz ele, que em seguida estende a mão e prende o meu cabelo atrás da orelha.

– Olá – respondo.

Depois de conversarmos um tempo, é como todas as outras vezes em que estive com o Ethan, mas também é totalmente diferente, porque não estamos fazendo um trabalho do colégio, só estamos juntos porque queremos, e agora eu o conheço, tipo de verdade, porque passamos os últimos dois meses conversando através das pontas dos dedos.

– Por quê? – pergunto.

Ele encurta a distância, põe a mão na minha. Estamos de mãos dadas. Ethan e eu estamos de mãos dadas. Não sei se algum dia vou querer devolver a mão dele.

– Por que o quê?

– Por que você me mandou aquele e-mail no primeiro dia?

– Desde que o meu irmão... sinto como se tivesse esquecido como... bom... como falar com as pessoas. O meu pai me fez ir a uma terapeuta, e ela disse que talvez ajudasse se eu começasse a escrever. E quando vi você no primeiro dia no colégio, me deu vontade de te conhecer de verdade. Você parecia perdida de um jeito que eu entendia completamente. Decidi mandar o e-mail. Pareceu mais seguro ficar escondido.

Ele balança a cabeça, como se dissesse: *É, eu sou estranho.*

– Você escreveu para mais alguém? – quero saber.

– Sim, algumas vezes, aqui e ali. Gosto de observar as pessoas. Falei umas coisas a algumas pessoas do modo mais gentil possível. Contei ao Ken Abernathy que a Gem estava colando dele na prova de cálculo, por exemplo. Mas com você foi diferente. A nossa conversa durou dois meses.

– Então quer dizer que você é tipo o Batman do Wood Valley.

Ele ri e olha para baixo.

– Na verdade, não. Essa camisa é do meu irmão. É uma coisa idiota, mas tudo bem.

– Gosto de poder fazer perguntas e você responder.

– Gosto de você me fazendo perguntas.

– Diga três coisas sobre você – peço, porque amo as nossas três coisas. Não quero que elas parem, apesar de agora estarmos falando pessoalmente.

– Uma: ao contrário da lenda urbana, não uso drogas. Morro de medo. Não tomo nem analgésicos comuns. Duas: decorei a primeira parte de *A terra desolada* só pra impressionar você. Normalmente jogo Xbox no meio da noite ou leio quando não consigo dormir, mas achei que isso faria com que eu parecesse... não sei, mais legal ou sei lá o quê.

– Deu certo. Foi totalmente encantador. – A minha voz está sorrindo. Eu nem sabia que isso era possível.

– Três: desde ontem a minha mãe está na reabilitação. Não sou ingênuo a ponto de ficar otimista, porque ela já foi pra lá algumas vezes, mas pelo menos é alguma coisa.

– Eu... não sei o que dizer. Se estivéssemos escrevendo eu provavelmente mandaria um emoticon.

Aperto a mão dele, o que é outro modo de falar. Não é de espantar que o Ethan não consiga dormir; a sua vida familiar é ainda mais ferrada do que a minha.

– Sua vez. Três coisas...

– Certo. Uma: eu estava esperando de verdade que fosse você. Tive certeza de que era, depois tive certeza de que não era, e há alguns segundos achei que você fosse o Liam e senti vontade de chorar.

– O Liam não é tão mau. Preciso ser mais legal com ele, especialmente agora. Ai, cara, ele vai quebrar as minhas pernas.

Ethan sorri. Não sente medo nenhum do Liam.

– Não vai, não. Vai voltar pra Gem, e eles vão poder ser tipo o rei e a rainha do baile de formatura, ou algo assim, presumindo que vocês façam esse tipo de coisa aqui, e tudo bem. Mas é uma pena, porque eu quero demais juntar o Liam com a Dri.

– Aliás, eu não estava certo achando que você e a Dri seriam amigas?

– Sim! Você estava certo sobre um monte de coisas.

– Duas...

– Duas... – empaco. O que quero dizer? Que pela primeira vez, desde que consigo me lembrar, sinto que estou exatamente onde quero estar. Que estou feliz em ficar parada. Aqui. Com ele. – Duas: obrigada por ser o meu primeiro amigo aqui num momento em que eu não tinha nenhum. Isso realmente... fez a diferença.

Agora é a vez de ele apertar a minha mão, e a sensação é tão boa que quase fecho os olhos.

– Três? Não tenho uma terceira. A minha cabeça ainda está girando.

– Eu tenho uma.

– Vai fundo.

– Três: quero beijar você, tipo, muito mesmo, por favor.

– Quer?

– Quero – responde Ethan, e por isso eu me viro para ele e ele se vira para mim, e mesmo nesse IHOP aleatório, em frente a essa mesa cheia de uma variedade bizarra de comidas não consumidas que ele pediu para podermos ocupar o lugar nas últimas três horas (panquecas, claro, mas também picles e torta de maçã), tudo desaparece.

Só existimos ele e eu, Ethan é Ethan é Ethan e Jessie é Jessie é Jessie, e os seus lábios encostam nos meus.

Mas às vezes um beijo não é um beijo não é um beijo. Às vezes é poesia.

Agradecimentos

É com o coração cheio de gratidão, por mais embaraçosamente sério que isso pareça, que agradeço às seguintes pessoas, sem as quais este livro seria apenas um enorme emaranhado de palavras num disco rígido velho: Jenn Joel, por ser uma agente e defensora brilhante e fodona; Beverly Horowitz, pela sua grande percepção e por me pressionar a tornar *Três coisas sobre você* melhor a cada releitura; a maravilhosa e incomparável Elaine Koster, cuja falta é terrivelmente sentida; Susan Kamil, que é a pessoa mais fantástica do mundo.

Agradeço também a Fiction Writers Co-op, pelo apoio, pelos risos e por tornar a vida de escritora muito menos solitária; John Foley, por ter me ajudado com o nome da Atenção, Lombadas!; Karen Zubieta, por me ajudar a manter todos os malabares no ar; o clã Flore, por me deixar entrar no seu clube e me permitir compartilhar o seu nome; Mammaji, que abriu mão de muita coisa para que eu pudesse fazer o que amo.

Sou eternamente grata a Josh, que me mantém honesta e rindo; eu ganhei a loteria do irmão mais velho; a meu pai, porque é incrível; a minha mãe, Elizabeth, que é amada e lembrada todos os dias, mas cujo nome não é dito em voz alta por vezes suficientes; e, claro, a meu marido, Indy, e a nossos dois filhotinhos, Elili e Luca – “amor” é uma palavra pequena demais. Me sinto enormemente honrada por chamar vocês de meus.

A autora

JULIE BUXBAUM teve suas obras traduzidas para 25 idiomas. *Três coisas sobre você* é o seu primeiro romance para jovens adultos. Ela já teve textos publicados em vários jornais e revistas, inclusive no *The New York Times*. Autora dos aclamados *O oposto do amor* e *Depois de você* (Editora Rocco), Julie mora em Los Angeles com o marido, os dois filhos pequenos e um peixinho dourado imortal, e uma vez recebeu um e-mail anônimo que inspirou a história de Jessie.

Visite Julie em juliebuxbaum.com e siga @juliebux no Twitter.

INFORMAÇÕES SOBRE A ARQUEIRO

Para saber mais sobre os títulos e autores
da EDITORA ARQUEIRO,
visite o site www.editoraarqueiro.com.br
e curta as nossas redes sociais.
Além de informações sobre os próximos lançamentos,
você terá acesso a conteúdos exclusivos e poderá participar
de promoções e sorteios.

www.editoraarqueiro.com.br

facebook.com/editora.arqueiro

twitter.com/editoraarqueiro

instagram.com/editoraarqueiro

skoob.com.br/editoraarqueiro

Se quiser receber informações por e-mail,
basta se cadastrar diretamente no nosso site
ou enviar uma mensagem para
atendimento@editoraarqueiro.com.br

Editora Arqueiro
Rua Funchal, 538 – conjuntos 52 e 54 – Vila Olímpia
04551-060 – São Paulo – SP
Tel.: (11) 3868-4492 – Fax: (11) 3862-5818
E-mail: atendimento@editoraarqueiro.com.br